the MOMENT *of* EVERYTHING

二手书店情书

[美] 谢利·金——著　苏涛——译

a novel by

SHELLY KING

百花洲文艺出版社

图书在版编目（CIP）数据

二手书店情书 /（美）谢利·金著；苏涛译 . —南昌：百花洲文艺出版社，2016.12
ISBN 978-7-5500-1910-2

Ⅰ . ①二… Ⅱ . ①谢… ②苏… Ⅲ . ①长篇小说—美国—现代 Ⅳ . ① I712.45

中国版本图书馆 CIP 数据核字（2016）第 220632 号

江西省版权局著作权合同登记号：14-2016-0294

出 版 者 百花洲文艺出版社
社　　址 南昌市红谷滩新区世贸路 898 号博能中心 1 期 A 座 20 楼　邮编：330038
电　　话 0791-86895108（发行热线） 0791-86894790（编辑热线）
网　　址 http://www.bhzwy.com
E-mail bhz@bhzwy.com

书　　名 二手书店情书
作　　者 ﹝美﹞谢利·金
译　　者 苏　涛
责任编辑 童子乐
经　　销 全国新华书店
印　　刷 北京鹏润伟业印刷有限公司
开　　本 880mm × 1230mm　1/32
印　　张 10
字　　数 204 千字
版　　次 2016 年 12 月第 1 版
印　　次 2016 年 12 月第 1 次印刷
书　　号 ISBN 978-7-5500-1910-2
定　　价 36.80 元

赣版权登字：05-2016-293

献给一直鼓励我写作的母亲

书店，让脆弱的人性无所遁形。

——亨利·沃德·比奇

康妮所秉持的年轻人宗旨是：现实即一切，彼此无关联。

——D.H. 劳伦斯，《查泰莱夫人的情人》

目录
Contents

爱情，让吾知吾所需。
——亨利

第一章

让你于我，至关重要

知识改变命运，这是人人都坚信的命题。坐在头等舱中，一边阅读着《刀锋》，一边任思绪游荡在静谧的海岸；抑或是离婚后带一本《遮蔽的天空》独自远行，想着去看看在那乞力马扎罗山上的皑皑白雪下还残留着什么。你以为这能让你大受启发，很抱歉，事实却并非如此。在迪士尼乐园的一角，轻轻搅动手中的红茶，也不过如此。而且，蜻蜓旧书店中的旧书也未必就比阿波罗书籍音像店的新书更加富有智慧。虽然我们的书既老旧又便宜，但顾客还是源源不断。他们相信，是书籍改变了我的命运，所以他们不断前来，向我讨要书籍聊以安慰失望的心灵，解脱被压抑的激情。但是，他们中没有人知道，改变我命运的并非书籍。

回首过去，很难找到当初一切开始的节点。我只能说，可能是在我被 ArGoNet 软件公司解雇的那天，也可能是在我第一次碰到雨果的那天，或者更遥远一点，是在我离开南卡罗来纳前往硅谷的那天。但我猜，一切都源于那个周五的午后。在硅谷中心的山景城里，有一家蜻蜓旧书店。书店的前窗旁边是唯一能放下两张椅子的地方，坐在那里，一眼就能看到上帝和来来往往的人群。雨果坐在一把硬邦邦的扶手椅上，听着脚下的地板不时地发出咯吱咯吱的声响。突然，一位路人看到了雨果，这个人穿着件印有 Google、Yahoo 标志并别着 Intuit 集团徽章的 T 恤。这时的雨果光着额头，只在后脑勺扎了个长长的马尾辫，津津有味地读着威弗利作者[1]的第一本小说，书已经磨损得很厉害了。而我就在他旁边的另一把椅子上坐着。已经 34 岁的我领着失业救济金，穿着前男友破洞的 Rush 牌 T 恤和一条紧身牛仔裤，渴望有朝一日能够安定下来。

2001 年的夏天，硅谷被一片死气沉沉的氛围笼罩着，到处是对行尸走肉般的网络公司的抱怨和不满。但是 2009 年的夏天，情况变了。公司不再以倒闭告终。他们开始裁减一半的员工，美其名曰为这些员工办理“非自愿离职”，从而让每个人都能获得“追求新机遇”的机会。而我，只是默默地躲在蜻蜓旧书店读着历史演义，等着下一件大事的发生。生活就是不可抗力，这对我来说已经不是什么新鲜事了。

自从 ArGoNet 软件公司把我原来的工作转移到印度，我就逐渐放弃了足疗，渐渐地不再外出就餐，最后，连有线电视都成了奢侈品。雨果说，我正在聆听世界，等待着于我而言意想不到的奇遇，而我母亲则认为我是在游手好闲。

---

1 1814 年，沃尔特·司各特匿名发表一部历史小说《威弗利》，受到读者的热烈欢迎，司各特便用“威弗利作者”的化名接连写了许多部历史小说，直到 1827 年才公开承认自己是这些小说的作者。

我正在读的是《逃狱惊魂》，这是那周刚从蜻蜓旧书店成堆的书里淘出来的。除此之外，我还找到了《肖申克的救赎》《强盗》《海盗女王的谎言》。这些书里没有一本是“鸡仔文学”，书的封面上从来没出现过鸡尾酒或高跟鞋。我就是想看有关侠盗的冒险作品，想象他们那富有阳刚之气的胸部紧紧地裹缚在紧身衣中。可能，我就是这样一个守旧的人吧。

那天早晨，我来到蜻蜓旧书店。前台的桌上放了一个装满书的纸箱，我从那箱书里翻出了《逃狱惊魂》。标签上写着“传奇小说，每包 2 美元”。封面是这样的：一位令人惊艳的红发女子，穿着一条伊丽莎白时代的长裙，丰满的乳房呼之欲出。远处，一位半裸着上身的男子，梳着 1986 年的邦乔维乐队发型，气势汹汹地凝视着那位女子。或者说是深情地望着那位女子？我发誓，真没看出他们到底是在干什么。

当然我也读其他类型的书，任何你所能想象到的风格我都读。但是，我最爱的还是传奇小说。仅仅从封面上就可以窥探整个故事是件令人欣慰的事。首先，一场政治阴谋让男女主角分离。接着，背叛的对方，变硬的心肠，还可能有一场因经济利益而被逼迫的婚姻，但事实上要与之结婚的这位无论是在身体上还是道德上都让主角厌恶。几次偶然的邂逅之后，最终男女主角在一场暴风雨之夜被困在同一个洞穴、同一个谷仓或者一个牧羊人的小屋里，之后撑起的短裤，粉嫩的胸脯，开始了跟爱一样古老的最原始的节奏。即使不是莎士比亚的作品，但也的确是切断与外界的联系，消磨下午时光的最好方式。

等我读到高潮部分的决斗时，我看见卡通商店的老板停在了蜻蜓旧书店的窗前。那个卡通商店离这儿有一个街区。她微笑地看着雨果，敲了敲玻璃，但雨果没什么反应。我推了他一下，他这才注意到卡通商店的女老板，他微笑着看着她，还给了她一个飞吻。

我问道："她知道你今晚要为那个先她一步来的房地产商烹饪鱿鱼吗？"

"玛吉，等你到了我们这个年龄，你就会发现无知是一种自由。"说完，他又继续沉溺于沃尔特·司各特的戏剧。雨果身材微胖，吃了顿午餐后，把腰带松了松。他总是穿着牛仔裤和棉质衬衫，衬衫的袖子还总要卷起来，我从没见他穿过其他衣服。雨果50多岁，总喜欢戴一副黑边老花镜，看起来就像偏远地区寄宿学校的校长。在很多小说里，孩子们总是被送到这样的学校。

我继续读着《逃狱惊魂》。蜻蜓旧书店满足了我对传奇小说的所有狂热，就连店主放有1961年出版的《勇士》和《密宗性爱》之间的缝隙里，我都能找到传奇小说。前台的桌子下面有个木质的收据盒子，雨果在里面放了许多索引卡，卡上记录了客户买卖旧书的账目。在格伦德尔所画的《山崩》的背面写着：蜻蜓书店里的猫并没有像之前一样从书架上穿过。蜻蜓旧书店的书堆就像一个"L"形的迷宫，头尾两端相连，好像小时候我在卡罗来纳的海滩上不断寻找的那种贝壳。在这里，你可能要花上好几个小时，甚至好几天的时间，才能找到你一直寻找的那本书。因此，直接带走你发现的那本书，通常比尝试去发现你想要的那本书，要容易很多。

一整天的时间，我可以看完两三本这样的传奇小说。读到只有一半字的最后一页时，我会有一种打了兴奋剂的感觉，这种像得到圣杯的感觉也是每个软件编码员想让他们的用户体验的感觉，就像《吉他英雄》里用“突然死亡”战胜对方，或者在开心农场得到了草莓牛的那种心情。最后，你内心的那个自己会说：“我做到了！现在，我可以停下来了，我要去解决全球的饥饿问题。”但，其实你并没有成功。还有很多的假吉他在弹奏，还有很多闪烁着霓虹灯的鸡舍等着别人来购买，甚至还有一个强盗会被诱惑，但真实的世界里又有什么可以与之匹敌呢？

我的生活习惯让我的最后一个男友布莱恩也几近疯狂。布莱恩是IOS系统的编程员，他写了一个条形码图像处理程序库，这种程序可以上传食品中各种营养成分的数据。布莱恩把这个程序库卖给了一家食品应用软件商并从中赚了一大笔。对于他来说，传奇小说存在的意义就如同游戏机对于蜂鸟的意义一样。他常对我说：“你必须从你的日常习惯中获取成功。”“现在，你的新工作就是去找一份工作。”听他这样说的时候，我很难告诉他我正从我的“新工作”里旷工，其实我每天都在蜻蜓旧书店里看书。索性我什么都没说，回家后我们就做爱。如果两个人正在跳台滑雪，男人根本顾不上指出你在时间管理方面的不足。我和他在一起已经两年了。几个月前，他搬到了奥斯丁，但却没有让我和他同去。从那之后，我们就分手了。他是个非常帅气的小伙子。事实上，世界上有很多帅气小伙，但没有一个愿意到硅谷寻找爱情。

正当我继续品读着书中的高潮时，有人踢了一下我的椅背。我回过头，发现杰森穿着一件印有《巴比伦五号》电影图案的T恤，宽大的袖子在他那细如竹竿的胳膊上搭着，好像巨浪在大海上不断翻腾；他手里拿着本平装书，封面上画的是未来英雄；他就站在那儿，瘦弱的他占据的空间顶多就和一捆干草差不多。在我看来，杰森毫无活力——头发又黑又硬，皮肤就像鲇鱼的下腹一样干瘪，就连他的头看上去都像被老虎钳夹过一样。杰森只有5英尺高，还有点跛足，他身上有什么东西以一种奇怪的角度凸了出来，让他的身体看上去就像被脱缰的马车碾轧了一半。

“看完了吗？”杰森问道。

“什么？”

“椅子，你还要用椅子吗？”他一个字一个字地讲，好让我清楚地知道他是在嘲笑我。蜻蜓旧书店只有两把椅子——一把就是我现在坐着的淡绿色的旧椅子，扶手处已经有点磨损了；还有一把雨果坐着，那是把蓝色的安乐椅，里面的填充物星星点点散落在地，和地毯已融为一体。

“这章还有三页就看完了。”我转过头，继续看书。

杰森绕到椅子前面，弓着腰看着我，他看上去像是一个滴水罐。

“你已经在这里待了一整天了。”

我绕过杰森朝雨果看去，他头也不抬地专心地看着自己的书，假装和我们不在一个房间。

“我是顾客。”我对杰森说。

“胡说！你得买了东西才能说自己是顾客。”

但雨果可不这样想，雨果同意我在蜻蜓旧书店待上一整天，而且也不指望我会买任何东西。而且我的房东，和我一起住在离蜻蜓旧书店几个街区远的复式公寓里，本来是很有必要担心我因为痴迷传奇小说而不去找工作，毕竟房租不会自己从裤子口袋里跑出来，但他却从来不提这茬儿。当然，如果我所剩无几的存款不能维持生活，或者本周加利福尼亚最新的失业调查结果又没及时公布的话，一切可就不一样了。

“再看一分钟。”我一边看着书一边对杰森说。我非常喜欢书中的高潮部分，况且还是免费的。

杰森猛地把书从我手上抽走，狠狠地跺着脚朝前台走去，然后把书给了一个女人。她正在那堆每包 2 美元的书中不断翻找着。

“格洛丽亚，要这本吗？”杰森问。

格洛丽亚穿着一件印有小猫贴花图案的运动衫，抱着刚刚找到的几本书，认真地看着那本书的封面。

我从椅子上一跃而起，在栏杆边走来走去，就像那个站在桅顶的喋血船长一样，心急如焚。

“你不会想要读这本书的，”我走过去对格洛丽亚说，“说真的，女主角满脸粉刺，男主角是个小矮个儿，里面的反派角色也是让人很不爽。总之，这本书真不值得读。我帮你找几本好的，有一本书写一个爱尔兰式的革命者，为了给他父亲报仇雪恨，他不得不拒绝仇人的美丽女儿的爱意。”

格洛丽亚眨巴着眼睛望着我，就在这时，杰森一下子从我旁边冲过去，扑通一声坐在那把椅子上。顾不得这把椅子了，我立马转头去看格洛丽亚，发现那本《逃狱惊魂》已经被她和其他书一起放进了那个大大的 NPR 托特包中，包里的书多得都装不下了。她把 2 美元的硬币放在柜台上，然后拖着厚重的包，蹒跚地走出了蜻蜓旧书店。

这时，雨果慢慢地从椅子里坐起来，轻轻地拍了一下我的肩膀，像是在安慰我。他径直朝柜台走去，把格洛丽亚的书钱放进了抽屉里。在这一瞬间我突然被箱子里的一本打折的《恶魔之心》吸引住了，我抓起书，迅速地坐在了雨果那把才空出来的椅子上。

大概读了 50 多页的样子，我的手机响起了“末日来临！罪人忏悔！”的铃声，我急忙掏出手机，看到屏幕上闪着迪奇的图像，图像上方的署名是“上帝”。唉，我总是忘记迪奇不在的时候，给手机加密。

“我可什么都没说。”雨果说道。椅子被我“抢”了，他只好去整理那天早晨一个顾客拿来卖的一箱惊险小说。

“你没说政府在窃听我手机的事情，和说了有什么差别。”我把手机调成睡眠模式，迪奇的电话被转到了语音信箱。

“是啊，”雨果说道，“我原本打算说脑癌的事情。”

“末日来临！罪人忏悔！”手机又响了起来，迪奇还真是讨厌。杰森受不了，他指了指一张标签，上面写着：

你那邪恶的手机会吃了你的脑子！把它关掉，专心阅读！

那是杰森自己写的标签，把它贴在了柜台上方。

就在这几行字下面，雨果用大写字母写道：

合十礼——祝蜻蜓旧书店的朋友平安喜乐。

我来到人行道上，接电话前先对自己咆哮了一番。

“你在家，对吧？正在找工作吗？”迪奇问道。

这时，一个男生正踩着滑板径直朝旁边一家叫“咖啡乔”的咖啡店滑去。随后，他把滑板弹起来，用手一把接住，加入了围坐在人行道旁桌子的那群人。他们是奥弗利文身社成员，一个个都布满文身，就连耳洞都打了好几个。

“是啊，”我回答道，“还在坚持不懈地找工作呢。”

“喜欢华夫饼的鼻涕虫。”

“和水桶一样圆润的猫。”

迪奇是我最好的朋友，我们从小一起在南卡罗来纳长大。他出生在一个养猪户家里，是家里最小的男孩子，上面还有四个哥哥。迪奇是同性恋，但也是个数学天才。而我则是家里的独生女，我的妈妈非常美丽，像童话故事里的皇后一样，但我却胖胖的，脸上长满了雀斑。我和迪奇一样，有很多无奈但又别无选择。

“根据福斯科[1]的记录，你两个小时前进了蜻蜓旧书店，还以为

1　一家基于用户地理方位信息的手机服务网站。

你是蜻蜓旧书店的店长呢。”他说道，“看马路对面，小甜心。”

我把目光转向阿波罗书籍音像店外面的咖啡厅，看到迪奇正坐在那里，手机贴着耳朵，端着酒杯朝我示意。迪奇把头发染成了红色，蓬松地搭在肩膀上，看上去就像个消防栓。我身高 5.6 英尺，迪奇比我矮一点，但他不会告诉任何人他的真实身高。今天，他穿了一件长长的工装短裤——裤腿垂到他那又短又粗的小腿处——上身是一件印有 Red Elvises 的 T 恤。迪奇坐在一张轮盘大小的桌子边，桌上放着一个高高的咖啡杯，他向我指了指那杯咖啡。

“那最好是一杯浓缩的拿铁。”我说道。

“还加了很多奶泡。”他朝着手机发出了咕噜咕噜的泡泡声。

卡斯特大街车流涌动，我只好等了一会儿才冲到马路对面和迪奇坐在一起。曾几何时，这个用墨西哥瓷砖装饰的庭院还是一个电影院。现如今，电影院已被废弃，这里成了连锁书店旁边的咖啡厅。阿波罗想要把废弃的电影院改造成连锁书店之前，镇上有很多反对意见。但是，当书店宽敞明亮的长廊呈现在众人面前时，一切不满和牢骚都销声匿迹了。在这条长廊里，人们穿着连锁书店统一的 Polo 衫，查阅着存货单，而长廊就像穿着制服的仆役一样，护送着你到想要的书那里，就好像童话故事里说的那样。雨果总是幻想着蜻蜓旧书店是在和阿波罗书籍音像店竞争，但我不确定阿波罗书籍音像店是否知道蜻蜓旧书店的存在。蜻蜓旧书店从来不发任何广告，也没有任何展示，甚至连个像样的标语都没有。诚实点说，蜻蜓旧书店就是一大堆书，外加一个收银台。但是，雨果却坚持认为对于处于灾难之中却毫无危险意识的芸芸众生来说，蜻蜓旧书店的出现就是拯救灵魂的灵丹妙药。所以，我们这些蜻蜓旧书店的老主顾一般是不会主动踏入阿波罗书籍音像店的，除非真的碰到了紧急情况，如水管堵塞或者有个朋友已经买了杯拿铁在那里等着。但是，我不得不承认自己对阿波罗的品位毫无免疫力。从印有书店名字的包包和马克杯上，我感受到了一种大公司的文化。我曾经在多家公司工作过，那些公司经常生产一些并不实用的产品，然后卖给那些完全无法承受其价格的人们，阿波罗书籍音像店在这点上倒是与那些公司全然不同。

“我一直都在找工作，现在需要休息一段时间。”我边说边在迪奇的胳膊上捶了一下。迪奇每周都要工作 80 多个小时。他喜欢开发开源软件，尝试着让自己的汽车依靠动物油脂获取动力，还为一群认为自己发现了彗星的天文学专业的巴西学生提供技术支持。对于迪奇来说，时间的投入是为了产出。软件工程师的主要工作就是用更少的资源让事情发展得更快。因此，如果不能有效地利用时间，人生便失去了意义。

“但你今天早上还在找工作呢，你看到马丁 · 王在领英网给你写了封推荐信吗？他刚刚入职了一家网讯公司。”

说实话，我根本就没时间看，我一早就忙着看一本有关棕色皮肤的少女和阳刚十足的少年之间的故事。马丁是 ArGoNet 软件公司的销售代表，去年我只在那家公司工作过两秒的时间，他对我能有什么评价呢？

我打开手机上领英网 APP 的时候，迪奇正在翻找一个阿波罗书籍音像店的帆布包，里面塞满了技术类书籍，书籍的封面上都是动物的铅笔画：HTML 5 那本书封面上是一只幼年麋鹿，IOS 系统书的封面上是一只狐狸。我还在《权威可视化指南》上看到了第二次世界大战的图片。有一次，在 ArGoNet 软件公司的会议上，迪奇花了 20 分钟的时间在屏幕上向大家展示《拯救大兵瑞恩》，以示对团队成员的激励。“滩头堡！”他尖叫道，“我们需要滩头堡！”然而，在座的其他成员却只是把头深埋在双膝之间，以防呕吐。迪奇却说那是他们最成功的一次季度会议。

令我意外的是，迪奇竟然从那一包书中掏出来一本小说。那是一本平装书，看上去朴实无华，但书角整齐，书脊也非常牢固。我坐在那里，甚至已经闻到了从新书中飘散出的松树皮的清香。指尖轻轻划过书面，阵阵悸动随之而来，感受着那毫无瑕疵的书衣。那是一件小而精的东西，是一只刚刚孕育而出的雏鸟。和蜻蜓旧书店的旧书不同，这本书还未曾和那些旧书在拥挤不堪的书包中“摩肩接踵”，也从未受过任何晨间咖啡的“洗礼”，就连还处在磨牙期的小狗都不曾与之有任何的“邂逅”，书名叫作《查泰莱夫人的情人》。

“你之前看过这本书，对吧？”迪奇问道，“我是说，只有读了 D.H. 劳伦斯的大作，你才能拿到英语学位，是这样吧？”

“是的，我读过这本书。那时候我上大一，学的是“英国文学综述”。当时，我们还在一个班呢。”

“好吧，谁还有心情去记住这些事情。听着，现在有件大好事找上门了，我们最近正从 Wander Fish 公司那里筹得一笔新的资金，你还记得艾薇·纳拉杨吗？”

“当然。”其实我根本不记得有这么个人了。不过，假装记得好像更简单。

“她现在为这本书开办了一个读书俱乐部，想让我们俩也加入。”迪奇说着，手里拿起另一本一样的书，“俱乐部的会员都会拥有同一版的书。”

“可我从来不参加任何读书俱乐部，我妈妈倒是一个读书俱乐部的会员。”

“是的，咱俩一样。但现在的这个读书俱乐部可不一样，这可是硅谷那些高学历的拉拉们举办的读书俱乐部。”

“蠢货，我们又不是拉拉。”

“我把她们的博客网址发给你看看。”

什么情况！我妈妈那个读书俱乐部的会员甚至为了在一杯冰茶里应该放多少糖而吵得人仰马翻，这个俱乐部居然还有自己的博客？我打开短信，点开网址，网页上方赫然写着：硅谷女强人联盟读书会。缩写是 SVWEABC，她们竟然还专门设计了一个 Logo。

“那个，迪奇，可你不是女人啊。”

“当然，我知道。她们正在扩展，只是还没来得及重新命名。我可是俱乐部里的第一位男性成员。”

“你是第一个？”

“是啊，不敢相信吧，我可帮了她一个大忙。今天我在她办公室，看到她桌子上放着这本《查泰莱夫人的情人》。她好像以为我很感兴趣，就跟我讲了这个读书俱乐部的事情，还说其中有两名会员已经退出了，现在只剩下 18 个人了，所以呢，我就接手这事了。我还跟她提到了你，说你是英语文学这个热门专业的高才生，她还想邀请你去参加聚会，聚会地点一般在伍德赛德，艾薇的家就在那里。也许我们需要找个夏尔巴人带我们去那里，她们每个月聚一次，从来不谈现代的事，只讲那些已经过世的作家。”

“过世的？”

“嗯，那是她们的标准。她们觉得，死去的人不会跳出来跟你理论，省得招人烦。”

“那我为什么要去做这个？”

“玛吉，暂时我想把 ArGoNet 继续做下去，况且又有新的资金注入，我们的机会来啦。而且艾薇现在是董事会成员，她可以让你回来继续工作。”

记得 10 年前也是这种情况。那年，我和迪奇放弃参加学校的毕业典礼，直接坐着他那辆 86CRX，一路从哥伦比亚开到了帕洛阿尔托。那还是 20 世纪 90 年代后期，迪奇一心想要进入互联网行业捞上一把，而我只是想和迪奇在一起。一拿到学位证书——迪奇学的是计算机科学，我学的是文学，我们就整理行囊，直奔硅谷。我原本想着先找个咖啡店打工，然后慢慢找个和文学有关的工作。但是，迪奇却让我在他的创业公司做行政人员，那是他第一次创业，工资还出奇地高，是我做图书管理员的两倍。而且，在所有的创业公司里，都是一个人顶10个人用。后来，我就变成了公司服务的主管。我虽然不会写编码，但知道怎么把信息整合在一起最合适，也知道如何去完善这些信息。这些IT精英们之所以喜欢和我在一起，是因为我总能让他们对自己产生好感，而能够赢得高管们的好感则得益于我总能把复杂的信息技术说得像《毛绒兔》这样的童话小说一样易懂。我感觉自己就像连环漫画里的孤儿，一瞬间突然意识到自己之前那些古怪的行为其实是潜在的超能力的表现，是正义的化身。再后来，互联网泡沫破灭，“9·11”事件爆发，一切的一切都跌至谷底。迪奇和我也因此遭受了创业的打击，但我们并未就此一蹶不振，相反，我们应聘到了当时唯一一家还招人的公司，一干就是几年，从未抱怨过。终于等来了一波新浪潮——社交媒体。风险投资在硅谷再一次风靡，就好像弹球一样，给旧金山半岛上每一个小公司都带来了希望之光。迪奇在一个叫Meetup的创业者联谊会上筹得一笔资金，随后创办了现在的ArGoNet软件公司。

ArGoNet可以说与脸书（Facebook）和推特（Twitter）是一类的，不过ArGoNet软件主要针对的是公司内联网。我们希望能够为公司内部提供一个安全可靠的主机环境，在这种环境中员工之间可以彼此交流与联络，公司能够将内部的交流情况传递给每一位员工，所有这一切都是在非常安全、不受外界干扰的环境下进行的。我和迪奇把全部家底都投了进去，雇了一位斯坦福大学的工商管理硕士出任公司的首席执行官，接着还在卡斯特大街的街区里租了一间600平方英尺的办公室，房间没有窗户，楼下是一家中国人开的旅行社。

四年的时间，我们先后聘用了 600 多名员工，3 位 CEO，进行了 5 次裁员，董事会还曾把我派去了印度。电视里，人们在离职的时候，总是眼泪汪汪，一一和同事相拥话别，手里托着一个盒子，里面放着一个小盆栽，绿色的叶子隐露一角。而现实却是：一大早当你兴致勃勃地来到办公室时，却发现桌子上放着两周的工资单，上面是你的名字，不过通常名字会有拼写错误；门口还站着一个保安，在你出门的时候还要对你的钱包做一番详细的检查，方能放行。

“你是认真的吗？真的要我回去工作？”我问迪奇。

“艾尔温·隆美尔将军是‘沙漠之狐’吗？”迪奇反问道。

我不知道那个隆美尔将军是不是什么“沙漠之狐”，但迪奇问我这句话的时候并没有看我，我就知道他的回答是肯定的。通常情况下，迪奇说话不看对方的时候，就说明他是认真的。当然，我也有担忧，我们正在一片未知的海洋中航行，很清楚在 ArGoNet 应该做什么，应该坐在哪里，也知道需要某些东西的时候应该和谁说。我看得懂迪奇和他的团队编写的那些代码，就好像我翻过很多遍的书。每当我把书放在桌子上时，封面被风轻轻吹起，我能够理解其中有逻辑和没有逻辑的部分，看透了那些既让我感到挫败又让我莫名兴奋的古怪行为，甚至能够发现一些做事情的变通方法，这些方法可能连迪奇都不知道。

“你可以的。”迪奇鼓励我说，“你的穿着打扮，你展现给大家的一切，都是美好的，你说起话来也头头是道。你应该回来。”

“读书俱乐部什么时候聚会？”我问道。

“明天下午。”

我真想把所有的脏话都喷一遍。

“没事的。”迪奇说，“只要你想，你能把墙纸上的花朵说得栩栩如生。”

此时，我脑海中浮现了一幅画面：我那本《逃狱惊魂》躺在格洛丽亚的台面上，旁边放着一盒脱脂饼干，再旁边还放了本《红皮书》杂志，封面上画的是终身社交网络。我想我可能要永久失去《逃狱惊魂》了。

“等等，明天你不是要和那个苹果公司的工程师一起去纳帕吗？”

“哦，我和他已经分手了，就在前天晚上，在库比蒂诺一家寿司店。你难道没看到我在 Yelp 上的评论吗？”

迪奇在Yelp上的评论就相当于他的个人日记。他曾经写过影评，还对一些餐馆做过评价，甚至连他在亚马逊上买的乱七八糟的东西，他也要评头论足一番。而且迪奇不仅仅是说出自己对某些东西的看法，还会就在该地点发生的其他事情，或者有关某样东西的故事以及发生的原因和主角进行一番长篇大论。曾经，我也非常喜欢读迪奇的评论，有时候还会回复些自己的想法。当然，我都是装成不认识他，而且非常厌恶他的评论。然后，我和他就会假装互相指责对方。但是，无论我们两个处在什么样的立场上，总会有人站出来维护我们，就好像小孩子在激烈地玩着碰碰车。后来，我很久都没有看过迪奇的评论。因为分享他评论的那些东西都需要钱，我没有钱，不能分享，也就不好玩了。

迪奇看上去有些惆怅，他把剩下的葡萄酒一饮而尽，然后把玻璃杯推开一点，静静地看着其中的虚无："真难喝啊！"说完，迪奇一把抱住我的头，亲吻着我的头发，"我得走了，我一会儿要去芬尼根守灵夜和几个程序员喝上几杯。你来吗？我请客。"

迪奇总是埋单的那一个，这是他作为领导最好的一面。

芬尼根守灵夜是一家山寨的爱尔兰酒吧，奥森·斯科特·卡德和《红矮星号》的追逐者们总是聚在这里。其实在这之前，每天工作了 14 个小时后，我总喜欢和同事们成群结队地到这家小酒吧小酌几杯。吃点墨西哥胡椒口味的爆米花，喝上几杯吉尼斯黑啤，晃晃悠悠地沿着街道回到住处，倒头睡上几个小时，第二天起床工作，生活就这样日复一日。这里曾是我庆祝胜利的地方，是我努力将那些咆哮怒骂的顾客安抚成乖巧的绒毛兔后犒劳自己的地方。如果说现在的一切仍和去年今日相同，那我将是大家争相祝酒和聊天的那一位。但如今物是人非，今晚的我不过是老板的一个失业朋友罢了。

"那这本书就当作业啦！"我说着，拿起了那本《查泰莱夫人的情人》。等我回到蜻蜓旧书店收拾东西准备回去的时候，雨果说道："我看到你拿了本新书。"

"别紧张，听我解释。"于是我把那个读书俱乐部的事情一五一十地都告诉了雨果，边说边把那本《查泰莱夫人的情人》放进我的皮包中，拉上拉链。皮包上面还印有 ArGoNet 软件公司的 Logo。一同放进去的还有没读完的《恶魔之心》《淘金者》《游戏的女儿》，这几本都想带回去看看，权当消遣。

“我敢肯定我这儿也有本一样的。”雨果说道，然后急急忙忙地朝着那些书堆跑去，“我记得前几天看到过一本。”

说实话，蜻蜓旧书店的整洁度绝对可以和被龙卷风肆虐后的停车场媲美。真要等雨果把那本他“记得”的书找出来的话，我可能要夜不归宿了。

“在体育和休闲区有这本书，我记得我在那里见到过！”杰森在雨果身后喊道。而这时，旁边一位正在找书的女士瞪了杰森一眼，手指放在嘴唇上，做了个“嘘”的动作。

“怎么了？这里是书店，不是图书馆。”

“雨果！”我叫道，“我想我们读的是同一个版本的，你别找了。”

说完，我就朝外走去，刚出门的时候听到雨果在后面吼了声：“法西斯！”

如果把你的手想成一个半岛，那么旧金山就在你中指指尖，圣荷西就是手腕，山景城则在手掌的中心位置。和旧金山不同的是，山景城几乎看不到那些戴着金框眼镜、穿着从翻新的仓库中淘来的高领毛衣的时髦人士。而且，尽管后来谷歌入驻这里，山景城也没能像帕洛阿尔托或者门罗帕克那样被打上优质地界的烙印。如果充斥着整个硅谷的是地毯业或者造纸业，而不是计算机行业，也许山景城能成为所有一线员工及其中层领导的首选，但这只是如果。其实，在山景城，就光那些20世纪50年代之后建的，安装着太阳能电池板、电线布局讲究的，占地达1500平方英尺的房子就已经超过了 100 万户。

虽然山景城的生活消费水平不低，但我还是对这里的许多事物充满热情，比如说那林立在街道两旁的老式吊灯。这些吊灯经常出现在狄更斯的小说里，在这些老式吊灯的陪伴和照耀下，我才得以在回家的路上享受阅读的快感。通常情况下，从蜻蜓旧书店回家的路上，我就可以读上七八页。如果是从蜻蜓旧书店到咖啡乔去喝杯摩卡的话，还可以再多读两页；而从蜻蜓旧书店去街角那家廉价的中国餐馆点一份木须肉外卖的话，则可再多读三四页。回家的途中，我无须为了一把椅子和杰森吵得不可开交，可以静静享受不被打扰的阅读时光。一路上，唯一能听到的就是街道两旁家家户户中传出的夜晚生活的声音：水槽里碟子相互碰撞发出的叮当声，一遍遍练习《老斯莫基山顶上》钢琴曲时漏掉的音符，还有那一听就是从被呵痒的小孩儿嘴里发出的咯咯的笑声。

在咖啡乔，我用了三个小时的时间才决定去读《查泰莱夫人的情人》。在读这本书之前，我打算先把《恶魔之心》看完。的确，在我离开咖啡厅的时候，《恶魔之心》已经看完，还看了 60 页的《淘金者》。好吧，这次《查泰莱夫人的情人》又只能先搁置一旁了。

摸了摸口袋里仅有的 20 美元，想着这个周末要怎么过。路过一家卖亚洲物品的杂货店时，我走进去买了几包速食汤，还顺便买了张彩票。再往前走几个街区，就是我和雨果共住的复式公寓。后院飘来阵阵烧烤的香味，引诱着我的胃发出一声声“咕噜噜”的叫喊。雨果的那个晚餐聚会现在好像变成了派对。我甚至可以听见从公寓后面传来了用吉他弹奏的弗利吾麦克乐队的歌曲，中间还夹杂着不时发出的朗朗笑声。

我拖着沉重的脚步，一步一步走过四级台阶，来到门廊。门廊的一头是我的房间，另一头则是雨果的房间。我看见房间的纱门半掩着，纱门和前门之间还夹了一个纸盘，纸盘上盖了一张锡纸，最上方还贴了张小纸条。上面写道：

意大利熏火腿卷芦笋。还有，那本书我给你找到了。快来加入我们的派对吧。

谨启

雨果

我又低头看了看纱门后的角落，那里确实有一个可以被称作书的东西，但和迪奇给我的那本不太一样。雨果的这本书看上去就好像已经被打入十八层地狱，然后又被活生生地拽出来一样。书脊上的封面已经没有了，书页张角清晰可见，就连上面已经干了的胶水都赤裸裸地露了出来。封页看上去苍白无力，书角也都被磨损得不堪入目，整本书被烈日炙烤得有些僵硬变形，上面还沾满了点点滴滴的水渍。翻开泛黄的书页，嘎吱嘎吱的声音好像在控诉着它们老朽的“身体状况”。这本书的年代估计和迪奇高中时候开的那辆 1962 年的 Rambler 一样久远，我记得当时自己出于生命安全的考虑拒绝乘坐那辆车。如果这本书也像那辆车一样喷出黑色的尾气，我一点也不会感到意外。我把这个可怜的“小家伙”拿进房间，想着如果能够给它来点热牛奶，再有张床让它休息休息，我会非常乐意的。

雨果的房间就在墙的那一头，有两个卧室，就像一个小皇宫。而我的房间和他的房间完全不一样，房间里仅有的一张床都是后来加进去的，思前想后，才下定决心加了一个小小的早餐吧台，将厨房和卧室分隔开来。而卧室则小到只能容得下一把心形的座椅、一把帕帕森椅、一台 47 英寸的平板电视，还有五个从宜家买回来的书架，书架上满当当的都是书，是我这么多年生活的见证和记录。在读《了不起的盖茨比》的时候遭到了佩玻博士的一顿怒骂，读《傲慢与偏见》的时候居然脸朝下摔进了水坑，到现在还留有疤痕。而妈妈送给我的唯一一本书是汉斯 · 克里斯蒂安 · 安徒生写的童话小说，由 B.Dalton 书店出版，封面上印有小美人鱼的图像，棕黄色的书页摸起来就像一片片薯片，脆脆的，但也易碎，上面已经有了些许磨损。

我非常喜欢那本童话书中的恐怖故事，整个暑假我都在一遍又一遍地读着那一个个令人毛骨悚然的故事。当我的小伙伴们还沉浸在对德拉库拉、弗兰肯斯坦和甜蜜高谷的童年幻想中的时候，我已经开始探索那些童话故事里被中途摧毁的人生，以及那一个个不幸的结局。书中有个关于美人鱼的故事是这样的：美人鱼公主为了心爱的王子，以自己美妙的嗓音为代价，换上了人类的双腿。她来到了王子门前的台阶，每上一个台阶，美人鱼的双脚就好像被刀子生生割开了一样，但她还是坚持着来到了王子面前。只要王子提出邀请，美人鱼再痛都心甘情愿地为他翩翩起舞。但是，故事的结局却是：王子和另外一位女子结成连理，而小美人鱼则最终在大海中结束了自己短暂的生命。这个故事后来翻拍成了电影，我妈妈比较喜欢电影里那只会唱歌的螃蟹还有那些会跳舞的鱼儿，而我则一直钟情于故事中的那条美人鱼。

有些母亲总是喜欢给女儿买各种各样的书，而我总是期望自己就是那个女孩。我想象着妈妈轻轻抚摩着我的头，给我写了一张空白支票，这样我就可以在学校订阅《读者周刊》了；我想象着房间的墙壁上从上到下都是书架，满满当当的书架还配了一把带轮子的梯子，这样我就可以随意在书架上爬上爬下，随心所欲地停留在我认为最能完美契合当天心情的奇幻世界里。事实上，我家的确有很多很多书，从《故事重述》到《太阳照常升起》，这些从未被触及的哈佛经典丛书就像一位位百夫长一样驻扎在妈妈的卧室中。而那些常常放在咖啡桌上的休闲读物——有关南部农田或者南卡罗来纳足球的虔诚照片——也总是被擦得光亮如新，不沾染一丝指纹。厨房里则放置着很多烹饪的书籍，这些书干净得就好像妈妈从南方生活小店里的纸箱中刚刚翻出来时一样。但是，像《雪地黄金犬》《金银岛》《狮子、女巫和魔衣橱》这样的书家里是没有的，我只能自己去图书馆看。

在我 8 岁的时候，我告诉妈妈自己想当一名图书管理员，每当这个时候，她就会一脸惊恐地看着我。透过她的表情，我看到了她对我未来人生的遐想：一个穿着舒适的鞋子，头发梳成发髻盘起来的家庭主妇般的女子，透过一副厚重的眼镜看着那些因延期还书而罚款的人们，她满脸尽是鄙夷和阴沉。然而，无论我怎么说，也没法让她相信未来的我一定不是她想的那样。我心中的图书管理员是数据界的超级英雄，就好像旧世界里的探索者一样，他们在未知的信息海洋中航行，他们自己画着地图，可以把任何人送到任何地方。他们还是守望者，守护着被人们遗忘的东西，将生活中的点点滴滴记录下来，然后一片片拼接起来。

上了高中，我就开始在小镇上的图书馆做志愿者。那是一座小小的黄颜色的房子，就在广场附近。其实，我父母的家里也有大大的房间，非常安静，小孩子独自一人完全可以躲藏在一本本图书之间，不被人发现。但是，图书馆的安静更能启迪人生，特别是对那些不断追求的人们，而我就是那个能够为他们提供帮助的人。我推着一车又一车的书，在过道之间畅游，车轮因书的重压而发出吱吱的声音。在那些到期未还的借书卡上，我敲上到期的印章，然后把借书卡放进书上纸质的口袋中。等其他志愿者来接班后，我就在远处参考书库的角落里，蹲在踢踏凳上，读着妈妈绝对不会让我带回家看的书——朱迪·布鲁姆的《永远》《所罗门之歌》，还有很多很多历史演义小说。小说的封面上身着紧身胸衣的女主人公，凌乱的长发在风中飞扬。

再后来，我成了南卡罗来纳大学的学生。从学校图书管理员那里，我懂得了如何去了解人们的所求，如何去引导他们找到他们的所需。在图书馆，我学会了如何建立目录管理系统及绘制相应界面，而所有的这些技能，最终都被我运用到了网络创业中。我知道每一堆信息都有相应的处理模式，好像有一根无形的线穿在其中，只要轻轻一拉，一切就能归位。“知识把一个模式强加于人，然后欺骗人。”T.S. 艾略特曾在《四个四重奏》中这样写道，“因为模式在每一瞬间都是新的。”

每天晚上 8 点到夜里 12 点，我都要在大学图书馆里将每本书按照国会图书馆的编号系统进行整理。这是一项适合沉思的工作，我只需要扫描每本书的书脊，然后在书架上找到对应的位置放书就可以了。每天晚上，我推着一车车的书在书架中间穿梭，将那些被借出去的书放回原位，有时会无意中发现一对情侣，他们只是相拥着靠着墙，或读书，或打盹。而有时，在书架的另一边，我能感受到一对夫妇在激情中挣扎，而这是那些没有自己房间的人才能够想象的。晚上的时候，一堆堆书就好像《仲夏夜之梦》里的丛林，树荫中透着丝丝的顽皮和热情。

我把雨果的那本《查泰莱夫人的情人》放在早餐吧台上，翻到扉页，上面有人写着“1961 年 4 月”。我又看了看其他地方，看到了一些原本不该出现在上面的内容。整个扉页简直是由各种手稿拼凑而成的。

我把吧台上方的台灯打开，想看得更仔细一点。这书稿看上去像是一个男人的手稿，手写体和印刷体都有，功利中透着一种优雅。所有的字母“t”在最后都是粗体弯曲，而字母“i”则是用短短的向上的破折号作为最后的一点，就好像蜡烛上摇曳的烛光。

爱情，让吾知吾所需。

这行字下面还有一行短一点儿的，是另外一种字体。字母与字母之间连成一线，字体饱满而流畅，有一种女性的娇柔，让我联想起夏日的青草，还有旋转时的裙摆。

而我在这里找到了你。

我把书拿起来，紧紧地握在手中，好让这么残破不堪的书不至于散架。可能是我拿得实在太紧了，整本书竟然一下子散落在了吧台上，书页撒得到处都是。我把它们一张张收好，不知道心中是有多爱雨果。他是怎么做到的，能想到让我明天带这本书去读书俱乐部，我实在太爱他了。雨果让我想起了我伯祖母特鲁迪，她总是喜欢在手提袋里放半个葡萄柚，而且永远不能明白为什么大家不想和她一起分享。

我大口嚼着芦笋，在窗边的帕帕森椅上坐下来，小心翼翼地翻开迪奇给我的那本毫无瑕疵的《查泰莱夫人的情人》。我已经准备好了，一切都会好的，我已下定决心要让事情朝好的方向发展。翻开扉页，一片空白。而我的眼睛却不自觉地瞟向早餐吧台上那一堆散架的书页。

爱情，让吾知吾所需。

目光重新回到手中的书上——第一页，第一章节。我强迫自己集中注意力，计划在今晚把这本书看完。明天去读书俱乐部前，袜子只能丢进滚筒洗衣机，再用烘干机烘干了。读到第二页的时候，一股强烈的欲望向我袭来，突然好想喝一杯健怡可乐，再来些海盗的战利品（一种零食)。

几分钟后，伴随着嘎吱嘎吱的咀嚼声，一份撒满芝士的爆米花被我解决了。而我忍不住再次将目光转向雨果给我的那本书上。几乎每一页的空白处都或多或少地留下了些标注。我把书放在灯光下，看到第一章节的开头处这样写道：

你好，我叫亨利。你是谁？

你好，亨利。我是凯瑟琳。

凯瑟琳，非常感谢你能回复我。我现在越发地好奇了。——亨利

我也是。为什么选择《查泰莱夫人的情人》？是什么原因让你开始在书上写下这些？——凯瑟琳

说实话，我自己也不是很清楚。当看到这本破旧的书时，我非常难过。我想我应该陪伴着它，我一直都很喜欢看小说，这本书的原名叫《柔情》，你知道吗？我非常喜欢主人公的那种爱情，尤其是在结尾处，梅勒斯写的那封信。“如果可以拥你入怀，就不必费这些笔墨了。”——亨利

我就这样坐在那里——手里的零食已放在嘴边——想着接下来

会发生什么呢？我又从那堆书页中随手挑了一张——第 156 页。

凯瑟琳——

你萦绕在我的心尖，引诱着我，刺痛了我的感官。我想把你吸入口中，渗入心中，让你和我融为一体。我想让你知道，每当我用双手抚摩着你的时候是一种什么感觉，当我说出你名字的时候又是一种什么感觉。——亨利

看着散落在整个厨房的片片书页，无数个问题在我脑海中闪现，而其中最想知道的问题是：到底发生了什么？“非常感谢你的回复”和“让你和我融为一体”之间到底是怎么回事？

我把那些散下来的页面推向一旁，试图从后往前找到提示。第 389 页，没有；第 335 页，也没有；又开始翻看到第 300 页以内的文字，依然没有任何对应的线索。最终，总算在第249页发现了点什么：

本周日是今年夏日的第一天。我希望那天中午你能来先锋公园见我。——亨利

看到这儿，我觉得自己就好像在某次旅行回家的途中，从失物招领处把别人的箱子带回了家。看着散落在面前的书页，我仿佛看见了亨利和凯瑟琳写下的那些文字正在不断变化着，时大时小，那是我花一整天时间在蜻蜓旧书店看的传奇小说中总出现的词——“拥

抱、欲望、渴望”。这些词都来自书本，不是人们在现实生活中会使用的词。这些词本应是蘸满墨水的鹅毛笔在羊皮纸上留下的印记，然后亲手用蜡封好后，让人快马加鞭地连夜寄出。但现在它们就在这里，一个个字母紧紧相连，用圆珠笔写下，出现在《查泰莱夫人的情人》的页边。

我把散落的书页收好，小心翼翼地把它们按照原来的顺序放好。无论亨利和凯瑟琳到底是谁，他们都已成为我心头的一份挂念。我已记不清楚自己到底花了多长时间才把那些书页重新排好，只记得雨果派对上的各种声响不断透过关紧的窗子传进来，就好像隔壁房间里的那对情人发出的声响一样，而我则努力忽视着这些。

这是一本有关情欲的书。她褪下外衣，在欲望中重生。

——凯瑟琳

第二章

银针茶

真的要感谢 UPS 快递的快递员，如果不是他按响门铃，我肯定还在做着美梦。当我迷迷糊糊醒来的时候，发现自己半躺在沙发上，脸上还盖着散落的书页。我极不情愿地从沙发上爬起来开门，一边在快递单上签下约翰·列侬的名字，一边扶着门好让快递员把盒子推进来。这时我看了一眼时钟，发现 SVWEABC 会议还有一个小时就要开始了。迪奇说不准什么时候就会来接我。我赶紧来到浴室，淋浴后又冲向衣柜。今天要么打扮成思科市场营销人员的样子，穿上诺德斯特龙百货的售货小姐为我挑选的套装；要么穿 T 恤配牛仔裤，打扮成谷歌的工作人员。最后，我选择了后者——T 恤配牛仔裤。T 恤前面印着“Schrodinger's cat is dead”，后面则写着“Schrodinger's cat is not dead”。我敢肯定迪奇会穿着他那身工装裤配 T 恤，我们都是怪咖，大家都清楚这点。

就在我听到迪奇那辆烧着生物柴油的敞篷汽车停在门外的时候，突然手机响了，是妈妈打来的。

“你收到我寄的包裹了吗？”她问道，“我刚收到 UPS 快递的短信通知，说包裹已经签收了。觉得怎么样？喜欢吗？”

现在压根儿没时间去拆包裹，不过我知道里面应该是另一件家具。妈妈从来不认为世上有什么事是蒂凡尼的灯饰解决不了的。在搬到澳洲以前，我根本没有自己的房间可以让妈妈装饰。但是，对于她来说，只要她想，她就会驱车 30 多英里来到我的大学公寓，用她的魅力迷惑室友给她开门，然后把我的 T 恤和破洞牛仔裤全都换成亚麻裙和安·泰勒的毛衣套装，这对她来说根本就不算事儿。不过现在我们相隔 3000 英里，她只能寄东西过来，而家具就是她的选择之一。通常是那种重得搬不动的家具，所以工作日的时候，我就会打电话让救世军[1]来把大理石台面的厨房推车、皮革制的高背椅，还有巴洛克式的桌案（据说是法王路易十六的王后玛丽·安托瓦内特的，我觉得有点儿言过其实）都拖走。后来，我学会了在克雷格网站发布广告，将这些东西都卖了出去，拿到的钱够付我几个月网费的，这还真是得感谢妈妈的慷慨赠予啊。

“我现在来不及打电话，”我回答，“正赶着去开会呢。”

“怎么可能，你不是已经失业了吗？”

在我成长的世界里，只有那些生性多疑的人才有可能失业。所以，当我告诉父母我被解雇的时候，他们执意让我回家，计划着让我在他们的严格监督下摆脱失业的耻辱。如果我当时唯一的选择是回家，然后结婚生子，那么我想上帝会好好安排的。但我认为，曾

1 1865 年创建的基督教组织。

经有那么一段时光，ArGoNet 软件公司也是不错的选择。那时的我认为，只要唯命是从，公司让做什么就做什么，也许 ArGoNet 会给我一个前景不错、稳稳当当的未来。但事实是，无论我做了多少，抑或做得多好，到头来都无关紧要，归根结底还是要裁员。正如海纳百川，救世主抑或千古罪人，对于大海来说毫无区别。

“妈妈，我现在没时间解释这么多，我得走了。今天的会议很重要。”

“难道比家人还重要吗？好吧，你去开会吧。我和你爸可能就要死在去希尔顿黑德岛的路上了，反正你是不会在乎的。”

我的父亲是一位田径明星，母亲则是南卡罗来纳州小姐亚军。他们大学毕业一周就步入了婚姻殿堂。一开始，他们的生活充满了欢笑和安逸，两个人从来不会为生活中的琐事所困扰，因为总会有人为他们埋单。他们几乎从来没问过任何问题，甚至不觉得有什么问题可问。我清楚地知道一直以来他们是如何度过每一个周六的。爸爸每周六清早都会先去他的兄弟家吃早餐，然后再回家陪妈妈。在我出生前，就是如此。而妈妈呢，会穿着一件颜色柔和的淡粉色高尔夫套装，一双刚过脚踝的短袜，再戴上一个遮阳帽，双手环抱着她那光滑如丝的膝盖，坐在橡木楼梯上等着爸爸回来，他们的高尔夫球包就放在楼梯栏杆旁。在我很小的时候，他们会在离家近一点的地方打高尔夫，周五和周六的下午和晚上就在俱乐部雇一个临时保姆照顾我。但是，等我渐渐长大，可以独自在家的时候，他们又解放了，并且发现了一个新去处——高尔夫度假村。这些地方对他们来说就像六旗游乐园，在这里，他们穿着五彩缤纷的晚礼服，身上的香水味就好像刚刚割下来的青草散发出的清香一般。我不清楚妈妈到底是否真的喜欢高尔夫，但爸爸对此非常着迷，这才是妈妈在乎的。

“好吧，妈妈，我这就打开来看。”

我在厨房拿了把刀把盒子上的胶带划开，从盒子里拖出来一个重型武器式的橡树茶几，这对一个厨房里挂满野鸭的女人来说，还真是一个令人意外的低调选择啊。

“你打开卡片了吗？”妈妈问道，“趁现在通话，赶紧打开看看。”

“我没看到卡片呀？”

“在抽屉里。你总是这样，从来不看看东西里到底是什么。”

屋外，迪奇一次又一次地按着喇叭催促着我。我打开茶几的抽屉，看见里面有一张信纸，上面装饰着妈妈最喜爱的小百合。信纸上，妈妈写着：“为新的开始。”

妈妈不仅自己是个美丽的女人，也希望将身边的每一样东西都弄得和她一样漂亮。但对我来说，她弄得最漂亮的就是她的笔迹。她写出来的每一个字母都非常挺拔，就好像头顶着一本厚厚的词典不停地练习平衡走路一样，直到姿势优美了方能作罢。字母“O”不会太胖，字母“l”也不会过瘦。字如其人，一个女人的字体从来不会让人对她的气质产生任何怀疑。但是，当我打开卡片看到里面那张 10000 美元的支票时，着实震惊了。四个完美无缺的“0”紧紧地依靠着，就好像在它们的顶端有一条美丽的蕾丝将它们连接起来一样。妈妈最终还是向我伸出了援手，对我来说真的太有用了。

“妈妈，我真的不知道该说什么好了。”

“没事，我们只是决定早点把遗产给你。”

就在这一瞬间，我觉得这些“0”真是太小了，因为我的父母非常阔绰。莫非就这样剥夺我的继承权？

“当然，你能得到的远不止这些，”她能感觉到我的沉默，又加了一句，“这些只是为了让你有足够的钱回家。”

好吧，果然如此。

“我在这里过得很开心。”我说着，迪奇又按了一下喇叭。我抓起包，冲出门，电话里妈妈还在说个不停。

“你根本不知道幸福是什么，你一没工作，二没结婚，去了加州也没有改观，之前我就提醒过你，从一个地方离开会有多麻烦。玛格丽特·维多利亚，现在是时候回家了。”

坐进迪奇车子后座的一刹那，我想到了父母的房子。那是一栋殖民复兴时期的大房子，靠近市中心广场，房子是我的曾曾曾祖父在美国内战结束后建造的，建房子所用的钱则是他从那些利用南方不稳定局势谋取权力的人那里搜刮来的。那栋房子充溢着父母彼此之间的幸福与快乐，已然没有任何多余的地方留给我。在那里，我总觉得自己被一步步推向角落。回想那栋房子的时候，我似乎闻到了妈妈常用的紫丁香肥皂的香味。她总是会在爸爸到家前一小时去洗澡，洗去一身他不在时候的味道。妈妈对爸爸的渴望甚至吓到了我，无论是我们的家，还是我，都无法满足她。如果有一天我失去了爸爸，那么我也同样会失去妈妈，成为一个孤儿。

“你知道前几天你舅舅杰米是怎么跟我说的吗？”妈妈还在继续说着，“他问我你是不是那种范尼女郎。接着他还说如果真的是也没关系，他能接受你‘另类的生活方式’。他说这对我来说就像在Winn-Dixie[1] 买维达利亚洋葱一样。但玛格丽特 · 维多利亚，我可不能接受自己的孩子是个同性恋。迪奇是无所谓，他妈妈还有 4 个儿子，可我只有你一个女儿。如果你是同性恋——天啊，我可真不敢想象。”

我看着前面开车的迪奇，想起来曾经跟妈妈说过他是同性恋。值得庆幸的是，妈妈从来不会对他有任何微词，也不会对他区别对待。因为妈妈还指望着迪奇能够满足她的愿望，就像她对其他人做的一样。但是每次妈妈在迪奇身边的时候，我都能从她的眼神中看出她在说话或者做事之前都要好好地思虑一番，就好像虽然她没把迪奇当作同性恋对待，但却把他看作外国人。迪奇是同性恋这件事情并不会对妈妈造成多大的困扰，问题在于随之而来的不便。

“就是我们让你读太多书了。”妈妈说道，“早知道这样，我当初就不应该让你退出网球队。你多晒晒太阳的话，说不定还不会变成现在这个样子。”

“妈妈，我不是同性恋。”

听到我的回答，迪奇把口中的摩卡全喷方向盘上了。

1　美国南方著名连锁超市。

“那就赶紧回家结婚，做个得体大方的女孩子。”妈妈说道，“比尔·坎伯兰刚刚离婚。”

“他年龄大得都可以当我爸爸了。”

“但他是单身。”

“我在这里有自己的生活。”

“你有丈夫吗？有自己的家庭吗？”

我再一次沉默了。婚姻对我来说好像是遥不可及的事情，就好像那些超重不止 10 磅的人总说他们打算减肥一样。

“玛格丽特·维多利亚，请你跟我解释清楚这一切都有什么意义。你已经离开家在那地方待了 10 年了。10 年啊！然而现在，你既没让自己成为富人，也没能找个人嫁了。前段时间，我看《奥普拉脱口秀》，说硅谷有很多单身男子，以至于圣荷西被称为‘男人帮’。很显然，除非你能撞倒一打单身男子，否则你连个下脚的地方都没有。就这样你都没能把自己嫁出去，玛格丽特·维多利亚，你到底怎么回事？”

我想跟她说说我的最后一次相亲，那是几周前的事情了。一开始的时候，男方因为工作的原因取消了两次约会，后来见面的时候他带我去玩高空跳伞。男方说他在网上看过一篇研究，说约会的时候做一些能够让身体感到兴奋的事情有助于刺激信息素，从而产生吸引力。我认为他是一个有趣的人，但从高空跳伞下来后，我一个劲儿地呕吐，根本没注意他在说什么。

“的确，概率是很大，妈妈，但人都很奇怪。”

“那你还留在那里做什么呢？”

我看了看迪奇，他两手放在方向盘上，拇指轻拍着脑海中某首歌的旋律。我想告诉妈妈我来这里是为了和我的朋友在一起。当我真正意识到自己没有属于自己的家庭的时候，迪奇和他的家人就成了我的家人。我来到这里，是想向自己证明些什么。现在，我依然在不断地寻找，想要清楚地知道那到底是什么。

“妈妈，非常感谢您寄来的桌子。”我说，“但我不能收，钱我也不能收。”

“你是打算把自己饿死，让我心生罪恶吗？这里新建的梅赛德斯工厂正在招聘秘书，男人们总是喜欢秘书，你可以住在这里，每天开车去工厂上班。”

“支票和桌子我都不会留的。”

“你必须留下桌子，那是你奶奶的东西。”

我看了眼妈妈信封上面贴着的装运发票：“这是陶瓷谷仓[1]的廉价品。”

“你可以不要这么聪明。”

支票被我撕碎的一瞬间，我的脑海里想到了很多，唯独没有聪明。

SVWEABC在博客上宣布六月的会议将在伍德赛德艾薇·纳拉杨的家中举办，并让俱乐部成员提前告知是否有因过敏、宗教、减

1 北美地区家居连锁品牌。

肥计划或政治等原因导致的忌口（公告下方的评论中，有人对最后一次会议不能有农场工人联合会提供的葡萄表达了不满）。通过博客还可以看到 D.H. 劳伦斯传记中最精彩的部分，同样可以链接至亚马逊官网上有关批判性评论的书籍，以及一位俱乐部成员的女儿写的有关查泰莱夫人与史密斯之间的性行为和社会关系的 PDF 文件。博客页面上，一个展现了剪辑画艺术的手指（周边缠绕着一个丝绳），指向了一个提示，提醒所有成员“支持当地书店”，从阿波罗书籍音像店购买企鹅出版社出版的《查泰莱夫人的情人》可享受会员价。

“我觉得我们有时候对博客和很多细节的关注有点过了，而相反我们用心看书的时间反倒少了。”艾薇在陪伴我们走进起居室的时候这样说道。她操着一口英国式口音，原本的“r”似乎变成了耳语，几乎听不到。

刚开始的时候，我猜艾薇大概 45 岁的样子。但现在和她近距离接触，看到她脖子上的皮肤略显松弛，体态也有些虚胖，我想她大概还要再大一点儿。不管怎么样，她都将是我们回家后谈论的对象。在我们眼里，她是一位“保养得很不错的女人”。艾薇穿着一件大红色的露背裙，裸露在外的皮肤呈现出一种烤糖的颜色。她那浓密乌黑的头发用一条印有美洲豹图案的头巾扎了起来，我想如果用在我头上的话，看上去就像一个被扔掉的糖果包装纸。我敢肯定艾薇从出生到现在从来没有在睡觉的时候把口水流到过沙发上。她可能每天都生活在贝壳里，漂到海面上，天使们用鲜花给她装饰秀发。我现在离她这么近，一如当初我和奥普拉之间的距离。

“是的，剪辑画用在这里非常有效。”我说道。迪奇看了我一眼，他知道如果我想的话，肯定能想出更差劲的说辞，比如“墙纸很漂亮”或者“我喜欢奶酪”。

“嗯，那两位先在这里休息下。”艾薇说道，“我去给你们端两杯茶来。”

艾薇前脚刚出门，迪奇就问我：“你看过那本书了，对吧？你可千万得告诉我你是熬夜看完了这本书，而且你还做了各种各样展现你才华的笔记，让这里的人对你佩服得五体投地。”

然而，事实上，我只是在凌晨入睡前看了眼 SparkNotes[1] 上有关这本书的内容。我的确一整晚都在看书，但不是这本小说。

凯瑟琳：

你在哪里？已经一周没有收到你的回复了。你总是出现在我的思绪中，我希望能够收到你的来信。但如果你不愿意继续这样的对话，我也能够理解。——亨利

反面是这样的：

凯瑟琳：

一周又过去了，依然没有你的任何消息。如果不是因为书上还

1　美国著名文学指南网站。

留着你的笔迹，我甚至怀疑你是我想象出来的人物了。我会再等一个星期。如果到时候你还没有任何回复，那祝你一切都好。而我会很想你。——亨利

最终，当在接下来一页看到凯瑟琳留下的字迹时，我长嘘了一口气。

亨利：

我回来了。非常抱歉之前离开了。以后我都不会再走了。

你真诚的，凯瑟琳

多亏了 SparkNotes 网站，我对康妮 · 查泰莱和梅勒斯之间的恩恩怨怨多少有点了解。但相对来说，我还是对亨利和凯瑟琳之间的事情了解得更多一点。

“放心吧，我应付得了。”我说道，“你怎么样？看上去精神不错。”

“嗯，我很好。你还记得我去年的那个约会对象吗？就是那个痴迷《指环王》的人。那个纨绔公子居然同样痴迷肖恩 · 宾，他出演过一部改编自《查泰莱夫人的情人》的英剧，在剧中，他无数次展示了他的生殖器官，而我竟然耐着性子看完了。”

表面上我在认真听迪奇讲话，内心却在为自己昨晚没有下载一部电影打发时间而懊悔。

“交流时间到了。”迪奇边说着边甩了甩他那撇红色的刘海，“左边归你，右边归我。”

我还没反应过来，他就朝着一群女子走过去了。她们当时正在检验酒吧里红酒瓶上的标签。我尝试着去和别人交流，但最终以失败告终。所有的女性都是三五成群，彼此轻声低语着。我慢慢靠近其中一群人，期望着能够加入她们的谈话，但什么也没发生。“多设置几个时间段”“大学入学教练”“在米拉瓦尔泡温泉”，这些只言片语不停地徘徊在我的耳边。还有一小群人，他们自己找了个角落，或是发短信，或是打电话。而我最终选择了小时候常用的方法——躲进角落，祈祷着不会有人来找我说话。

“我给你泡了杯银针茶。”艾薇又一次出现在我的面前，坐在我的身旁。她递给我一个茶杯，那茶杯看上去就如同灰姑娘的水晶鞋一样精致：“迪奇跟我说过你喜欢白茶”。

我越过吧台，看到迪奇正在给旁边女士的玻璃杯里重新倒满酒，拿起一块烤面包闻了闻，就放进了嘴里。喜欢喝白茶？我平时和雨果喝的都是乔石连锁超市里买的印度奶茶，用那种和木屐一般大小的咖啡马克杯。迪奇还跟艾薇说了我什么事情？

我尝了一小口。银针茶喝起来有种吃树皮的感觉，我真担心自己会因此永远说不了话。

“银针茶一年才能采一次。”艾薇说道，“就在入春的前几天。我总觉得银针茶有一种甜美、精妙，又虚幻的芬芳。”

也许艾薇家这块土地上的树皮吃起来都是甜滋滋的，但现在，却有一种树皮特有的略微苦涩的木头味。

“好茶。”我说道。

艾薇微笑着，满怀期待地看着我，我能看懂那种神情，艾薇希望从我这里获得赞美之词。但是，在这么一个到处都是职员的房间里，我除了觉得睡眠不足，没任何其他感觉，可能是前几个月睡得太好了。

“好的。”艾薇礼貌性地说道，“作为今天的女主人，还希望你能多多包涵。”

这种情况下，我真想找个借口早点离开，回到自己想要的生活中去。但貌似没什么像样的理由。

我再一次看向迪奇，他正将一块松露巧克力送进嘴里。

“这是——千万别告诉我——这些就是在卡利斯多加的飞马酒庄售卖的那些松露巧克力。”看到旁边的女士点了点头，迪奇哈哈大笑起来，我非常喜欢他的笑声。当和自己同群的伙伴失联的时候，原本在头顶上方飞翔的鹅就会飞下来寻找伙伴。迪奇有可能会给自己的牙齿镀上什么东西，并且去洗白牙齿，也有可能成为一个鼻涕邋遢的呆瓜，去饭店吃饭的时候会自己带酒，但他永远不会丢失那让我爱慕的爽朗笑声。

他给围在周边的女士们都倒满了酒，踉跄着朝我旁边的椅子走来，砰的一声坐了下来。

“现在我已经掌握了事情的来龙去脉，知道她们为什么需要替代人员了。”他说道，“一开始的时候是哈里特负责的，官方的说法是她被派遣到了东海岸。但实际上，她是因为压力过大，精神崩溃了，她中午的时候出去骑行，两天后，大家在弗雷斯诺的一家小店找到了她。那两天，她主要依靠炸鸡和华夫饼撑着。”

“对我来说，也只有炸鸡和华夫饼能够支撑我在外面骑行两天。”我说道。

“我也是。”迪奇回答道，“但我们自己知道就好了。后来上任的是吉尔，但她创业失败了，最终选择加入邦尼顿酒庄的全裸国际社团。”

“哇哦！”我说道，“那真是——天啊！”

“而现在换成了我们，玛吉，”迪奇继续说道，“这就是我们出现在这里的原因。如果这里的酒吧会员价再低一些的话，那就更好了。”

迪奇拍了拍我的膝盖，摇摇晃晃地回到了那群人中间，就好像他原本就住在这里一样。然而，现实中，迪奇一直和别人合租，房间里最主要的家具就是一把卡罗来纳斗鸡椅子，还有一个能容下 340 瓶红酒的冰箱。迪奇走后，我满脑子都在想他刚刚说的“会员”，我担心事情没这么简单。

我把手伸进手提袋，想要把我那本书拿出来看看。但在包里摸来摸去，都没有感觉到新书特有的光滑锋利，相反，只感觉到那破损书页的脆弱不堪。一时间，我惊慌失措，继续在包中摸索着，甚至要把整个脑袋伸进包里探一下究竟，好像这包就是西薇亚·普拉斯的烤箱。但里面除了手提袋的尼龙内衬，什么也没有。好吧，仅仅两个小时的睡眠不仅让我的眼袋大到够开个马戏团，还让我变成了一个彻头彻尾的白痴。我居然拿错书了！环顾周围，看着她们或拿在手中或放在椅子上的企鹅经典丛书，我更加清楚地意识到：我不仅没仔细读过那本小说，甚至从未将“温泉”作为动词使用过，关键是现在居然把那本拿在手上就像一个厚厚三明治的书给带来了。

“女士们，请注意，现在我们可以开始了吗？”艾薇问道。宣布会议开始后，艾薇非常优雅地坐在了我旁边的椅子上，迪奇则坐在我的另一边。迪奇低头看了下我的托特包，看到我带来的那本书时，给了我一个意味深长的眼神。我想他是想说：也许接下来的时间你可以在我车子的后备厢里躲一躲。

“在这里，我想代表在座的各位，”艾薇说，“向哈里特表达我们的思念之情，并祝愿她在东海岸的工作一切顺利。对即将离开去追寻新生活的吉尔，我们也送上同样的祝福。”

我瞅了一眼迪奇，他咳嗽了一声，以掩饰自己想笑的冲动。

“有些人可能已经见过我们的客人和未来的新成员了吧。我相信，对于我们第一位男性客人——迪奇·戈登的到来，大家都会格外高兴。迪奇是ArGoNet软件公司的首席技术官。就在最近，我、迪奇还有其他几位高管在会议室待了很久，共谋公司发展的大计。能够和迪奇一起共事比想象中更让人愉快。我已经迫不及待地想要听听迪奇对这本书作何评价了。”

下面响起一阵热烈的掌声，大多都来自迪奇在酒吧熟识的朋友。对迪奇来说，如果大家能够起来鼓掌、掌声经久不息就更好了。伴着掌声，迪奇站了起来，夸张地鞠了一躬，手臂弯在身前，感觉就要垂到地上了。

“这位是玛吉·杜普瑞斯。”艾薇继续介绍，把她那刚刚保养过的手轻放在我的胳膊上。我双手紧握，试图将手指上那粗糙的皮肤隐藏起来。

“玛吉之前是 ArGoNet 软件公司的信息建构主管，但让我印象最深刻的是玛吉在来到硅谷之前的生活。她拥有文学硕士学位，本科时主修英国文学，我相信，大家都能够理解为什么我要让她坐在我的旁边。因为我需要有人帮助我理解这本书，弄懂它的真正内涵。”

艾薇刚说完，下面就笑了。我敢肯定，这个房间里的每一个人都是头一次听到有人会对我的英语学位抱以敬畏之心。我发现这是很多成功人士常用的小把戏：拿自己开玩笑，以便得到那些小人物更多的喜欢。

“由于两位新客人的到来，我想重申一下我们的流程，”艾薇继续说，“大家围成一个圈，轮流发表自己对这本书的看法。记住，每次只能一位。”

“这本小书就是一个矛盾的结合体。”一位穿着粉色毛衣，坐在艾薇旁边的女士率先开口，“保守与革新并存，现代与维多利亚旧时代共现。”

在场的其他人都把书整齐地放在膝盖上，除了我，我把书藏在包里，就像《简·爱》中的男主人公罗切斯特把他的妻子藏在阁楼上，生怕别人知道一样。刚刚发言的那位穿粉色衣服的女士引用的是 SparkNotes 官网上对这本书的评价，原本我也打算用这句话的。我希望抓住一切可用的概念让我安然度过今天的这场活动，同时又能掩饰我忘记带书的尴尬。

大脑开始加速运转，回想起大一上的“英国文学综述”。那是我第一次接触《查泰莱夫人的情人》。到底是什么来着？好像是有关英国社会阶级体制的？

“这本书主要谈到了阶级问题。”下一位女士说道，“查泰莱夫人和猎场看守人之间的种种都是英国阶级体制的缩影。”

好吧，又一次被“先下手为强”了，我努力回想着以前教授说过的其他内容。《查泰莱夫人的情人》不是劳伦斯写得最好的小说，相反，这部小说存在着许多问题，只是作者对社会问题浅尝辄止的一次探索，并非是一部具有思想深度和文学价值的著作。劳伦斯只是在不断挑战极限，看看自己在力所能及的情况下到底能够侥幸做到什么程度。

“梅勒斯在丛林中俘获了查泰莱夫人的芳心。”下一位女士接着说，“他自己总是处于一种支配地位，这难道就是所谓的女性自由？”

“书中没有任何值得同情的角色。”另一位女士说道，“这里面的角色，我一个都不喜欢。”

“这类亵渎的话一点新意也没有。”

我记得迪奇曾经在图书馆的书桌上跟我轻声读过几段，一个古板、胡子拉碴的老头竟然想用四字成语来震慑他人。然而，这个四字成语我们每天都在用，无论是因为自行车被偷而沮丧，还是因为在宿舍能够吃上煎饼早餐而扬扬得意。当初，对于这个老头的荒谬之举，我忍了很久才没在图书馆笑出来。对，就是这样。如果以现代标准作为评判依据的话，这本小说已经严重落伍了。等下我就这样说。

“小说内容不合时宜。和我们的生活有任何关联吗？”

真是连个松口气的机会都没有！

“克利福德就是个杂种。对于查泰莱夫人嫁给他这一点，我真是深恶痛绝，她就是个傻瓜。”另一位女士说道。

艾薇就这样安静地坐在椅子上。每当一个人评论完后，她都会点头示意一下，但总是面无表情，然后不紧不慢地让下一位与会者评价。

等轮到迪奇的时候，他仿佛也一时慌乱。

“小说中提到的煤矿，”迪奇说道，“让我想起了自己在硅谷的第一份工作。”

在轮到迪奇之前，没有一个人做出了任何积极正面的评论。我就坐在艾薇旁边，能够清楚地听到她发出的叹息声。在那叹息声中饱含沮丧和焦虑之感，就和我每天查看邮箱却总是发现没有任何面试邀请时发出的叹息一样。我越过艾薇看到了另一面墙上的书架，书架是嵌进墙里的，由橡木制成，书架的边缘刻有葡萄藤和树叶的图案。书架上那一本本厚厚的畅销平装书的书脊看上去就像丑老太婆的脸一样皱巴巴的，而精装本那布满灰尘的外壳边缘也已经磨损得有些发白了。我曾经见过很多不喜欢书的人他们的书架，但是艾薇的书架却是因为热爱书而变得残破不堪。艾薇就是个书呆子，她希望每一个人都能够喜欢《查泰莱夫人的情人》。她期待着有人告诉自己是如何被这本书感动的，又是如何因这本书而变得烦躁不安的。但是一直没有人这么说，大家好像都讨厌这本书，艾薇对此很是介意。就在那一刻，我知道，自己非常喜欢艾薇。

迪奇还在滔滔不绝地讲着，他用煤矿做引子，讲述了他因为和一个不太适合的首席执行官搭档而失望不已的事情。我把手伸进包里，拿出来雨果给我的那本书。上面的笔记是有关这本书的各种各样的小花絮。我不太确定SVWEABC的成员们能否接受亨利和凯瑟琳，但我非常肯定亨利和凯瑟琳是不会对SVWEABC有任何好感的。因为，亨利和凯瑟琳都喜欢这部小说。

这本书的原名叫《柔情》，你知道吗？我非常喜欢主人公的那种爱情，尤其是在结尾处，梅勒斯的那封信。“如果可以拥你入怀，就不必费这些笔墨了。”——亨利

亨利，你的浪漫真是让人觉得无可救药啊。《柔情》一定也不适合这本书。这是一本有关情欲的书。她褪下外衣，在欲望中重生。这是美好的性爱，而这对你有何意义呢？——凯瑟琳

“后来——”

“迪奇，不好意思，我可以稍微打断一下吗？”

迪奇停了下来，看着我，其他人也都看着我，好像我头上刚刚长出一个新脑袋一样。艾薇同样用一种礼貌式的沉默看着我。我转头看了看她，朝她使了个眼色，看到她脸上流露出的惊讶，我不禁笑了笑。我决定帮艾薇·纳拉杨挽救这次会议。

“我相信，刚刚大家在这里说的每一句话都正中要害，”我说道，“但是我们却忘记了去谈论我们最应该谈论的东西——没有人谈论到性爱，那种虔诚的、古典的性爱，那种在丛林中、在上帝和我们每个人眼前的性爱。”

酒杯就这样停留在空中，艾薇差点把刚喝进嘴里的茶都喷出来。很好，我成功地吸引了大家的注意力。我能感觉到迪奇在看着我，祈求我赶快闭嘴。我已经没有退路了，我的心脏就像一个没有服用利他林的过分活跃的三年级小孩一样，剧烈地跳动着，让我感到一阵眩晕。

“我一直坐在这里，认真听你们讲的每一句话，”我继续说道，“各位博学而有深度的观点给我留下了深刻的印象。而且我对各位提出的有关社会、社会秩序以及该书在文学史上的地位的见解完全赞成。但是，我并不认为这是大家选择读这本书的原因，你们觉得呢？真实的原因是情欲，是性爱。我相信，人们之所以将这部小说判为禁书，不是因为各位担心社会秩序，而是因为‘性爱’这个话题。”

我再次低头看了一眼书上凯瑟琳写下的笔记。我把手放在上面，看似是要免除自己被判抄袭的罪责。

“褪下一层外衣，然后在欲望中重生。我不知道你们是不是这样，但我相信性爱的确如此。你们觉得呢？”

房间里一片寂静。但已经没人盯着我看了，她们都看着艾薇，等待着她的指示。

“玛吉，你的想法真是太棒了，非常有洞察力。”艾薇说道，“真是太感谢你了。你的发言完美地带领大家进入了值得讨论的问题，我原本也是计划如此。”

我转头看向迪奇，他正在努力忍着不要笑出来，这让他的腿抖动得像个手提钻。他咧着嘴，好像随时都有可能爆发出一阵狂笑。

艾薇把手伸过来再次放在我的胳膊上，就跟会议开始前一样。艾薇微笑着，从她的微笑中，我仿佛受到了神的洗礼。SVWEABC的印第安女神接受了我的祭品，给我以保佑。今后，我的生活将充满善意，我将不断前行，继续阅读经典。

随后，艾薇向她的会员们提出了一系列问题，这次，大家的回应都更为积极正面。我想为 SVWEABC 会员们说的是，她们能够根据市场行情及时调整自己。

会议结束后，艾薇领着我穿过房间，将我介绍给那些真正想跟我谈话的人。我说的每一件事都能让大家捧腹，那一声声爽朗的大笑闪烁着水波般的熠熠光芒，而我又一次徜徉在迷人生活的长流中。上一次出现这种感觉已经是在很久很久以前了，就好像过了无数个圣诞节一样令人兴奋。最重要的是，我成功地把那杯有着树皮味道的银针茶抛在了脑后。

好不容易有个空当的时候，迪奇把我推向了吧台。

“天啊，真是活见鬼！”他说道，“我不知道茶里到底放了什么，但是天啊！艾薇喜欢你，这里的每一个人都喜欢你。”他停下来靠得更近一点儿，“你知道这让我想到了什么吗？让我想到了当时在微软的游说，他们如何开始提问各种有关用户研究的问题，而我压根儿不知道他们在说什么。那时，你开始告诉他们这样那样的研究，他们对你充满敬意。后来，我们进了电梯，你跟我说，‘现在我得去做些研究，好用来支持我刚刚编造的那些东西’。”

我在他肚子上拍了一下，好让他住嘴。

“这真是有史以来最棒的一天啊。”迪奇说着把杯子里的红酒一饮而尽。我觉得今晚需要我开车把我俩弄回家了。

这时，我看到艾薇朝我们走来，就一把将迪奇推向了他的酒友那里。

“玛吉，为什么愿意来这儿？”艾薇问，顺便给我倒了杯红酒。

“试图讨好你啊，这样我才能保住原来的那份工作。”

听我这样说，艾薇大笑了起来，这真是件有利可图的事情。

“那为什么想要原来的那份工作？”艾薇又问道，“为什么不继续前行？那才是硅谷的生活方式啊。”

迪奇和我在微软的游说依然在我脑中闪现，现在我想起来那是一种什么情形了，当时我们极度渴望得到那个大项目，那时的我们觉得自己没什么干不了。

“我是公司的创立者之一，还有迪奇和其他几个天使般的投资人。这个世界上没有人比我更了解那个软件，即便是那些把它编写出来的人。他们只知道每一个部件是如何运作的，但却对其整体运作知之甚少。没有一个编码员的要价会比我这个计算机高手更高，而且客户们也都很喜欢我。今天我在你的起居室做的事情，在工作日的任何一天，在任何一间会议室，我都能做到。”

艾薇给自己倒了杯酒，小啜了一口。

“迪奇就像一个嘉年华上的承包商一样，强烈地向我推荐你，希望你能加入这个读书俱乐部，现在我知道原因了。那跟我说说，从ArGoNet重构以来，你都做了些什么？”

“重构”，这还真是对我如今翻天覆地变化的生活的礼貌表达啊。我压制着内心的愤懑，迅速地想到了一个答案。

“我一直在邻居开的二手书店里提供无偿咨询服务。”我一直在蜻蜓旧书店浪费时间，学会了1500种用来描述男性阴部的新方法，“虽然当地经济出现衰退，但书店销量还行。”阿波罗书籍音像店就在马路对面，蜻蜓旧书店这里根本无人问津。“我正和书店主人一起努力提高利润。”我坐在落满灰尘的窗下，读着毫无价值的小说。

“真有意思。跟我说说你的一些想法吧！”

想法？我可不觉得把杰森存放在书店周围像空投物资似的箱子移走算得上什么想法。我的思绪又回到了亨利和凯瑟琳身上。

“那不仅仅是一个书店，那是一个谜。”我说道。嘴巴嚅动着，却没想出来一个更合适的词。但是，在我心中，亨利和凯瑟琳的手稿就是一段乐曲，一段我无法从脑海中复制到现实的乐曲。“你永远也不会知道自己会发现些什么。阿波罗书籍音像店的一切都是安排好的，你能够预测到将会发生些什么。但是蜻蜓旧书店就是一个没有地图的中世纪城市，每一次转弯都会带给你意想不到的东西。”

艾薇微笑着，从裙子口袋里拿出一张名片。

“希望你能多说点你在这个属于自己的书店里所做的事情。”艾薇边说边在名片后面写下了一个手机号码，“同时，也希望能在下次俱乐部会议上再次见到你和迪奇。我很欣赏你的勇气，失去你是ArGoNet公司的损失。但是，如果你能够开一家零售商店，就像那个二手书店一样有利可图，我一定会对你钦佩不已的。我很愿意去帮助给我留下深刻印象的人。”

艾薇把名片给了我，说我可以随时打电话到她家，然后就离开了。留我独自一人，还有那杯没喝完的葡萄酒和一颗激动得快要跳出来的小心脏。我成功了！去它的求职信和简历吧，现在我手里握着一把金钥匙，我要把我的超人披风拿回来。

等我把笔记本电脑移到膝盖旁边，想要起身的时候，发现腿已经麻了。SVWEABC会议结束后，我处在一种极度兴奋的状态。但是，连续两个晚上没有好好睡觉，最终让我饱尝恶果。周日清早，天还刚蒙蒙亮，我就一头栽倒在床上，盖着厚厚的被子，沉沉地睡了一整天。通常情况下，深度睡眠总是在一天中你最不需要的时候出现。等我醒来的时候，已是午夜12点。本以为睡了一整天能让我感觉好点儿，没想到胸骨后面肾上腺素带来的奇怪酸楚依然存在，甚至在夜间更为严重了。

我坐在厨房的吧台上，用开瓶器开了一瓶 Rolling Rock 啤酒。我现在非常清醒，一点也不想睡觉，但又觉得很累，什么事情也不想做。听着房间里回荡着的夜晚特有的声音，我只想这样静静地待会儿。天花板上旋转的风扇发出的呼呼声、冰箱里电流传动的声音、从外面雨果的收音机里传来的 KCSC 网站播放的科尔特兰的歌声，所有这些微小的声响只有在邻居们都入睡后才能传入耳中。就连把《查泰莱夫人的情人》从包中拿出来的声音在这样的夜晚都显得比平常要大得多。

我随意翻着书页，看着上面亨利和凯瑟琳字迹的转换。看着看着，那些字迹就好像活跃了起来，就像手翻书的图案一样。亨利在结尾这样写道：

柔和的夜晚，我在想你，你用的盘子是什么颜色？你房间的墙上是什么图案？你的书架上都有哪些书？所有这些让你的形象变得清晰起来。但最重要的是，我想向自己确认你是真实存在的，和我在一个世界，而不只是我的希冀。

我努力回想着布莱恩在家用的盘子是什么颜色，但怎么也想不起来。也许是白色的，或者是蓝色的？不过我清楚地记得墙上没任何装饰图案。布莱恩喜欢极简抽象派艺术，也没有书，一本都没有。所有这些都让你的形象变得清晰起来。但布莱恩从未在我的公寓里留下一丝一毫的痕迹。他刚离开的那个晚上，我还会习惯性地去追寻他的踪迹，但什么也没找到。没有照片，没有衣服，什么都没有。也许等哪天他来找我要的时候，我都没必要说自己曾经找过。

我想着凯瑟琳，想象着那些年前，她在一个这样的夜晚，坐在厨房里，脑海中依然清晰地记得亨利写下的每一个字。我试着想象她的样子，想着她看上去一定和她的字迹一样，有着曼妙的身姿，优雅的气质。她对亨利的字有什么看法呢？她是不是更容易开心？人们会不会想知道她有什么与众不同？我脑海中的凯瑟琳懂得严守秘密。有人一旦坠入爱河，其他人就仗着和你相熟，随心所欲地调侃你的喜悦。凯瑟琳可不喜欢别人用这种方式对待自己，她知道爱情会让人变得更加耀眼夺目。

我低头审视着亨利的字迹，想着这些文字到底有何种魔力，能让凯瑟琳由衷地信任他。我真想把亨利的文字一个个撬开，看看它们到底是什么样的，尝试着去理解让凯瑟琳最终不得不回复的激情与渴望的交融。这激情和渴望仅仅靠书上这些脆弱的字迹，就将他们带到了这里。我曾无数次看过亨利和凯瑟琳写给彼此的话语，但从未见过现实生活中人们会对彼此说这些话，至少我从来没说过。

他们彼此刚开始通信的时候，在哪里生活呢？对此，蜻蜓旧书店不能提供任何帮助。对于那些二手书从哪里来的问题，雨果从来不会做任何记录。他和杰森会把每次销售记录写在前台一个大大的皮质账簿上。如果顾客想要收据的话，雨果就提供纸和笔，让他们自己写。这种做法激怒了他的会计罗伯特，而我觉得这正中雨果下怀，甚至还满足了雨果想要成为一个坏资本家的欲望。

雨果是在 20 世纪 80 年代接手这家店的。不过在很久以前，这里就是一家二手书店。我看着书页顶端写着的“1961 年 4 月”，猜想着这到底是谁写的，是亨利，还是凯瑟琳？但信息不足，毫无头绪。书上第一个手稿是亨利写的，这让我相信这本书原本是亨利的。但为什么凯瑟琳能够在别人的书上写下这些？不，这本书一定是来自一个他们都可以拿到的地方，比如说图书馆或者书店。但是，书上又没有任何痕迹足以表明它原本是在图书馆的。也许这本书在来到蜻蜓旧书店之前就已经有了这些手稿，抑或所有这一切就是在蜻蜓旧书店发生的。

这可能源于蜻蜓旧书店，一切都源于蜻蜓旧书店。这听上去就像是商店橱窗上张贴的广告牌，或者是某个网站的标语。我甚至看见人们走在街上，路过这里，抬头看了一眼标志，想着：“什么？这里发生了什么？”在亨利和凯瑟琳事件造成的重重迷雾中，人们开始进店浏览，也许他们会买书。我想起了那个下午和艾薇的谈话，也许我已经有了计划，我需要和雨果谈谈。

套上一条瑜伽裤、一件运动衫，穿好鞋子，我径直朝外走去，手里拿着雨果给我的那本书。和往常一样，雨果坐在后院，双腿在脚踝处交叉，搭放在露天餐桌上，旁边是一把露天阳伞。雨果吸着手卷烟，朝旁边的露天阳伞吐出了一个个银色的烟圈。他膝盖上压着《纽约时报》，他正弯着腰仔细研究上面的填字游戏呢。雨果把台灯捆在头上用来照明，弄得好像他晚些时候要去开采矿石似的。和他坐在同一张桌子的那人我之前在店里见过，他买了几本老式自行车手册。他跟雨果一样，也把脚跷在桌子上，右手食指上夹着一根雪茄。

我靠近他的时候，雨果从他那填字游戏中抬起头来。他头上的照明灯闪得我什么也看不见了。

“我亲爱的乔治亚鲜桃。”

“你明知道我来自南卡罗来纳。”

“有什么区别吗？好吧。还有六个字母，阿拉巴马的熊。”

“布莱恩，野蛮人。”

“阿拉巴马难道有只熊叫布莱恩？他们到底对他做了什么？”

“他是一个足球教练，”雨果的朋友说道，“60 年代的时候，别人都叫他贝尔。”

“真的吗？”雨果问道，“从来没听说过这么个人。”

雨果的朋友咧着嘴笑了笑，雪茄被他含在嘴里。虽然他坐在那里，不过我猜他也比我要高一点。他的皮肤是肉豆蔻那种棕黄色，微卷的黑发散在双肩。他上身穿着一件橘黄色的无领长袖衬衫，估计是因为穿了很多年，衬衫已经有些褪色和没型了。下身穿着一条磨白的牛仔裤，把脚上那双绿色的橡胶人字拖遮住了一半。我发现他脚背和大脚趾上都有一簇黑色的毛发。他的笑容让我感到很窘迫，我出门前没穿内衣。

“怎么可能？”他问道，“印第安的男男女女能有你对足球这么了解吗？”

“运气罢了，我想是这样的。”雨果转向我说道，“你认识拉杰吧？”

“玛丽，对吗？”拉杰问道。

“玛吉。”说完，我就在雨果旁边的椅子上坐下了。

“要来一支吗？”拉杰把那个装了三支雪茄的皮质盒子递了过来。我从里面抽出来一支，闻了闻从燃烧着的烟草中散发出的糖果的清香。我上一次抽雪茄已经是很久之前的事情了，那时我们从Wander Fish公司那里筹得第一笔资金，当天晚上雨果就带上公司所有员工去帕洛阿尔托的街中小酒馆庆祝了一番。那次，我喝了很多莫吉托[1]，醉得站都站不稳，最后整个人倒在了PayPal的一位系统架构设计员身上。在小酒馆后面的烟草保湿储藏间的高档皮质沙发上，我们互相交换着抽一根雪茄，听着迪奇在那里畅想我们的生活将会发生多么翻天覆地的变化。迪奇谈到了价值定位、投资回报，还有新的编程范式，我对这些一点都不关心。我们喝着纯麦威士忌，身子渐渐暖和起来，随之而来的是一种罪恶感，就好像我们从爸爸的酒柜里偷酒喝一样。后来，我悄悄溜走了，沉浸在迪奇对美好未来的憧憬中。

我从拉杰的盒子里抽出一支雪茄，用他递给我的剪刀把雪茄的尾部剪掉。拉杰给我递火的时候，我倾身斜靠在桌子上，手搭在他

1　最有名的朗姆调酒之一，起源于古巴。传统上，是一种由五种材料制成的鸡尾酒。

的手上，以保持平衡。我把燃烧着的雪茄尾部在空中甩了一圈，这样才能充分点燃。等我抬起头的时候，我发现拉杰在看着我，而不是看着火。

“还行吧？”他问道。

我点点头，站直身子，坐回位子上。深深地吸了口雪茄，感到一阵混杂着泥土芳香的烟雾渗入喉咙底部，痒痒的。我手里还紧握着那本《查泰莱夫人的情人》，还有里面那对秘密情人。

“雨果，我有个想法。”我开口道。

“你已经决定成为海豹特种部队一员了，”雨果边说边往杂志上填写了另一个答案，“哦，不对。我知道了，你打算搬到尼泊尔去饲养牦牛。”

“差不多。我打算让蜻蜓旧书店创收。当然啦，无偿的。”

雨果从他的填字游戏中抬起头来，关了头上的照明灯，看着我。从眼角的余光我能看到拉杰正在努力忍着不笑出声来。

“好吧，我原本还想着有机会喝酥油茶了。你怎么突然想要掺和我这个一点盈利都没有的事业的？”

于是，我就跟他说了艾薇和读书俱乐部会议的事情。他边听边点头，看上去很认真，就和他在街口处的中国市场里仔细检查姜是否新鲜时一样认真。我相信，雨果一定会觉得我的计划不可思议。他 19 岁的时候，胳膊下夹着本《在路上》，看上去就像一本反主流文化的贝德克尔旅行指南，离开了自家在爱达荷州的农场，一路搭便车来到旧金山。他住在海德街上的一家廉价旅馆里，但没过多久，他就离开了。他曾经告诉我说:“在这里，性和毒品就像被广为传播一样，但是根本不存在个人卫生这个概念。”从此，他就穿着件军装夹克，徘徊在城市的各个码头，要么从船上卸货，要么就读杰克·伦敦的作品，直到后来他跟一个金发碧眼的美女穿过海湾大桥来到了伯克利。在那里，他又跟一位曾是学校舞会皇后的得克萨斯美女进入了物理教室，还跟着一位亚洲的激进主义分子一起学习政治学，就这样过了几年。这几年里他跟着学校里的各种女子进入各种课堂，最终拿到了好几个学位，其中包括数学硕士学位和比较宗教学硕士学位。雨果还申请到了好几项专利，在三个国家的蓝带餐饮学院学习过。当然，最终，他拥有了一个二手书店。所以说，雨果从来不会径直到达某个地方，总是会绕上一大圈。

“所以这种盈利只是暂时的？”雨果问道。

“等我重新被聘用后，你可能会损失一大笔钱。”

“我有个更好的主意。”雨果说完，深深地抽了口烟。

“你那主意里包不包括水晶？要不要牺牲个小动物？”拉杰问道。

“小动物？怎么可能？我可是信佛的。”

“你是个会用意大利熏火腿卷芦笋吃的佛教徒。”我说道。

“你怎么就不能忘了你那个创业公司，跟我一起在这里好好工作？而且，你根本不用担心盈利这种问题。你可以就像之前那样，花时间在这里看看书。我觉得你已经很满足，很开心了。”

在我有生之年，我发现自己总是让我爱的人失望。我不想去参加妈妈的妇女联合会，但我并没有跟她说实话，我告诉她在那群人冲进来之前我就临阵脱逃了。现在，同样如此。我不知道该如何告诉雨果我更喜欢穿着 J.Crew[1] 的 ArGoNet 的认证客户们的陪伴，他们喜欢在完成缺口分析后，跳出固有的思维模式，从而决定以结果为导向的最好的实践。这种实践能够帮助他们把宽带提升到更令人满意、更具战略意义的水平。我不知道该如何告诉雨果在蜻蜓旧书店工作会让我觉得自己很失败，我总是要应付那些仅仅因为书店没有《拉里告诉你如何更好地打结》这本书而恼怒不已的顾客们。当然，还有一个十分荒诞的原因：那周早些时候，一个穿着山寨 Utilikilt 品牌苏格兰裙的小老头跟我说，他听了维拉街上一个当地巫师的建议，投资了一家制造阴茎植入物的公司，结果他把所有的证券都给卖了，赚了一大笔钱。他跟我说："别整天想着那些高新技术和房地产，应该去投资那些可以让性能力更赞的技术。那些技术的股票从来不会下跌。"可这并不是我想要的生活。

"雨果，我……"

雨果握住我的手，拿到唇边，轻快而又充满活力地吻了一下，不让我回答他的问题。我知道，雨果是唯一一个能够对我做出这种动作的人。我也知道，雨果是唯一一个不会对我感到失望的人。但正因为如此，我也最害怕让他失望。

"你可能会改变主意的，"雨果说道，"同时，你可以在蜻蜓旧书店做任何能让你开心的事情，我都不反对。"他站起身准备离开，胳

---

1 美国休闲服装品牌。

膊伸过头顶，伸了个大大的懒腰，“但得从明天开始，明天傍晚。”

看着雨果爬上楼，回到自己的房间，我想拉杰应该也会走。但他只是调整了一下坐姿，微笑着看着我，好像知道些我不知道的事情一样。

“我一直都很喜欢那本小说，”他说着，并朝着我仍然抓在手里的那本《查泰莱夫人的情人》点了点头，“你知道劳伦斯一开始给这本书取名叫《柔情》吗？”

我笑得完全停不下来，想着前天发生的事情，想着我在读书俱乐部上的表现。他可能只是记得大一文学课上的某些细节，然后总是拿出来在午夜搭讪美女，好让她们对他印象深刻。当然，我已经很久没有和别人这样调情了，感觉很不错。

“但这个名字一点也不适合这本小说，不是吗？”我在脑海中搜寻着凯瑟琳的话，急切地想要知道这些话语会不会对拉杰产生和亨利一样的影响，“这真的是一本有关情欲的书。查泰莱夫人褪下外衣，在欲望中重生。”

我刚说完，就看到拉杰深深吸了一口气，咧着嘴笑了起来。好了，现在我知道这些手稿真的有魔力。

我们又抽了两支雪茄，我从房间里拿出一打啤酒。在清晨的阳光中，我们边喝边聊，畅谈着那些哲学冥想的胡言乱语。一打啤酒被我们解决后，我内心涌出一股熟悉的冲动，想要邀请他去房间里继续喝酒，只要我酒柜里有的，都拿出来喝。这么长时间了，我第一次有这种冲动，我好想又年轻一回，真让人回味无穷。

但是，我突然想到水槽中已堆成山的盘子、浴盆旁边的戒指，还有那散落在卧室各个角落的简历。更糟糕的是，想到未来几个月，我甚至可以预见到时候头疼不已的自己。拉杰就是个麻烦，可能是最好的那类，但今晚还是到此为止吧。

我伸出手和拉杰握别。当他握着我的手不放的时候，我感到胃里一阵翻江倒海。

“玛吉，我很高兴能够遇见你。”说完，他就消失在了夜色之中。留下我独自一人，回味着他的手指包裹着我的手指时留下的温度。

我们不断解决问题，我们一直告诉自己这样做是有用的。

但事实并非如此，我们都是懦夫。

——亨利

第三章

比我们想象中更亲密

一切都源于蜻蜓旧书店——

这真是一个完美的标题。这是阴谋？打钩。好故事的承诺？打钩。商业项目的名称？打钩。是的，选中以上三项，就可以点击进入了。然后，人们就会来蜻蜓旧书店一探究竟，寻找属于他们自己的神秘故事。至少我的出发点是好的。

现在是午夜，我独自待在一家名为Suds and Surf的自助洗衣店里。这家洗衣店在离家几个街区远的一个小商业街上，那里还有一家萨尔瓦多饭馆，一家宠物美容院，还有一家花店，花店的主人还提供越南语税收服务。多亏这里有无线网，我已经在蜻蜓旧书店的网站上忙活了好几个小时了，权当活动一下那许久未伸展过的令人讨厌的肌肉了。蜻蜓旧书店就像一个被搁置了多年的软件，没人愿意去花时间再重新编写。而为蜻蜓旧书店建立网站，就如同要将一个非常精美的图像编辑到那个已经过时的、毫无效率的编码中，表面看上去非常精致，但实际上背后一团糟。

我没有资金购买网络托管服务，所以只能依靠自己。家里有台闲置的电脑，我在里面安装了一个网络服务器和数据库，然后跑到这个自助洗衣店里蹭无线网，用免费但却非常好的开源软件构建网页。我花 10 美元注册了一个域名，下载了一个以书为主题的模板。就这样，短短几个小时里，蜻蜓旧书店就有了属于自己的网站。那天下午，我还把自己的扫描仪清理了一下。自从 Mac OS 9 系统发布以来，我就没用过那个扫描仪。我把亨利和凯瑟琳的手稿扫描到电脑上，然后发布在蜻蜓旧书店网站的界面上。看着屏幕上我所做的一切，我在想亨利和凯瑟琳对我把他们之间的浪漫情事放在网上会作何感想。如果我是凯瑟琳的话，我又会有什么感觉？我闭上眼睛，想象着自己置身于某个时空中，那时的男人们都穿着套装，戴着帽子，正前往网球场，而女人们则戴着手套，拎着手提包。我尝试着假想自己看到了亨利第一次写下的手稿，从手提包里拿出一支笔，想要像凯瑟琳那样写下回复。但我什么也记不起来，根本不知道要写什么。我甚至无法拼写出凯瑟琳使用的语言，而她却是那么流畅。

街道上传来的声音把我拉回了现实。在街灯的照射下，我看见一辆自行车的影子，那自行车看上去像是 20 世纪 50 年代的样子，车把手上绑了一个火箭样式的照明灯，车前头是一个柳条编制的篮筐。骑车的人停了下来，看着我，这让我非常紧张。后来，我发现那是拉杰，依然很紧张，但这次原因不同了。

拉杰把自行车靠在敞开的玻璃门上，手插进口袋，走进闪着荧光灯的小店里。

“我刚刚经过你家。”他说道。

“雨果今晚有约。”我说道。

“房地产代理商还是古董经销商？”他站在我对面的洗衣机前面，一跃而起坐在了上面。

“不知道，”我说，“不过我想他今天下午在做豆腐奶酪蛋糕。”

“有可能是那个高尔夫球高手，我想她是个素食主义者。”

拉杰穿着一条褪了色的牛仔裤，上身是一件白色的带纽扣的衬衫，衬衫下摆随意地露在外面，脚上还是那双绿色的人字拖。透过那件白色的衬衫，我看到了他那若隐若现的肌肉。

“事实上，我是想去见你的。”他说道。

“现在这个点？”

“你没睡着，不是吗？”

“你怎么可能知道。”

他把玩着刚从那双绿色人字拖底下拾起的一片枫叶，我伸了个懒腰，心想如果我碰到的是每晚来这里娱乐的人就好了。我们似乎已经想好了说什么，不说什么。

“很高兴见到你。”我是说真的，但拉杰看上去好像兴奋得有点过头了，我觉得有必要为我刚刚说的话辩解一下，“我想让你帮我看样东西。”

他跟着我来到桌子边，上面放着我的笔记本电脑，旁边是一本《查泰莱夫人的情人》。他弯下腰看着电脑屏幕。

“把这些手稿这样公布在网上，”我问道，“会有什么问题吗？”

他看着我，好像有什么问题要问我。出于某种原因，他这样看着我让我再次紧张起来，这是一种美好的紧张。当你和对你充满吸引力的某人独处时，你害怕他会说出你想听的话，害怕自己会因此不受控制。但是，让我感到紧张的还有另一个原因：我觉得在这里任何事情都有可能发生，就好像最轻微的呼吸都能把城堡推翻一样。

“没人知道他们是谁，”他说，“这是匿名的。而且你所做的一切都是为了帮助雨果和蜻蜓旧书店。”

“是的，但我更多地是想帮助自己。”

“我不觉得这有什么不好。”

我走到他的自行车旁，坐上车座，想要和他拉开点距离。车座对我来说有点儿高，我只能扶着门框来保持平衡。

“你对自行车了解多少？”

“读高中的时候，我有一辆十段变速自行车。”

他跟我说，几个月前，他在克雷格网站上找到了这个车架，用刷模型飞机的刷子涂上了白色的线条，还特地在 eBay 官网上订了轮胎。

“这是你的工作吗？修复自行车？”

“如果你说的是正经职业的话，我还真没有。我可以说是个懒汉。”

“那你哪来的钱做这些？”我低头看了看那苹果红的车架。

“一言难尽啊，这是作为父母对我彻底失望的额外奖金。”他说完从洗衣机上跳了下来，朝我走来。我拨动着车铃，假装没看见。车铃听起来和奶奶家的门铃是一样的。拉杰两腿叉坐在前轮上，抓住靠近把手中心的位置，帮我保持平衡。他告诉我，他爸爸曾花钱请了一千个人为他祈祷，保佑他考进麻省理工学院。在学校的时候，他非常努力，从学校毕业后，他在硅谷闯荡，最终当上了某个 IT 公司的首席技术官。但是，每天骑车往返公司是他唯一感觉快乐的时光。“我父母以前总是把我的照片拿给他们的朋友看，想让他们给我介绍个老婆。现在，他们又总是把我的简历寄给各种各样的猎头公司。”

“所以你打算就这样一直修理自行车？”

他推着自行车在洗衣机和烘干机之间穿梭，我把脚放在自行车脚踏板上，任由他推来推去。

“我喜欢摆弄那些能够摸得着的东西。看看它流畅的线条，它弯曲的程度刚好可以在支撑你的同时推着你朝前走，这是一种你能够碰触的工程学，我对此非常热爱。我不知道自己能不能靠这个为生，但至少现在我感觉很棒。”

他的双手从车把慢慢滑向手柄的边缘，即便那双手停在了离我肌肤几厘米的地方，我还是能感受到他的存在：“就和蜻蜓旧书店一样，一开始没人会注意到这辆车的内在品质。”

他松开手，往后退了一两步。

“见到你，真的很好，玛吉。告诉雨果我下周晚些去店里。”

“那你的自行车怎么办？”我还坐在上面呢。

拉杰转过身，把手重新插进口袋，好像没有拿出来的意思。

“这辆自行车是给你的。”

无伤大雅的调情是一回事，但现在这种情况就是另一回事了。

我的确试图用妈妈在女子专修学校展现的魅力或者罗莎琳·拉塞尔的爽气性格，和拉杰建立某种联系。

但现在，我的回答是："我才不会因为你送了我一辆自行车就和你上床呢。"

"这可是辆漂亮的自行车。"他说道。

"那又怎样？"

拉杰是不是从没想过要和我在一起，他只是在捉弄我，还是他只是一不小心说漏了嘴？我根本弄不明白。但无论是哪种，他自己都很开心。真正让我担心的是，我自己居然也乐在其中。

我看着他走在卡尔德隆大道上，走过一个又一个路灯在地上投射的圆圈。走过两栋房子后，他该转弯了。他朝我挥了挥手，像是知道我一直在看着他。

"这到底是什么？"

我正蹲在蜻蜓旧书店传奇小说系列的最底层书架前面，抬头看见杰森抱着一盒子的书站在那里看着我。他没想到会在这里找到我，更没想到会在放了一瓶清洁剂和一包纸巾的空书架旁边看到我。

"这块地方简直是一个灾难现场。"我边说着边继续擦着书架。

"这块地方原来的样子就很好。"杰森抱怨道，好像我要把这块地方改造成沃尔玛似的。就在我把写有"请登录 WWW.DRAGONFLYUSEDBOOKS.COM 在线访问蜻蜓旧书店"的标语张贴在书店橱窗之前，他就已经大声抱怨过了。

“这里该是什么样就是什么样，别弄那些虚的。”听杰森这样说，我觉得还是不要告诉他雨果给了我一把店里的钥匙为好。要是他知道我可以自由出入他的领域，我估计他会被刺激得精神分裂。但再想想，让他知道一点可能也没什么不好：“我跟雨果说过这件事了，他说我可以做任何自己喜欢的事情。”

我知道，其实杰森只关心科幻小说和奇幻系列。因为，其中有很多书都有着精美的书脊。畅销平装书和那些普通平装书是分开来存放的，前者主要和精装本放在一起。英国版本的书有自己专属的书架——显然，如果科幻小说或者奇幻系列和道格拉斯·亚当斯自己书架上的书是出自同一个版本，那么这部科幻小说一定会卖得更好。但传奇小说都被放在书店最后面的角落里，就好像这些书被从大炮中轰出来，落在哪里就待在哪里。我很清楚，对于杰森来说，传奇小说根本算不上重要的东西，而且他的愤怒只是源于他的生理反应。尽管他已经很久没有打理这块地方了，但这里依然是他的地盘。

“雨果同意你这么做？”

“雨果？”他问道。

“是的。”我回答道，“想起来了吗？秃顶？大胡子？给你发工资的那个？”

他眼睛紧闭成一条缝，脖子上青筋突起，手中的《星际迷航Ⅱ》封面上的卡恩被他蹂躏得不成样子。

“雨果！”他转过身去不再搭理我，消失在角落里，嘴里还喊着，“她纯粹在瞎搞！”

我立马站起来跟在他后面：“杰森，你至于吗？雨果都没意见。”

“胡说！”他从几个正在书店浏览的顾客之间挤过去，想要去找雨果问个清楚，“雨果！”

一个正在看《丘吉尔自传》的男子指了指男厕所，说：“我刚在里面看到他。”

杰森一把推开洗手间的门，站在那里，门开着。刚刚读《丘吉尔自传》的那个人愣了一下，回头多看了两眼，就径直朝门外走去了，把书留在了原地。等我不小心瞥到第一个便池下面雨果脚的时候，我才猛地停下来。

“雨果，你知道她在干什么吗？”

“杰森。”我听见雨果的声音从地面上传来。

“我正沉浸在自己的宁静世界中，草绿油油的，鸟儿正高声歌唱。而且，你没看见厕所门上‘禁止入内’的牌子吗？”

“还有什么？花哨的墙纸？小垫布？你得跟我说实话，这块地方是不是快要弥漫着一股柠檬的味道了？”

“不要传播负能量，杰森。我们已经讨论过这个问题了。”

“她居然带来了清洁剂，书原本就应该是布满灰尘的，这样才有书的味道。”

“雨果！”我努力让自己处在一个安全的距离外，大概离厕所门有半条走廊那么远，“我试着跟他解释，但没成功。”

我感觉有什么东西在挠我的腿，还闻见一股恶臭。低头看见格伦德尔从我旁边走过，格伦德尔是蜻蜓旧书店里的猫咪，它的毛又黑又长，右耳曾被什么东西咬伤过。说实话，格伦德尔看上去一点也不像猫咪，反而更像一只身材短小的幼熊。通常格伦德尔都是待在书堆顶端的，看到有顾客路过的时候，就会用爪子拍人家的头，这次真是难得出现在地面上。我在想如果格伦德尔闻起来这么臭，而且这种臭味总是悬浮在空气上层，那么就能理解为什么蜻蜓旧书店上面的办公室连续空了两个月了。恐怕这也只能归因于如今经济不景气了。格伦德尔从我旁边漫步走过，嘴巴里还衔着什么东西，径直朝敞着大门的男厕所走去。

“我就想让那一系列的书按照我的方式摆放。”杰森说道，“她一点经验都没有，我们也没有给她做过任何培训，要是她把我们的书都弄乱了怎么办？”

“格伦德尔来了。”雨果说道，“格伦德尔闻起来就和去年的垃圾一样臭，它居然把一只鸟的尸体放在我脚上。我的宁静世界啊！我的宁静世界啊！”

“我无语了！”杰森砰的一声把门关上。过了一会儿，我听见前门挂的铃铛响了响，杰森正努力把自己的车子弄出书店，造成了一阵骚动。书堆中所剩无几的顾客全都看着我。

“我不是来这里工作的，我只是来帮忙的。”

我急忙跑回传奇小说区，坐在地上，正好可以挡住前面的视线。和蜻蜓旧书店作为二手书店的特质相一致的是，整个书店里只有两个地方能够连接上手机信号，一个是窗户下面的椅子那里，还有就是书店最后面，也就是我现在待的地方。所以，我刚坐下来，口袋里的手机就震个不停。这是我刚下载的 APP 的提示音，用来追踪我们网站的被访问次数，还有脸书网和推特上面的帖子被分享次数。当我看到上面显示的数字时，惊讶得差点没拿稳手机。亨利和凯瑟琳的故事就像病毒一样，在网络上迅速蔓延开来。

我努力过着自己的日子，做着我应该做的事情。
但我总是一次又一次地来到这里，想着你在哪里。
——亨利

第四章

野蛮锤头和其他诱惑

“天啊，你居然做到了，真是不可思议。”迪奇拿着锅铲指着我说道，“仅仅 24 个小时，这家不起眼的二手书店居然赚足了 10 万的浏览量！真是不可思议。”

我坐在餐桌吧台前，打了个呵欠，兴奋地看着迪奇站在炉子前面做煎熏肠三明治。他在这方面一直都很娴熟。小的时候，我和迪奇就喜欢看着他妈妈——维尔达女士，给我们做这些三明治。在健康专家眼里，这些三明治闪着一层厚厚的油光，他们总是让我们不要吃碳水化合物，或者应该经常去检查我们的大便。如果说维尔达女士做这些三明治给我们吃纯粹是为了惹怒简·方达，我一点也不会觉得意外。这么多年来，我们每次都看着维尔达女士做三明治，对每一个步骤都牢记于心。她先在日光牌白面包上涂了一层厚厚的杜克牌蛋黄酱，吃起来比糖浆还要甜一些。然后，她用锅铲把熏肠压扁，再放到已经热起来的煎锅上，这样熏肠的中心部位和周边都能烤得恰到好处。接着，她割下一片美式奶酪放在熏肠上面，直到熏肠的温度将奶酪慢慢融化，像岩浆一样渗透到熏肠的各个角落。

最后，她把烤好的熏肠放在白面包上面，这样煎熏肠三明治就做好了。而我们呢，肚子里已经塞满了炸薯条和腌黄瓜。

迪奇和我在卡罗来纳的宿舍厨房里也经常做煎熏肠三明治。即便在我们最绝望的时候，也能在煎熏肠三明治中看到一丝曙光。考试成绩没有达到期望值、心碎，甚至是糟糕的天气预报，这些都能成为迪奇精心制作煎熏肠三明治的理由。就这样，他在这方面成了毕加索级别的艺术大师。他会把熏肠按着盘子的形状切成厚厚的一片，即便是在煎的时候有点儿缩水，也能够完全覆盖住整片面包。涂奶酪的时候，迪奇会从一边涂向另一边，这样奶酪就能全方位覆盖熏肠，不会遗漏任何边角。等到最后把熏肠放在面包片上面时，他表现出一个真正的天才应有的特质。在盖上第二片涂满蛋黄酱的面包前，迪奇还会在熏肠和奶酪上面放上一层炸薯条。每次这样的后果就是：6 月 4 日，我们因摄入过多的糖和盐而出现胆固醇过高的情况。每咬一口，我们都有种动脉被堵塞的感觉。

“真是让人感动。”迪奇说道，“谁能想到就凭那几份情书，你就能获得这么高的浏览量？不过，管它呢，像这样的二手书店就喜欢有这样的浏览量。你发的帖子一定会像自动售卖机一样，让你赚上一大笔钱。”

“我不得不把手机上的追踪软件关掉。”我跟他说，“杰森不喜欢手机发出来的任何声音，所以我就调成了振动。但现在感觉无论我走到哪里，口袋里总像有只愤怒的大黄蜂。”

大多数点击率都来自我专门为蜻蜓旧书店创建的脸书网页，其他浏览量来自各种不同的网页，比如其他的二手书店、有关浪漫约会的博客、有关书籍的博客，甚至还有失传已久的关于写信艺术的博客，而推特的点击量主要来自传奇小说家和西北部的学生。前天晚上，我把网址发给了 50 个人，这 50 个人又分享给另外的 50 个人。而且有些人的朋友圈不止 50 个人，这样点击率就快速地上升至数百、数千。24 小时前，我刚设置的通用邮箱 info@dragonflyusedbook.com 已经收到了上百封邮件。我大概看了一下邮件主题，大家都是想知道更多，越多越好。他们想知道亨利和凯瑟琳之间发生了什么事，他俩结婚了吗，他们现在还在一起吗？大家都期待着一个美好的结局，我亦是如此。

“你跟艾薇说了浏览量吗？”迪奇问道。

我摇了摇头：“这只是一个全新的开始，我还不太确定怎么做才是最好的。”

“食物永远是最好的解决办法。”迪奇说道，“给她打电话，请她来吃午饭。”

“我并不认为我可以给艾薇打电话，叫她来吃午饭。而且，我现在破产了。请她去哪里吃午饭？”

迪奇从裤子后面的口袋里掏出钱包。

“这是 50 美元，去那家只在推特上发布了定位的韩式料理卡车上请她吃饭。这样她会觉得你也是第一次来吃。如果她喜欢在不同寻常的地方发现天才，那么等她尝过食物再说。”

“可是我要怎么去找这家神秘的料理卡车？你记得吧，我把车给卖了。”

迪奇停了下来，又从口袋里掏出他的车钥匙给我。

“迪奇，不用了，没关系的。我约她在书店附近的某个地方见面就可以了。还有，谢谢你的钱。”

“这是送你的礼物，”迪奇说道，“感谢你那天拯救了那场可怜的读书俱乐部聚会。我已经开始考虑等你回来的时候，如何重新装扮你的办公室了。”

迪奇又往炉子上的煎锅中放了一片熏肉，用锅铲指了指我放在起居室里的那辆自行车。

“真是辆不错的自行车。为了它，我也愿意和那个拉杰睡一晚。所以他是你的下一个前任——现在的 Mr.Right 吗？”

“你的悲观主义打算在心理上有所改变吗？”

“哪有，我可是非常真诚的。你还在等什么？”

“我不知道。感觉他非常真诚。”

“好吧，我们根本不需要真诚那种东西，也不需要所谓的坦率，所有诚实一类的废话都不过是对脑残和傻缺的掩饰。”

“你对这件事有什么看法？”

“我的看法啊，”迪奇回答道，“如果你打算淘汰某人，与其说是因为他某些奇葩的品质，也许只有 19 世纪的古老形容词才能表达出来，不如找个更加糟糕的理由。嗯，我知道当布莱恩去了奥斯丁时，你的生活就变得一团糟——”

“不是这样的。”我说道。

“那是什么样的？”迪奇反问道。

“我是说，我不是因为他的离开才变成现在这样的。他在的时候，我也是这个样子。”

迪奇耸了耸肩：“你和他在一起两年了，但每次他向别人介绍你的时候，还是说‘这是我朋友，玛吉’。你真没必要为了这样的人伤透了心。”

“一切都变得更糟糕了，但又完全不值得。”我说道。

“所以你不应该这样做。”

“我不是在说性爱。”

“我也没有啊。”迪奇说道，“把蛋黄酱涂在面包上。”

“你呢？”我边问边把面包从袋子里拿出来，“你和苹果公司的那家伙吹了？”

“在丸寿司店里，他居然想点一份费城面包卷。想象一下，在一家正宗的寿司店，而你却点了份费城面包卷。干脆让我们去南方点一份我们正在吃的柠檬鸡好了。而且你知道吗，那个该死的野蛮人居然用刀切面条。用的是刀！”

“我猜能在网上看到详情吧？”我问迪奇。

“是的，是的。都写在 Urbanspoon（餐厅推荐应用）上了。”迪奇一边回答我，一边把沾满奶酪的熏肉移到面包上，“去他们的。我们单身一辈子好了，一起住进养老院，照顾那些老同性恋，还有他们最爱的果蝇。”

“互相帮忙，先擦干净你下巴上的口水。”我说道，顺便拿出酒瓶想和他碰一个。就在这时候，他口袋里的手机响了，我就这样拿着个酒瓶，悬在半空中。

“真烦人。”迪奇说着查看了一下手机，有条短信，“我在新德里，刚吃过午饭。我必须在办公室里待着。Wander Fish 的人坚持要陪着我。我们得在周一的时候给他们做一下演示。”

演示就意味着我们要不停地熬夜，把产品的每一个部分都连接起来，使得软件在演示的时候比正常情况下更好。每次演示都是一次残忍的经历，就好像马拉松比赛中最后的冲刺一样。晚上最糟糕的莫过于此了。

“你知道吗？我要和你一起去。”

“什么意思？”迪奇起身问道。

“等我一下。”

我从迪奇身边走过，穿过散落在卧室地板上的各种衣服，我确信在房间的角落里还有一条干净的牛仔裤用来替换我身上的运动套装。

“你已经不在那里工作了。”迪奇的声音从厨房传来。

“也许是这样，但我还是股东。他们打算做什么？把我踢出局吗？”

一想到即将到来的夜晚，我的内心就有种五味杂陈的刺痛感。最后期限即将到来导致的肾上腺素激增，眼后微弱的疼痛感，还有自我膨胀的重要感，以及看到马路对面的星巴克明天早上 5 点就会开门的欣喜。一天 24 个小时，蜻蜓旧书店网站的点击率就高达 11

万。我简直是神一般的存在。ArGoNet 应该让我回去继续工作。

“那真是太棒了。就跟以前一样。”我边说边闻了闻那件汗湿了的衬衫，换上了另外一件，我觉得那无伤大雅，“你会看到的，你还记得吗？我可是演示王啊。你以前总是这样评价我。他们之所以裁掉我，是因为没钱付我工资，对吧？没关系，我不是为了钱，我只是想提供点帮助罢了。”

迪奇双臂交叉放在胸前，斜靠在卧室门上，就这样站在那里看着我。

“你想让我跟你一起去的，对吧？”我问他。

“你知道的，我肯定想让你和我一起去。”

“是的，那么，还有什么问题呢？”

迪奇就这样站在那里，等着我回答自己的问题。眼角一阵热，我感觉到有泪水流出，那是背叛的泪水。迪奇从后面抱住我，就这样一动不动，过了很久，也许是最久的一次，我以为他会说些什么，比如说如果公司不想要我了，那他也不想要那个公司了。但在卧室里，我只听到他的手机又有一条消息。

“我会让你回来的。”他说道，“打电话给艾薇，请她吃饭。一切都将回到最初的样子。”

他满怀期待地看着我。他说了那些话吗？我真的没关系吗？他现在要走了吗？

“帮助蜻蜓旧书店脱离困境只是缓兵之计。”我说道，“我只是希望能够做些什么，从而给艾薇留下深刻的印象。你知道的，不是吗？”

“当然，我知道。”他边说边朝门口走去，“我会让你回来的。我保证！”

我站在门口，看着迪奇开着那辆烧生物柴油的跑车扬长而去。我望向雨果房间的窗户，房间里一片漆黑，他那辆老式沃尔沃也不在车道上。现在我唯一能做的就是等待，我只能等他从乔氏超市带回来印度奶茶。

第二天，雨果站在蜻蜓旧书店的橱窗前，手臂交叉，看着街道对面阿波罗书籍音像店门口放着的标语：“如需二手书，请咨询我们。”

“法西斯。”雨果咕哝了两句，围着那两把读书用的椅子走来走去。格伦德尔在雨果的脚踝上拍了两下，吓了他一跳。杰森把格伦德尔抱在臂弯间，从那只被咬伤的耳朵开始给它挠痒痒。他弯腰跟格伦德尔说了点悄悄话，大概是“耐心点儿，别急，等他们睡着了就能抓住他们了”。

“不只对面书店有。”杰森说道，“现在这个标语满大街都是。”

我自己也看见了，用极简抽象的字体写成的漂亮标语宣布阿波罗能够以其他方式出售廉价书。

“罗伯特，我们可以告他们吗？”雨果向那个柜台后面的男子问道。罗伯特是雨果的会计，是他在伯克利那段日子里认识的朋友。他每个月来一次，帮雨果记账，每次看到雨果的记账簿，他都忍不住要嘟囔些难听的话。在我的印象中，会计总是穿着短袖礼服衬衫，配上宽大的领结，戴着一副巴迪·霍利式的眼镜，有点像霍比特人。但罗伯特完全不是这个样子，他总是穿一件夏威夷式的衬衫，所以看上去就像一支长矛。后来，他和一个女子结了婚，到现在已经有25年了，他有一个儿子，今年秋季就开始在麻省理工读书了，他不久前还在太浩湖买了一栋度假屋。虽然雨果从来不会这样说，但在蜻蜓旧书店里，还是存在着这样的质疑：罗伯特可能是共和主义者。

“告他们？你不会该是走在潮湿的浴室地板上的时候，把脑袋摔坏了吧？当然，”罗伯特说道，“我觉得阿波罗可以卖某些书。”

“我们可以晚点再讨论这件事吗？”我拽了拽雨果的袖子，把那本《查泰莱夫人的情人》递给他，问道，“你真的一点也不知道这本书从哪里来的吗？”

雨果透过他那副老花镜的边框看着我。

“玛吉，我已经老了，我有个双层的药盒，我喝的马丁尼酒是用放在罐子里的伏特加酿成的，今天是周二，对吗？”

“周一。”

“你明白我的意思。”

“你还没老呢。”

雨果咧着嘴笑了笑，手不停地揉着肚子。

“我想，应该是在大学的时候。”雨果说道，“我见过亨利一小会儿。那时候，我还见到一位年轻的女士，她还说雨果听起来像个社团的名字。”

“她说得对。”杰森接了一句。

我站在雨果面前，指着《查泰莱夫人的情人》说道：

“哥们儿，拜托！专心点儿。”

我跟雨果说了那些邮件和脸书上帖子的事情，还有网友们在推特上提的问题，大家都想知道到底发生了什么事情。

“所有人都想知道答案。”我说道。

“有时候，最有趣的不是答案，而是问题本身。”雨果说道，从我手中把书抽走，递给了杰森：“杰森，你呢？你对此知道点什么吗？”

杰森从我这里把书拿走，放在头上，紧闭着双眼：“哦，是的，我看到了，越来越清楚了。就在那儿！是从地狱之门丢出来的一个大雪球！”

“你根本就不是在帮忙。”我说道，把书从杰森手里拿了回来。

“我难道不是在试着帮你吗？”杰森站起来，一屁股坐到前台桌子上，旁边是罗伯特的笔记本电脑。看到杰森坐上来，罗伯特立马把电脑移开了，无奈地叹息着：“你看，人们总是会在书上写下各种各样的废话。有涂鸦，有提示清单，有被删去的放荡女友的名字和其他前女友的名字。”

“杰森，你这都是负能量。”雨果说道。

杰森伸手从柜台上拿了一堆书，随便翻了一下第一本就放在旁边了，又飞快地翻了一下第二本，是《孤独星球法国巴黎旅行指南》，看了几页也就不看了。

“你们都来看看。”他说道，“书上最适合亲吻的地方都用小爱心画上了线作为分级。其实这没什么特殊的意义，只是人们把那些不适合带上公路、立交桥的东西都记录在了书上。你再看看那本是不是也这样。”

于是，我从柜台附近的那堆书中拿了本《托洛茨基与野兰花》。在书底封面的条形码上方就有一段笔记。笔者是沿着书的对角线斜着写的，越写越靠近书角。而且，一行比一行短，每行之间的距离也越来越小。

爸爸，如果我 9 点 30 分还没有醒，你要叫醒我哦。我的时钟不能设置提醒。其实，仔细想想，10 点叫醒我也没关系的。——汤姆

“现在明白我说的了吧？”杰森说完打了个呵欠，伸了个大大的懒腰。

“这不是一回事。”我边说边收好《查泰莱夫人的情人》。我原本想说，“亨利和凯瑟琳彼此相爱。”不过还是没说，“相爱”给人一种特别迂腐的感觉，让人觉得很不舒服。我觉得亨利和凯瑟琳之间的爱情应该跟我父母一直说的那种是一样的。他们总是会在餐桌上，伴随着一阵阵爽朗的笑声，向在座的宾客讲述他们大学时的甜蜜时光。当时的我还是个孩子，对他们那种童话式的爱情充满了崇拜和向往。当他们向我保证我以后也会遇到这样的爱情的时候，我竟然信以为真了。我满心期待着，同时又有点儿害怕。结果等我遇到了爱人，生活就变成了另外一种样子。现在只是这样想想，我的心都

会感到忧伤、愤懑。

我正打算从杰森旁边走过去的时候，一眼瞥到了那个小小的木质收据盒，里面是雨果存放的销售分类账本。我知道，里面有很多破旧的索引卡，上面写着蜻蜓旧书店所有顾客的名字还有他们的图书购买信用记录。也许其中的某些索引卡有着和蜻蜓旧书店一样长久的历史，也许上面的某些顾客知道一些有关《查泰莱夫人的情人》那本书的事情，也许我可以尝试着去打几个电话问问。

“嘿，把那个放回来。”杰森喊道，一把从我手里夺走了那个盒子，紧紧地护在胸前，盒子刚好盖住了他那件 T 恤上印着的自行车宣言：两个轮子，一个暗黑魔王。

“这些可都是机密！”

“哪里有什么机密？”我伸手想要夺回来，但是他一个转身，我只抓住了那件黑色 T 恤的衣角，“我们又不是在谈国家机密。”

杰森才不管我说什么呢，他把盒子紧紧地搂在胸前，好像随时准备达阵得分一样，用力地从我身旁挤了过去。

“让她看一眼好了，不会怎么样的。”雨果说道，“对吧，罗伯特？”

“难道我看上去像那种喜欢八卦，又爱多管闲事的男人吗？”罗伯特头也不抬地回道，说话的时候手指也没闲下来，不停地在计算器上敲打着。

“切，”杰森说道，“如果又一次爆发了‘9 · 11’事件，联邦调查局的探员来到我们这个小店，想要调查我们的文件，看看是谁买走了《玛莎斯 · 图尔特士制炸弹指南》，你都可以让他们见鬼去吧。

凭什么她就有特权？”

“这根本就不是一码事。”我辩驳道，“你们根本就不会记录顾客们买了什么书。”

“你胡说什么。”杰森说道，“就是一回事。”

“玛吉，杰森说得对。”雨果这时候突然说了这么一句。

“你一定是在跟我开玩笑。”

“事实上——”雨果说道，“如果你是这里的员工，事情就不一样了。”说着他朝收银机走去，从里面拿出了 20 美元递给我。

“什么意思？”

“这是你过去两个小时的工资。”雨果说道。

罗伯特站起来，越过前台一把从我手里抽走那 20 美元，放回了收银机：“她会像杰森那样，得到一张合理的支票。”他说道，快速翻阅着手里的一堆纸片，从里面找出来一张考勤卡交给我。

我看着它。好像从我上大学做兼职开始到现在，我都没有填过一张考勤卡：“可我除了在你耳边唠叨有关这本书的事情，什么也没做过啊。你居然要付我工资？”

“杰森每天都在我耳边唠叨，我还不是照样付他工资。”

“你是认真的？”杰森问雨果。

“看样子，我是认真的。”雨果斜靠在柜台上，搅动着手里的茶，说道，“这样所有问题就解决了。你不是一直在抱怨，说玛吉在店里做这做那，却不是真正在工作。现在好了，她是这儿的员工了，可以随意翻看我们的顾客文件了，还不用被绑上道德枷锁。”

我不知道谁会因为这样的提议而感到更加焦虑，是我还是杰森？我仔细看着杰森，他的呼吸短而急促，双手因愤怒来回捏紧放开，抖动的手指就好像在一个无形的键盘上练习着指法。他已经感觉到自己的领地就要被别人分割了。而我呢？我要在这里做什么？我已经在传奇小说中度过了一段足够痛苦的求职期。我什么时候才能真正去工作？

“你看，平时你总是在这里。”雨果说道，“我可以说你已经完成了培训。接下来的事情你是知道的，凭借着快速通道，认真地混日子。”说完，他环抱着我的双肩，用力地把我抱在怀里，就好像他能够理解我的生活一下子变成了安慰奖。“大家都别这么惊慌失措的，等到玛吉找到新的工作就好了。”

杰森来回扫视着我和雨果，满脸的不可思议。他走向雨果，把他马克杯中的勺子拿出来，放进嘴里舔了一遍，就好像那是一根棒棒糖，然后使劲丢进茶里。紧接着，他把那个收据盒重重地甩在柜台上，就转身消失在那一堆堆的书之间了。

“那孩子好像太过严肃了。”罗伯特说道。

“他会改变主意的。”雨果说道，可怜兮兮地看着自己的马克杯。在柜台前走来走去，不太确定该如何处置这杯被细菌污染了的茶。

“我不愿接受你的施舍。”我说道，“我是说，如果你要给我工资的话，那我就工作。”

“这里的确需要些变化。”罗伯特说道。

“好吧。你觉得一小时 10 美元能做什么就做好了。”雨果对我说道，“我相信你的判断。只是别再坐在地上了，杰森总是赤脚站在那里。”

既然已经工作满两个小时了，我就打算喝杯咖啡休息一下。在咖啡乔旁边，一个高高瘦瘦的小伙子正在外面的餐桌旁服务那几位奥弗利文身社的成员。看到我来了，就进来帮我点单。

我对写在小黑板上的菜单一清二楚，那些4美元一杯的茶饮名字全部是直接从一本女巫魔法书上抄下来的。

“野蛮锤头摩卡？”小伙子问道。

我每次点单都是老样子，从没多想过。自从失业以来，我改变了很多很多习惯，但每次还是一如既往地点同一种咖啡。但是，我现在的工资是税前每小时10美元，那么我要工作多久才能买得起一杯野蛮锤头摩卡？

“小杯咖啡，加奶。”

“50美元。”小伙子回应道。他仔细地看着收银台的屏显，就好像不太确定跨线电缆应该连接在车载电池的哪个电极上，他半眯着眼睛，手不停地摩挲着刚剃的光头，插入钥匙打开收银机，看到上面显示出正确金额的一瞬间，一脸释然。我并没有责怪他什么。卡拉翰女士是这家咖啡厅的老板，她对这家店所有的一切都极为挑剔。如果说雨果的管理方式是一条正在放声大笑的小溪流，那么卡拉翰女士的管理模式就是一条随时待命的消防水带。

我递给小伙子50美元，另外还在小费罐里放了25美分。罐子上面贴了张画有卡通人物的纸，怂恿着你给那些低收入人群一点儿消费。小伙子把咖啡递给我，坐下之前我就把咖啡上面的奶泡给喝完了。我选了咖啡店正中央的一个大圆桌，上面放着那个从蜻蜓旧书店里拿来的收据盒。环顾四周，有几个编码员坐在几张小桌子上，拿着笔记本电脑，戴着耳机，隔绝着咖啡店里的音乐，那音乐听起来就像是脾气暴躁的牛羚正在交配。一群住院医师正仔细地看着手中大大的三孔档案夹，好像在研究着什么，完全不理会旁边正在高谈阔论“编程新范式”的两个人。他们都穿着一身卡其色的衣服，看上去还挺清秀。角落里，有对中年夫妻正在打架。但不是那种大喊大叫的打架，而是紧紧地靠着对方，低声耳语的那种，不过这种行为更加恶劣吧。

就在这时，一辆熟悉的货车停在了路边。这辆车原本是白色的，可是多年下来，上面橙色的铁锈让它看上去就像一匹野生斑马。卡拉翰女士从车上跳下来，上面整齐地堆放着很多包咖啡豆，她说这是从圣克鲁兹山上的一个有机供应商那里运来的，但好像只有她自己知道这个供应商的存在。卡拉翰女士身材娇小、苗条，剪了个海军式的短发，穿着一件橘黄色的扫把裙，上身是背心配牛仔马甲，耳朵上那对绿松石耳环大得都可以当晚饭了。她的这种打扮总是让人觉得她不应该在硅谷这种地方开个咖啡厅，而应该去乔治亚 · 奥基夫博物馆开个饰品店。和大多数日本女子一样，我很难看出来卡拉翰女士到底多大年龄。但是雨果说他是在 20 世纪 70 年代初帮助和平组织游行的时候，在大学里认识她的，所以我猜测她和雨果的年纪差不多。关于卡拉翰女士过去那段不幸的婚姻有很多传闻。据说，她的前夫出了 5 万美元，要求她放弃自己的娘家姓，但她最终拒绝了。尽管卡拉翰女士很富有，但她依然奋力地在咖啡乔亲力亲为。

卡拉翰女士把外面坐着的那几位奥弗利文身社的成员从椅子上叫了起来，让他们帮忙把那 12 袋 50 磅重的帆布包搬进店里，她就跟在他们后面，感觉像是个养象人。

路过我这张桌子的时候，她停了下来，拿起我的玻璃马克杯，对着窗口有光亮的地方看了看。

“错了！大错特错！还不够黑！”

“卡拉翰女士——”小伙子回答道。

“不要找借口。锤头咖啡的颜色还要再深一点儿。你应该自己心里有数。这杯做得一点也不对。”

听着卡拉翰女士的训斥，小伙子眨巴着眼睛，一溜烟跑进储藏室躲了起来。

“这不是野蛮锤头。”我说道，“只是今天的滴流咖啡。”

听我这样说，她只是挑了挑她那细如柳叶的眉毛，一句道歉的话都没有。把咖啡放回桌子的同时，她在我旁边坐了下来。

“怎么有这么多牛奶？”她问道，“这可都是上好的咖啡。加这么多牛奶，怎么能够好好品味咖啡？”

大家都知道，卡拉翰女士都是自己煮咖啡豆。虽然大多数顾客总是发誓说自己很喜欢这样的咖啡，但就和参加马拉松的人说自己是去放松的一样，大家不过是自欺欺人罢了。雨果声称咖啡乔的咖啡能够清除病毒，是硅谷治疗结肠最好的东西。杰森通宵打游戏的时候也要喝这家咖啡。而我来这里的原因，主要是因为在这里点单的时候不用说太多废话。小杯、中杯、大杯，仅此而已。而且，这里不会附带销售任何马克杯、泰迪熊，也没有那种用再生纸制作的祝福卡片，卡片里面放了芯片，能够让上面的卡通企鹅给你唱“生日快乐歌”。不论咖啡味道到底如何，咖啡乔除了咖啡别无其他。也许你可以打磨我现在正坐着的桌子，把它变成一个精美的壶。但说实话，卡拉翰女士喜欢自己煮咖啡，而我喜欢牛奶，仅此而已。如果说卡拉翰女士想要活在自己小小的梦境中，在那里，微软视窗运行起来就和闪电一样迅速，而她也做出了味道最好的咖啡，那我一定不会去破坏这个美好的梦境。所以，最终我给了她一个最经典、最通用的答案：

“这是南方人的习惯。”

她的面部表情柔和了下来，表现出对我的理解。她觉得，作为一个和 Java 那群奇葩共事的女人，我应该得到她的同情。

“你拿雨果的盒子做什么？”她问道。

我告诉她自己无意中变成了蜻蜓旧书店的员工。

“难道没其他更好的工作可选了吗？”她继续问道。

“蜻蜓旧书店也只是暂时的选择。”

“暂时会慢慢变成舒适，而舒适则会变成永远。”

“不会这样的。”我说道，“这只是权宜之计。”

“你要经常这样告诉自己。”她说道，“这样你才能将自己置身蜻蜓旧书店之外。”

我打开背包，想把盒子放进去，就在这时，我注意到卡拉翰女士看见《查泰莱夫人的情人》的一瞬间，眼睛亮了起来。我看着她从我的背包里把书拿出来平放在桌子上，我震惊了，甚至忘记去阻止她。

“这本书有点儿粗糙。”我说道，感觉自己就像在和一个挟持人质的人闲聊，“雨果正打算教我怎么把这些散架的书拼好呢。你看，这些空白地方写的就是我放在网上的那些笔记。我想要把它们保存下来。”

她拍了拍书面，跟我说道：“忘记这些人吧。所有这些爱情的火花最终都会变成那样。”她朝着角落里还在打架的夫妻点了点头，“找一份正式的工作。除了你自己，没人能够照顾你。”

说完，她就起身走了，连句“再见”或者“希望很快见到你”都没说。不过我无所谓，她对谁都这样。

虽然卡拉翰女士有点让人害怕，但我还是很欣赏她的做事风格。她刚回到咖啡机旁边，那个小伙子就从储物间走了出来，把背景音乐调成冷爵士。我盯着桌上那本《查泰莱夫人的情人》，思考着横在我面前的蜻蜓旧书店的事情，还有那一本本书带来的负担，我想起了普绪喀的故事，她被迫要在一夜之间，把堆成山的罂粟花、小麦、栗子重新归类，否则她就不能回到真爱身边。后来，是蚂蚁们解救了她。而现在的我，幻想着会不会有人能来帮忙。

“我实在搞不懂你在这书店能干吗？”妈妈在电话那头说道。

当时的南卡罗来纳已经接近午夜，我甚至可以想象出妈妈当时的样子：坐在门廊前的摇椅上，手里拿着一个果酱罐。她在小酒吧里有几个水晶玻璃杯，闪闪放光，一个个都跟砖头差不多重量，那是她用来和朋友喝酒用的。独自一个人的时候，她就直接用果酱罐喝伏特加。她应该会把户外的照明灯关掉，说是为了驱赶各种虫子，降降温。而且，关了灯，也没人能看见她。黑暗中，她使劲摇晃着果酱罐里的伏特加，有时候啜上那么一小口，直到她的动静引起了别人的注意方才罢休。

“我只是想帮帮朋友。”我说道。

“什么朋友？”她说道。

我用蓝色 Solo 杯给自己倒了点儿波本威士忌，大概有两个手指的宽度这么多，来到后院里的露天阳伞下坐着。将硅谷和海岸分隔开的圣克鲁兹山上浓雾迷漫，空气中飘来一股西红柿的清香，那是雨果精心培育的，他把西红柿种在露台上一个大大的陶土罐里。

“爸爸呢？”我问道，顺便把运动衫的袖子放了下来。虽然潮湿的空气给人的感觉很好，但还是有些微凉。

“手术室。”妈妈说道，就像男人们不想被别人找到的时候，都会说自己去了某个国家一样。

我环抱着双膝坐在那里。即便穿着牛仔裤，我依然能感觉到右膝盖上那条深深的疤痕。那时我上十一年级，一个周五的下午，我骑着自行车去爸爸办公室，想偷些办公用品来做一个小实验。那个实验报告周一就要交了，可当时我还没开始做。办公室里漆黑一片，不过这一点儿也不奇怪，爸爸总是周五大清早的时候就让大家都回去了。但我知道他有把备用钥匙，就放在那盆挂在办公室窗前的吊兰里面。我踮着脚尖站在一个刚过膝的砖块状花盆上，上面爬满了妈妈每年都会种的牵牛花。我感觉自己摸到了藏在泥土中的钥匙的边缘，泥土上方是繁茂的枝叶，就在我打算把钥匙从泥土中拿出来的时候，爸爸办公室里的画面一下子尽收眼底。

爸爸跟我讲过肾上腺素的知识，肾上腺素可以促使你做出是战斗还是逃跑的反应。但是，当我透过爸爸办公室的窗户，看见里面一切的时候，我内心的震惊既没有让我有战斗的决心，也没能刺激我逃跑。相反，我被吓呆了，整个人都变得笨拙起来，直接从花盆上摔倒在石头走廊上，我的膝盖就这样被摔破了。我扶着旁边的花盆，慢慢地站起来，看着鲜红的血液从牛仔裤的破洞处流了出来。在我身后，我听到有人在低声抱怨着什么，还有窸窸窣窣的声音。等我站起来的时候，窗户上的百叶窗已经关了起来。不过这都不重要了，我知道自己看见了什么——爸爸趴在西莉亚·柯林斯小姐的双腿之间。

我忍着剧痛骑车回家的时候，清楚地感觉到一股鲜血正顺着我的腿流下来，但我不能停，我要去见妈妈。我永远也不能想象爸爸和其他的女人在一起。当真的看到那一幕的时候，我脑海中唯一能想到的就是妈妈一定会离开我们，这个家将永远没有妈妈了。无论我和他们之间有多大的隔阂，我一直都相信他们是幸福的。我人生中第一次意识到自己是多么不想失去他们。

到家的时候，我已经上气不接下气了，赶紧扔下自行车，径直走进房间，任由纱门在身后关上，站在没开灯的门厅里喘着粗气。看见妈妈还坐在那里的一瞬间，我简直不敢相信自己的眼睛。她就像往常那样坐在第三级台阶上，双手环抱着膝盖，旁边是高尔夫球袋。妈妈的祖母留下的挂钟响了起来，已经是下午三点半了。

我坐在妈妈身旁，直到那时我才发现自己一直在哭。

“妈妈。”

她从台阶上站起来，双臂交叉，朝纱门走去，抬头看了一眼门厅外的天空，好像没注意到我那婆娑的泪眼和那被鲜血染红的腿。

“这天看起来要下雨了。”她自言自语道，“看来今天没法出去了。”

“妈妈，我刚才在爸爸的办公室……”我说道。我该怎么说？到底要怎么说出我看到的一切呢？“妈妈，我有事要跟你说……”

就在那一刹那，妈妈的手像是一道闪电划过我的脸。我的头撞到了墙上，把墙上的照片都要碰掉了。疼痛的感觉瞬间袭来，我什么也看不见，除了门外的光线在地上留下的点点斑驳，还有妈妈在光线中的影子。

“你没什么要跟我说的。”妈妈说道。

空气中弥漫着妈妈脸上的脂粉和唇膏的香味，还有呼吸中夹杂着的酒精的味道。

我一下子跳起来，朝门外跑去，妈妈甚至连阻止我的意思都没有。我扶起自行车，朝迪奇家奔去。维尔达女士让迪奇把车开出来，送我去医院。

“乔金什么都知道。”维尔达女士坐在迪奇那辆 Rambler 的后座上，抱着我说，“这已经不是第一次了。但她不能说，一旦说破，一切就成真了。到时候，她除了强迫自己去做某些事情，别无选择。”

我把车窗放下，脸靠在车门上，慢慢睡着了。到医院的时候，迪奇把我叫醒，医生在我的膝盖上缝了几针。

“你爸爸一会儿就回家了。”妈妈在电话那头说话的时候，我喝了一小口威士忌，“我得去把晚饭给他热一下。”

我的妈妈——首先是梅森 · 杜普瑞斯太太——为她的王子翩翩起舞。

我们在这里，在世界之外，在这书中。

——凯瑟琳

第五章

我会找到你

“不，不，我记得很清楚。我是亨利。”三个老主顾中的一位说道。他叫迈克，名字和另一位一样，还有一个人叫约翰。两个迈克，一个约翰，他们给自己起了个外号叫“中央情报局（CIA）浴室”。

他们三位是这里的常客，经常在午休时间来这里，要么是来收集泰瑞·普莱切特的神怪小说，要么是来搜寻他们没看过的阿萨克·阿西莫夫写的小说。

“你不是亨利。”另一个迈克说。这个迈克穿着一件 T 恤，上面印有“创客节”的图案，还佩戴了一枚美国国家宇航局（NASA）的安保徽章。他站在另一个迈克后面，前面的迈克正在一个鞋盒里面翻找着钉子，用来修书架的轨槽。“你可是 1974 年才搬到这里的。”

他们就这个问题已经争论了 20 分钟了。他们把自己的书放在地板上，准备修完书架回家的时候带着。那时，我正在试着修理自助服务区的书架，就在科幻小说和神怪小说区的拐角处。骑士精神并没有在硅谷消亡，而是化身成了工程技艺。

“也许事情是在 70 年代发生的。”我说道。

“迈克，我认识你 34 年了，从来没见过你用钢笔写字。”约翰说道，他比其他两位朋友稍微矮一点儿，但看上去身材很结实，应该是个常年跑步的人。约翰坐在地上用手扶着书架，而那两位朋友则说：“亨利的笔记可是用钢笔写的啊。”

“我记得很清楚。”迈克 1 号一边说一边还不忘摸着肚子，衣服上印着某次辣椒烹饪比赛的 Logo。

“没人会记得清 70 年代的事情。”迈克 2 号反驳道。

“好吧，就算你是亨利。”约翰边扶着书架边说道，“那你一开始为什么要在书上写那些东西？为什么要叫自己亨利？”

“那时候又不像现在这样有所谓的‘默契网’。”迈克 1 号说道。

“所以你就开始在书上写这些？”迈克 2 号反问道，手里还端着那个装满钉子的鞋盒。

“用钢笔？”约翰说道，他在那个坏了的书架下面垫了两排书，这样就不用自己扶着了。

“用钢笔写的怎么了？”迈克 1 号问道。

“——希望有个漂亮的女孩会给你写回信。”迈克 2 号说道。

“记得给自己想个其他名字。”约翰接道。

“好吧，的确是这样。”迈克 1 号说。

“是对亨利这样。”约翰说道。

“准确来说，是这样的。”迈克 1 号说。

整整一个星期，已经有好几个人来到蜻蜓旧书店，声称自己就是亨利。当他们开始在书上给想象中素未谋面的女子写信的时候，他们对于自己这种野性的浪漫似乎有着某种相似的记忆——心碎后，离婚后，或者一次格外棒的迷幻之旅过后。

“1961 年，”约翰提醒道，“第一次笔记上面的日期是 1961 年。70 年代？你是不是穿越时空了？”

“很显然，我不可能记得这么清楚。”迈克 1 号反驳道。

他们还在继续修，我要是自己修的话，早就弄好了，可他们得多花两倍的时间才能修好。他们修的时候，我就注视着自助服务区。

今天是我在蜻蜓旧书店做全职员工的第二天，但在这里待了这么久，感觉时间过得更慢了。蜻蜓旧书店能够满足各类客户群的需求，这些客户时不时地表现出狄更斯笔下人物的那些怪癖。有位米兰达小姐，身材又高又胖，她丈夫曾经为了不再吃到她做的烘肉卷，总是把她的食谱给扔掉，所以当雨果帮她找到那本食谱的时候，米兰达小姐简直高兴坏了。还有位女士，胸前的婴儿背带里总背着一只面朝外的哈巴狗，她非常喜欢珍妮特 · 伊万诺维奇和伊恩 · 麦克尤恩，后来还在雨果的推荐下开始喜欢斯坦贝克。有个男人总喜欢坐在后面角落里我常坐的那把椅子上，翻看一堆堆乐谱，就好像它们是小说一样。汉克是另一位常客，但他只是上周三在这里买过《如何在骰子游戏中无往不胜》《自慰文化历史》，还有四本阿加莎 · 克里斯蒂的侦探小说。当然，还有格洛丽亚小姐，她一周来两次，每次都背着大大的 NPR 托特包，周二的时候来买悬疑小说，周四的时候买传奇小说，每次都是用装在塑料袋里的零钱结账。CIA 浴室那三个人总是互相提醒对方哪些书是他们已经看过的。

等两个迈克和一个约翰最终修好书架后，我就带着他们到前台，在雨果放在那里的一个大大的皮质活页夹上写下他们购买的东西。

“那么，迈克。”我问道，“如果你真的是亨利，那你在最后一次的笔记上让凯瑟琳和你在哪里见面？”

“那段你没放在网上。”迈克 1 号说道。

“我知道。”我回答道，“我没把那段放在网上，就是因为这个原因。”

迈克 2 号和约翰看着迈克 1 号，满脸的自以为是，同时又满怀期望。

“圣荷西费尔蒙酒店的酒吧里。”迈克 1 号说道。

“希望你能喜欢谢丽 · 普利斯特的小说。”我微笑着把他的书递给他，“如果你遇到了真的亨利，记得代我问好。”

“玛吉，这里的工作让你变成了一个残忍的女人。”迈克 1 号被他那两位朋友推出门外的时候喊道。

“你不就是喜欢我这个样子嘛！”我也回喊道。

这时，杰森从一堆书的后面冒了出来，把一个空盒子丢在我脚边，然后又消失了。据我所知，他和雨果从未就其愤怒的辞职问题有过任何交流。他昨天才回来，抓过一堆书，从上次他离开的地方开始工作。

我看了看雨果，他正坐在椅子上认真地阅读威弗利作者的另一本小说。

“对于杰森，我感到非常抱歉。”我对雨果说道。

雨果向我挥了挥手，说道：“他隔几个月就会离开一次，在先锋公园待上一整天，边读漫画书边等他的朋友们下班。然后等烦了就会再回来。”

先锋公园。

本周日是今年夏日的第一天。我希望那天中午你能来先锋公园见我。——亨利

想想亨利和凯瑟琳约会的地方居然是杰森生闷气的地方，真是太诡异了。

我从自传区左转，到了20世纪历史区掉头，然后在诗歌区向右急转弯，最终到达了传奇小说区。按照最初的整理计划，我把传奇小说按类型重新摆放——比如以穿着紧身衣的“破坏者”为主的历史传奇小说，比如封面标题上印有波斯菊的鸡仔文学，比如讲述吸血鬼还有恶魔情人的超自然浪漫史，而哈罗德·罗宾斯和杰姬·柯林斯的80本经典小说则被安放在一个特别的展区里。我花了好几天的时间才把这些书找全，它们在烹饪书籍、占星术丛书、自传，甚至艾勒里·奎恩的悬疑小说的后面或者就藏匿于其中。书籍，能让你意识到自己知识的匮乏，能缓解你后背的疼痛，能教你识字，也能让你愤怒，让你哭。后来，我在旧货出售处捡到了一张强尼·戴普的签名照，放在了传奇小说标签的下面。把所有传奇小说都整理

好放在一起，虽然不像知道了癌症治疗方法那样让人兴奋，但我从中看到了进步。如果有人碰巧来到蜻蜓旧书店，穿过前面那一堆堆的盒子和一堆堆的书，然后顺着书堆的迷宫来到最后面的角落，我敢保证他们一定会买很多很多本传奇小说，来表达对我工作的欣赏。

我搬了把凳子到后面坐下来，心想现在终于能有点时间读读雨果送我的那本《查泰莱夫人的情人》了。看了一个章节后突然觉得对这本书有些亏欠，因为过了这么久才又一次来读它。现在的我知道为什么会有这么多人批评这部小说了。这部小说一点儿也不抒情，你甚至觉得劳伦斯写这部小说的时候就像拿着把斧子打磨什么东西一样，这点同样让我略感烦恼。但我也能理解为什么还有很多像亨利和凯瑟琳那样的人喜欢这本书，吸引我的不仅仅是书中的性爱，还有那朴实无华的渴望。想要得到某个人，一整天都在念着他，不由自主地坠入了爱河，我憧憬着那种渴望。生活的没精打采开始变成一种折磨，比任何心痛都要折磨人，但这与失去布莱恩毫无关系。我只是有些厌倦了。

读到某一章节中间部分的时候，突然感觉好像有个什么东西出现了。我慢慢抬起头，看见了走在强尼·戴普书架上的格伦德尔，它正低头看着我，好像在说："你就是个凡人。"我们就这样看着彼此，一场因人类入侵野生动物栖息地而导致的史诗般的大战即将爆发。之前，我把格伦德尔最喜欢的那堆书——苏·格拉夫顿堆成山的小说——从雨果的办公室移了出来，那里每天下午四五点的时候都能晒到一大片暖暖的阳光。自此，格伦德尔就一直潜伏着，在高高的书架上盯着我，就好像史蒂芬·金恐怖小说中的某个鬼魂一样，想伺机而动，等待着复仇时刻的来临。

格伦德尔号叫着，向我俯冲过来。我急忙跳起，试图躲避它，但为时已晚，它已经抓住我的肩膀。我吓得尖叫起来，手中的《查泰莱夫人的情人》被我失手丢掉了。它站在我的肩膀上，一跃而起，跳到了对面书架的顶端。离开之前，格伦德尔还不忘在我皮肤上留下四条深深的抓痕，我感觉到鲜血正染红身上那件白色的 T 恤。

突然，一只手抓住了我的胳膊，我抬头看见是拉杰，他来到我的身旁。

“你伤得严重吗？”

“很快会复原的，船长。”

他从裤子后面的口袋里拿出一块干净的白色手绢。他把手绢折了四折，从我的 T 恤衣领下滑进去，轻轻地压在伤口上面。他把头靠过来，仔细检查了一下抓痕。我甚至还能闻到他那件棉质衬衫所散发出的阳光的味道。在那时，我听到了人们在周边书架之间走来走去的声响，还有把书从书架上拿下来的声音。一幅书店的图景出现在我的脑海中，就好像有人把书店的屋顶拿掉，我从空中俯视着迷宫般的书堆，看着里面的人来来回回凝视着书架，他们的脑袋稍稍歪向书架，仔细地读着书脊上的字。在那黑暗的角落里，我和拉杰静静地靠在一起。

“我正想着自己能在这里见到你呢。”拉杰说道，“但没想到你会受伤。”

“雨果应该给我算工伤。”

为了保持安静，不让别人发现我们，我们只是微笑地看着对方。我们就这样站在那里，靠得很近，我的脸颊甚至能感觉到他身上的温暖。他轻轻地温柔地吹着我的伤口，动作很小很轻柔，让人难以察觉，就好像从未发生过一样，但这样的宁静却感动了我。

“我想跟你说说自行车的事情。”我开口道。

“有什么问题吗？”

“不，没有，车子很好。真的很棒。只是——”

他微笑着，看向别处：“你不喜欢我？”

“哦，不，我喜欢你。这才是问题。”

“你不乐意从你喜欢的人那里得到礼物？你可真是个奇特的女人啊。”

“你让我很为难。”

他还是微笑着。

“我并不这么认为。”他仍旧低着头，低声耳语道，“我努力过着自己的日子，做着我应该做的事情。但我总是一次又一次地来到这里，想着你在哪里。”

我闭上双眼，全身心地感受着他的存在。抬起手，手指缠绕着他的卷发。他的唇轻压在我的锁骨上，嘴中那湿热的温度渗进衣中。外面的蜻蜓旧书店一如既往，而在这个黑暗的小角落里，拉杰跪在我面前，双手轻柔地抚摩着我的臀部，隔着 Hanes 棉质上衣，一个个温柔的吻落在我的肚子上。我感觉到他的手慢慢滑进我的衣衫，手指轻轻划过我的后腰，那湿热的嘴唇更紧地贴着我。我把手指埋进他那柔软的卷发中，就这样紧紧地抱着。他的手指来到我的牛仔裤前，我感觉到他解开扣子，慢慢拉开拉链。第一次，我真切地感受到他的唇、他的舌滑过我的肌肤，就在我的肚脐下。

突然，他站了起来，紧紧地靠着我，用双臂遮挡着我。有人来了，我听到鞋子摩擦地面发出的吱吱声。越过他那坚实的臂膀，我看到格洛丽亚正透过镜片扫视着书脊上的标题，就好像我们不在那里一样。让我想到一种恐龙，只要你不动，它就不会发现你。格洛丽亚装了几本书在包里，甚至没仔细地看上一眼，就从拐角处出去了。

我们依然紧紧地相拥着，脸贴着脸，嘴唇在对方的耳朵上恋恋不舍地亲吻着。

“我想看到更多的你。”拉杰说道。

“我想，你已经看到大部分的我了。”

“你知道我在说什么。”

“如果你能找到我的话，我会愿意的。”

他亲吻着我，一股绿茶混合着肉桂的清香随之而来。

“好吧，我会找到你的。”他说道，转身离开。

拉杰走后，我跌坐在身后的凳子上，深深地吸了一口气。空气中还弥漫着他身上的味道。人世间，如此美妙的事情，又怎么会轻易消散。

我吃着一份越式料理，想到曾经和布莱恩去过街角的一家越式牛肉粉餐厅，一路上，他牵着我的手，进店后，我们相对而坐，一边各自看着手机，一边吃着饭，从未看对方一眼。如果现在和拉杰一起做这些事情，我想一定会很好。

我盯着面前的书架，那是我花了很多精力才整理好的书架，整齐有序，是我生命中难得的有意义的地方。但是，看着这一排排摆放整齐的书，我却突然意识到所有作者的姓在字母表上杂乱无章，竟然共用一层书架，我对此很不解。就在前天，一切都还好好的。我靠在背后的书架上，看着整个传奇小说区，突然意识到我之前所有的努力都白费了，所有的书竟然都是按照书脊的颜色来排列的。我沮丧，我心塞。

“杰森！”

就在这时，书店前面传来一阵恶魔般的笑声。

在黑暗中，在敞开的后窗下，我蜷缩在帕帕森椅上，听着隔壁传来的派对欢呼声。膝盖上放着个笔记本，之前几个小时我一直在上面写写画画，盘算着依靠着自己这微薄的薪资，还能坚持多久。雨果把我的房租减少了几百美元，真是太感激他了。所以，现在除去购买食品、日用品、手机还有其他东西的费用，我身边只剩 400 美元。不算看电影的话，午餐就是最大的开销，而在这里，一个女孩子能够吃的东西只有各种速食拉面。我可以搬离这里，在克雷格网站上找人合租。但是，搬家同样是笔不小的开支，当我想到我的第一个月和上个月的租金及存款时，感觉自己可能会陷入比现在更加糟糕的困境。而且，如果那样的话，我就不能再和雨果做邻居了。不，不能搬家。

这时，手机响了，是迪奇的短信。这已经是他一小时内发给我的第四条短信了，他说他现在在芬尼根守灵夜，今天是周五，我必须马上过去。迪奇是我认识的唯一一个不会用“马上”这个词的人，但他会想到很多其他更加难懂的话来催你。我看了看手机上的时间，已经八点了，我跟自己说，我得出发了。但是，时间一分一秒地过去了，我仍然一动不动地坐在 Pier 1[1] 的垫子上。

一方面是担心着自己的银行存款，另一方面上次和迪奇的谈话成了我心中的一块巨石。我知道自己应该给艾薇打电话，请她吃饭。毕竟她已经给了我她的手机号码，但我总觉得希望很渺茫。我的生活完全取决于迪奇和 ArGoNet 公司。现在的我，依赖着至今未有任何结果的期望而活。这几年在硅谷的生活，到头来好像什么也没有。没有事业，没有钱，一段失败的恋情，还有一间花费了太多时间和精力的旧书店。我参加过许许多多的商业会议，每次都感觉自己的辛勤劳动能够取得最后的成功，但每次都因为某种冠冕堂皇的理由被否定，比如，某位高管不喜欢蓝色的按钮等莫名其妙的原因。

我从墙边的桌子上拿起那本《查泰莱夫人的情人》，随意翻看着。书页散发着旧纸张的味道，还有那早已过期了的承诺。在上次的读书俱乐部聚会上，是上面的笔记解救了我。也许，这次我还能

1　美国进口家具和家居用品零售商。

从中找到一些智慧的启迪。

亨利，我们只能像这书中的人物一样存在着。只有在书中的时候，我们才是栩栩如生的生命。只有在这里，我们才属于彼此。——凯瑟琳

我知道你在害怕，我也害怕。但是害怕本身不是真实的存在。那只是混杂着记忆的一种情绪。害怕是危险的，但它只有阻止我们获得我们所想的时候，才是危险的。而我想要你。——亨利

混杂着记忆的情绪。好像谁之前也这么说过？也许是雨果。好吧，雨果和亨利。我想起了那天在艾薇家的时候，那是我最后一次觉得整个世界都是我的，任由我掌控，即便只有一小会儿。那天我还真是冒了很大的风险啊。亨利是对的，危险的不是恐惧，而是因为恐惧而未能得到你想要的。

我不打算回家。如果 ArGoNet 最终没能留下我，那就顺其自然吧，但我还不至于破产。我还有自己的关系网，虽然是只有一个人的关系网。我会离开 SVWEABC，仅从那里带走一张名片，那就是我的关系网。

我打开上次去读书俱乐部的时候所带的包，艾薇的名片还在里面。我打开电脑，把她的邮箱地址输进去。但我停了下来，邮件很容易被人忽视。当你还在努力向上爬的时候，你会把每一封消息都当作上帝或者乔布斯发给你的，所以你会认真地回复。但是，当你

像艾薇一样爬到了顶端，就需要在别人取悦你后，才有可能立马回复消息。这是一种显而易见的时尚。不，我不能在这里干等邮件。她在名片后面写了住宅电话，我要打电话给她。

但是打电话之前，我得好好想想要说些什么。难道只是说我应该如何帮助团队，向那些会员朋友们传授最好的读书小组的经验？当然，我会说自己需要做的还有很多，但一旦读书小组成功了，那么我也就成功了，之前个人在时间和精力方面所做的牺牲都是值得的。当我觉得自己准备好了的时候，就拨通了电话。我想象着艾薇像《绿色田野》中的伊娃·嘉宝一样，穿着一件羽毛般轻滑的丝绸长裙，趿着拖鞋，穿过地板，接起电话。就在这时，电话通了。

"Slutless.com，杰德？你真的以为我不会发现你在 Slutless.com 网站上放了我们两个人的视频吗？你个愚蠢至极的笨蛋。整个硅谷都属于我，你难道不知道我会用电脑吗？还是你觉得我年龄太大，不会用电脑？你知道我还会做什么吗？找律师。杰克绝不会饶了你，他会让你后悔自己当初学会了使用鼠标。别再每隔 30 秒就打电话过来了，别让我想起你离开我的其他理由！"

虽然只过了几秒的时间，但我觉得实在太漫长了，都够形成新的银河系了。我凝视着夜色中房子的阴影，听着电话那头我唯一一个 VIP 愤怒不已的恐吓，我该怎么办？

"如果你打算一直不挂电话，那你至少说点儿什么！"

我想起了艾薇书架上的那张照片。照片上，艾薇环抱着一位高高的金发碧眼女子，看上去和我差不多年纪。很明显，无论艾薇多么有钱有势，她依然很在乎这位杰德。如果我现在挂断电话，那她肯定以为是她前任挂断的。那样我就可以脱身了，但艾薇呢？艾薇怎么办？我半眯着眼睛，深吸了口气，对着电话说道“对不起，艾薇”，我说道：“我是玛吉·杜普瑞斯。我们在读书俱乐部见过，您还记得吗？可能介绍得有点简单，但我猜现在有点儿不合时宜。”

电话那头一下子沉默了，我以为我会等来一通咒骂，但并没有。艾薇·纳拉杨挂断了电话。

我把手机放在膝盖上，大脑完全死机了，什么事情也做不了。我就只是坐在那里，听着隔壁房间里派对的喧嚣。要是我七点半的时候出发去找迪奇，就不会发生这种事。要是我像其他神志清醒的正常人一样发邮件给迪奇，这种事怎么可能发生？但是没关系，我一点也不怕。亨利，非常感谢你。

拿起那本《查泰莱夫人的情人》，依旧停留在有亨利笔记的那一页。这一切都源于亨利。是不是我太心急了？竟然想从一个通过在书上写情书而爱上一个女子的男人那里得到启迪？中午来公园喷泉那里见我？你在开玩笑吗？那天可能会下雨，或者城市工人要重新整修那边的人行道。最重要的是，他居然把这样的邀请写在书店的一本书上。给我涂点蜂蜜就以为我是饼干了？他的计划真是千疮百孔。

虽然千疮百孔，但是，机会总是有的。也许就在蜻蜓旧书店，有人进来买走了这本书。

突然，电话响了，就是我刚刚拨的那个号码。是艾薇。我甚至可以想象出，她穿着那件伊娃·嘉宝的长裙，愤怒地站在狂风中，嘴里念念有词，想要把我变成一只青蛙，穿过电话打出闪电球，等着置我于死地。我完全不知如何是好。于是，我直接把手机放在垫子下面。就这样，留在这里的最后希望破灭了。我竟然摸了老虎屁股，招惹了硅谷最有权势的女人。我真是要下地狱了。或者，更糟糕的是，我要回家陪我妈妈了。

我把电话从垫子下拿出来。天啊，发生了什么？如果这是我最后的时光，那么至少让我好好怀念一下曾经。

“我是这个世界上最糟糕的人。”艾薇说道，“我真是够粗鲁的，让人难以置信。”

“不，是我的错——”

“不，不，是我不应该那样接电话，或者说我接电话前应该先看一下来电显示。”

我们就这样不停地结结巴巴地和对方说着，试图在道歉上“战胜”对方，当然所有这一切似乎完全没有必要。当我们渐渐不再说道歉的话时，彼此之间只剩下沉默。

“不好的分手？”

我听到她在电话那头大笑，夹杂着抽泣。

“难道还有其他的可能吗？”她问道。

我又开始想象电话那一头的她。但这一次，她穿着一套宽松的运动衫（好吧，是羊绒的），胸前滴了几滴樱桃加西亚，不过已经干了。她的头发乱糟糟的，戴着一副老式眼镜，脸颊上长了几颗痘。

我在想，她和杰德的那张照片还在书架上吗？还是说她开着那辆梅赛德斯 - 奔驰把它碾碎了呢？

“她真的把你俩的视频发到网上了？怎么会这样？”

“你看不出那是我。”她说道，“或者至少不足以说明那是我。她不喜欢其他任何人看见我，除了她自己。”

“但是——”

事实证明，迪奇是对的，艾薇和其他人没什么不一样。我们还聊了很多，顺便定下来周一约在一家泰式餐厅。挂了电话，我呆坐了一会儿，慢慢平复着内心的失望与欣喜。过了一会儿，我起身朝芬尼根守灵夜走去。

第二天，6 月 27 日，下雨。我之所以记得这么清楚，是因为在接下来的几个月里，人们总是把那天作为他们生活的一个里程碑，比如，“我知道我是在 6 月 28 日更换机油的，因为前一天下雨了”。在旧金山湾区，整个冬天都是阴雨天，但是初夏时节很少下雨，甚至闻所未闻。所以在雨果的世界里，发生这样的大事件，是一定要举办派对来纪念一下的。但事实上，对于雨果的那些朋友来说，自然界日出日落的神奇已经足够他们拿起鸡尾酒的调制器和调酒棒好好庆祝一番了。

当然，我也是有理由庆祝的。6 月 27 日，蜻蜓旧书店成功入驻 eBay 网店，并且售出我们的第一本书——首次出版的沃克 · 珀西的《废墟之爱》，上面还有作者的签名。这本书自从我一来到蜻蜓旧书店就有了，是和其他首次出版的书籍放在一起的。现在，这本书正在去往威奇托市威妮弗蕾德·约翰逊女士家中的路上（在硅谷这种地方，智能手机和双重运营系统的横行，使得很少有人喜欢这样的南方书籍）。雨果建议，既然这是我们网上售出的第一本书，所以大家应该为威妮弗蕾德女士的这本书进行祈祷。于是，他打电话把那位牧师朋友杰西叫到了家里。杰西来的时候，带来了盐水、熏香还有薰衣草干花。盐水要洒在收据上（替代书），熏香要在店里点上，而薰衣草干花要夹在书中。同时，杰西还是安德洛尼可店的屠夫，所以来的时候顺便带来了五磅小羊腿，这可把雨果高兴坏了，于是立马打电话叫朋友们来开派对。他们都来了，还带来了更多的食物，也有人带来了酒。当时的我也非常开心。

就算在平时，雨果的公寓也是一派和谐的景象，好像日间美容会所的等候区一样。但是今晚，这里魅力涌动。到最后，他的朋友们一个个都精疲力竭，就像得了田纳西·威廉斯小说中所说的嗜睡症一样。雨果把炉子上一口大锅的盖子打开，搅拌着里面的东西，他称之为“雨果秘制摩洛哥菜”，一股混合着藏红花和杏的香味瞬间弥漫在整个房间里。一个披着红发的年轻女孩，穿着一件牛仔背心裙，弹奏起了竖琴，还用盖尔语唱着歌。一个男子，坐在旁边弹着琵琶，伴着她一起演奏。另外一个女孩，头发上别着一朵花，轻轻拍打着羊皮鼓。此时，一场文艺复兴节电影正要上演，他们急需一位吟游诗人。

雨果家里根本就没有什么正常人可以坐的东西，各式各样的枕头散落在地板上，让他的家看起来就像是《太空仙女恋》里面那个59岁的男人的瓶子屋。喝了点杰西给的马丁尼酒，我平躺在地板上，在一堆大大的红色枕头中间，感觉就像躺在沙滩上，沉睡着，仿佛能听到海浪拍打的声音。这时，我听到拉杰在我耳边低语：

“我一直在找你。”

我睁开眼睛，他正微笑着看着我，嘴角咧开，就和他给我自行车的那晚一样。我躺在那里，他在我上方弯着腰，柔软的头发披散在双肩。我抬起手，把一根垂下来的卷发放到他的耳后。派对从没像今天这么棒过。

他在我脚旁的抱枕上坐下，双手轻握着我裸露的右脚，挠着我的脚底。如果不是刚才喝了两杯马丁尼，我想我会刻意板着脸，忽视我那如同包法利夫人一样暗潮涌动的下身。但现在，我躺在抱枕上，幸福得直翻白眼，好像什么也说不出来，但我清楚地听到了自己的低吟。今日的世界，于我是如此美好。

“真是只漂亮的脚啊！”他说道，“美美的脚踝，我相信，上面一定是极具诱惑的美腿，如果我有幸目睹的话。”

“难道我只是身体各个部分的组合体吗？我们从未见过彼此，但我仍然相信我想要你身体的全部。”

听到他引用亨利的话回复我，我忍不住笑了起来。拉杰也微笑着，手慢慢滑向我的牛仔裤边缘，他那温热的手掌轻抚过我的双腿。这是两天来第二次，我开始考虑以后要穿短裙。

突然，我听到一声“哇哦”，睁开眼看见杰森一边盯着拉杰，还一边喝着啤酒。我想把他赶走，但他压根不听我的。

“嗨，杰森？”拉杰问道，连头都没有抬一下。

“花花公子，你可是下周比赛的主人，可你还一张邀请函都没发呢。没人知道下周在哪里见面。黛博拉还会来吗？我们甚至不知道有没有聚餐环节。”

拉杰的手从我的牛仔裤上拿开，站起身。

“我们可以晚点再谈这个吗？”拉杰转过身看着杰森问道。

“花花公子，我们这次之所以让你做主人，是因为从你加入到现在，你已经求了我们很多次。作为主人，可是要肩负很多责任的。别让我们失望。”

无数个问题徜徉在我那被伏特加冲昏的头脑里。最终，我问了句：“你们到底在说什么？”

“龙与地下城（D&D）。”杰森回答道。

我用手肘支撑着坐起来，看见坐在我身旁的拉杰正用双手抱着头。我从来没亲身体验过D&D，但我认识很多玩家，知道其中只有小部分人符合我们传统意义上对失败者的描述：他们面色苍白，头发又长又邋遢，皮肤干燥，他们是冰箱里冷藏食品的常客，他们大多租住在父母的地下室里。大多数情况下，玩家是那种酷酷的人。但即便如此，我还是很震惊。不是因为杰森，他只是个没脑子的人，也不是因为雨果，难道是因为拉杰？

“有什么大不了的。”杰森说道，“我、雨果、拉杰、卡拉翰女士，还有其他几个纨绔子弟，总是在周一晚上聚在一起打游戏。”

“所有人？真的吗？我以前从来不知道还有这回事。很好。数字745是表示你讨厌我，对吧？”

“说得好像我们让你参加游戏一样。”

“说得好像我想参加一样。”

“我打赌你从来没玩过D&D。”杰森说道，然后他用膝盖戳了戳拉杰的后背，问道，“那么周一你打算怎么办？”

“我想先喝一杯。”说完，拉杰站了起来，朝厨房走去。我转了个身，目光追随着他。他站到雨果旁边，面对着我，看的却不是我。

杰森弯下腰，手肘撑在膝盖上，像个巨人一样出现在我的眼前。

“你难道不想知道有关黛博拉的事情吗？”杰森问道。

“什么？”我不明白他在说什么。

“你知道的，他并不是一个真正的好好先生。”杰森说道，“每当有女性单独出现在游戏中的时候，他总是会去调情。他们在一起胡闹一段时间，然后就是所谓的‘我不能向任何人做出承诺，那样会破坏我内心的粉色独角兽’。这样我们就少了一个玩家。我最后一次看到黛博拉的时候，她正在书店读《美食、祈祷和恋爱》这本书，而且看样子，她应该已经看完了‘美食’篇。我真搞不明白为什么所有的女人都喜欢围着他转，他根本就不是一个好的玩家。”

“无论我和拉杰之间有什么事情，那都是我们俩之间的事情。”我说道。

“我才不想出现在所有剧本中！而且根本就没有剧本。”

杰森走到那些歌手身边，坐在他们后面，背靠着墙，喝着琵琶弹奏者递给他的啤酒。我还躺在原地，想着今晚怎么会变成现在这个样子。

我站起身，走向冰箱，想从杰西放在里面的壶中给自己重新倒杯马丁尼。但是，有两个 20 岁左右的女孩站在我和冰箱之间，像是迷失在雨果的磁性诗歌中——莎士比亚版本。那个金发碧眼的女孩，剪了个精灵式的短发，肩膀上还有个蜥蜴文身，她刚唱完 *YOUR PECULIAR PURPLE GROAN*。那个红头发的竖琴演奏者看了一眼贴在冰箱门上的歌词，弹奏着 *TONGUE GODDESS SATISFY SMOOTH LUST*。短发女孩看着她，挑了挑眉。然后她们凝视着对方，就好像她们觉得自己正在摆脱什么东西一样。紧接着，红发女孩走到短发女孩后面，把她背心里面掉出来的商标塞了回去。当她的手越过短发女孩的香肩时，她一把抱住，吻了上去。

我吃惊地环顾着四周，看看是否有其他人也看到了这一幕，或者说是否有人看见我在看这一幕。我看着她们，无法离开视线。我记得之前她们都是独自前来，并且看到她们被介绍给对方。现在才过去多久？一个小时？两个小时？她们竟然已经到了这种地步——打情骂俏，面色羞红——我的身体开始记起那是多么容易出现的感觉啊。

我站在那里，一只手放在雨果的柜台上。有人走来握住我的手，是卡拉翰女士，她抬起我的手，仔细看着。

“现在轮到你了。”

有那么几秒钟，我还没从刚刚那两个女孩的事情中缓过神来。

以为卡拉翰女士的意思是轮到我去找情人了。但是，她让我掌心朝上，她的拇指在我的手掌上游走，然后压住手掌，透过她那副龟甲色、带着珠状链条的老花镜仔细地看着我的双手。原来，她的意思是轮到给我看手相了。

她的指尖顺着我掌心的纹路游走，那指尖就像带刺的仙人掌，我的手下意识地抽动了一下，她却攥得更紧了。她向前走了一步，仔细地凝视着我的双手，把它们对着雨果炉子上的光线看了一会儿。接着，她合上我的掌心，紧紧地握着它们。她站直身体，把眼镜摘下来悬挂在胸前。

“你的心是纸做的。”她说道，“水能让它溶解，土能将它掩埋，风能将它吹走。”

我感到胃部一阵痉挛。在阴影中，我总算能看清楚岁月在她脸上留下的痕迹，就像许久没有浇灌的干旱大地上的裂纹。她双手的虎口紧紧地夹着我的双手。我猛地把手抽走。

“和别人说这些，真是让人觉得讨厌。”

她伸手从柜台上拿了杯鸡尾酒递给我。

“好好保护它。重新找份工作，找个新的男朋友。蜻蜓旧书店的生活不适合你。”

她和我碰了个杯，在房间穿梭着，接着去给别人看手相了。我看着杯中的酒，感觉厌倦极了。我走向水槽，把酒全倒进了下水道中。雨果从炉子边走过来，手掌轻抚着我的背，向我表达着他的担心。

“喝了太多鸡尾酒。”我说道。

我踉跄着穿过走廊来到浴室，往脸上泼着水，冰凉的水刺激着我的皮肤。一丝丝微光透过浴缸上的小窗户照了进来。我坐在浴缸的边缘，环抱着双膝。就这样一直坐着，直到我能重新呼吸。

关上身后的灯，我在走廊上看见了拉杰。他在卧室旁边，斜靠着墙，背对着我。我站在黑暗中，看着他身体的轮廓，想着他是如何刚好站在房间的光线外的。我想到了以前的男朋友，他们有着海盐般的皮肤，他们中的许多人都想要取悦我，就像取悦他们自己一样。曾经那是多么容易，只需耳边的一声低语，臂膀上的一次触碰。在别人关心我的生活或者生活目标是什么之前，在我开始计算一段关系会在什么时候走向厌倦之前。当我还年轻的时候，那不过是身体和需求在作祟，那是一种强烈且必需的欲望。每个第一次亲吻之前令人难以呼吸的时刻，我都会想，请不要让他成为那“一个”。我还没准备好。我还没准备好躺在王子门前，失去自己的声音，像妈妈那样。就这样，我坚持着内心那短暂的想法，求得少，给得少。

手指轻轻划过他的背，他转过身来，伸出双臂想要拥抱我，就像每一个喝了几杯鸡尾酒后的人一样，我不听使唤地走进他的怀抱。他紧紧地抱着我，双手上下抚摩着我的背，让人感到一阵安心。过了一会儿，我以为一切就要到此结束了，但是我们已经度过了柏拉图式的分离。他的手滑下来，停留在我的后腰上。我感到自己呼吸急促，四肢无力，只能软绵绵地靠在他身上。

“杰森都跟你说了什么？”他问道。

我摇了摇头，打断他的问话。

“我想要，”他说道，“你和我。”

我抬起双手，抚摩着他的脸，抚摩着那个亨利式的他。他的双臂收紧，我们紧紧地贴着彼此。我已经走出一步了，这一步太大了，已经难以回头了。我的唇扫过他衣领上方那个小三角，听到他喘着粗气。他亲吻着我，比我想象中更加温柔。我的手指在他的腰间游走，直到触摸到他衬衫下的肌肤。我想知道，当我的双手抚摩着你，当我口中说出你的名字时，你是什么感觉？

“我以为你不会因为我送你一辆自行车就和我上床。”他说道。

“那是一辆非常漂亮的自行车。”

我愿骑着鲸鱼穿越海洋，只为能牵着你的手，坐在你身旁。

——亨利

第六章

维纳斯的手套

看着阳光透过蜻蜓旧书店小小的窗户，我跟自己打了个赌，当太阳的光线照射到书桌的边角时，我就要从沙发上爬起来去工作了，一堆书还在等着我去搬。已经过去半小时了，阳光已经照到了角落，我仍蜷缩在沙发上，头靠着书店的地震应急装备，一条毯子，一些猫粮，还有伏特加。格伦德尔——这只发疯的猫，却时常来捣乱。啊，待会儿还要和艾薇一起吃午饭。我需要休息 10 年，甚至 20 年，那样的话或许我会感觉好一些。

我感到没精打采不完全是因为宿醉。坐在阳光里，我想起了昨晚的一幕幕。一想到拉杰，我的心里就如同吃到饼干的夹心一样温暖甜蜜。如我所愿，他已成为我的情人，虽然我们只是上了一次床。与一个全新的男友在一起的感觉是甜蜜而刺激的。后来，他偷偷回到雨果那儿，带回来一些奶酪、苹果和比利时啤酒。他用顽皮又充满戏剧性的口吻再现了他不久前在纳帕一家餐馆就餐的情景，那儿的菜单单调乏味，印出来好像只是为了确认菜名没错一样。点餐时他是这样说的：“我喜欢充满热量的光辉和给人带来无穷乐趣的光线。”我不知道是因为他这个人，还是因为“性”，但至少在那一刻，我会很认真地说出“喜欢”的话来。

大约凌晨 4 点钟，他起床了，我们一起走到门口，亲吻了很久。我回到床上时，回想我俩一起在床上时，散发的气味是多么美妙。他离开了，留下了孤独的我与残留的甜蜜气息为伴。

蜻蜓旧书店的门“吱呀”一声开了，雨果溜了进来，悠闲地走到我面前，放下一杯淡棕色的加冰威士忌。

我问道：“解宿醉的烈酒？”

“苹果醋，加了点蜂蜜，”他说道，“里面有解宿醉的奎宁水。”

“感觉好极了。”我边说着边伸了个懒腰，用双手摩挲着肚子，就像我见他这样做了成百上千次那样。

雨果随后走向书桌，靠在椅子上，双腿伸直，交叉在脚踝上，开始整理邮件。我坐过很多椅子，但可以毫不犹豫地说，蜻蜓的椅子太不舒服了，简直是不人道。但有时候雨果坐在上面，就像坐在两棵棕榈树之间的吊床上一样。

“说说拉杰吧。”他说。

“我知道他是你的朋友，你对我们的事感到奇怪吗？”

他笑了。

“玛吉，”他说，“如果我总是和我的朋友上床的话，那我会是一个非常孤独的人。”雨果打开一封信，看了看，然后塞进衬衫的口袋里。然后，他摸了摸胡子，不知道在想什么。

我很好奇信上说了些什么，然后我开始协助罗伯特整理一堆账单。罗伯特做起这些来驾轻就熟，应该说他做会计工作时内心是愉悦的。他和我早就放弃了劝说雨果和杰森，还是让他们相信电脑和零售软件要更好用一些吧。相反，我会每天抱着电脑来统计一天的销售额，然后把数据录入罗伯特的会计程序中。当我统计收入的时候，罗伯特统计支出，所以我对蜻蜓旧书店的财务状况是比较清楚的，现在来看，经营状况还算不错。在我到这里工作以前，蜻蜓旧书店的财务状况像《天使之子》的票房一样停滞不前，我来之后才慢慢地开始上升。

我指着信封说："我可以替你保管。"

"不不不，"雨果一边说，一边拍着口袋，"还是我来吧。"

我认出信封上印有建筑管理公司的标志，但是并不明显。这儿的硬件条件不错，租金低，设备好。但是薪水很不稳定，就像会随着老板股票的价值而变动一样。我曾经和雨果谈论过薪水的事，他告诉我，他是用在卡尔上学时所建立的顾客群那儿赚来的钱付给我们薪水。他不是特别富有，但是并不完全依赖蜻蜓旧书店去生活。我不希望蜻蜓旧书店耗干他所有的精力，现在我有了另一个改变蜻蜓旧书店的理由。

"玛吉，"雨果说，"关于拉杰……"

"杰森都告诉我了。"我回答。

"杰森？他告诉你什么了？"

"关于黛博拉还有其他女人的事，"我说，"他是个色狼，我想我可以试试他是不是真的这样。那些女人怎么评价他的？'色狼'？

我喜欢这个词。”

“玛吉。”

“嗯？什么？”我问道。

“自由无拘束的生活吸引着你，你看起来很开心。”

他睁大眼睛，似乎惊讶我为什么会有这样的想法。相反，这也令我惊讶。如果是你，或者任何来过蜻蜓旧书店的人问我雨果这个人怎么样的话，我想他是最令人觉得满意的了。虽然他的脸色缓和了许多，却让我觉得有种距离感，我意识到我是多么傻，却自以为很了解别人。

“你最好把奎宁水喝了，”雨果说着，拍了拍衬衣口袋里的信封，“杰森需要你。”

说完，他就出去了，我坐在沙发上，看着他刚刚坐过的椅子。他进来之前，房间里十分安静，而现在又是空荡荡的。

“这份工作怎么样？”艾薇说，“我想骂她，这个贱妇。”

我们坐在卡斯特罗大街一家艾薇最喜欢的泰国餐馆的街边桌子上。

“这是电影里的人才会骂的话。”我说道。

我不知道我期望从这顿午餐中收获什么，艾薇似乎要准备走了。在我到这儿之前，她就已经点好了餐，她说这里的槟城咖喱是整个半岛上做得最棒的。

她说：“在还是小女孩的时候，你没有做过这样的事吗？”

我深深地吸了一口杯子里的饮料，多么希望喝的是伏特加。我的好朋友迪奇，他把人与人之间的关系看作校内运动会，在他眼里没有那么多人是“狗杂种”或者“你值得拥有的”，因为很多事情都在变化之中。

艾薇用手指轻轻点了一下嘴唇。

“天哪，要是我没有戒烟多好。”

“那么你就没有这么多的女性朋友喽？”

她告诉我，女人之间是很难存在真友情的，她们总是想从她那里得到些东西，因为我在 SVWEABC 见过那些工作人员，所以我很理解她的想法。

我对她说：“我和她们没什么不同，我也想从你那里得到一些东西。”

“是的，但是在这一点上你很诚实，这足够让你与众不同了。”

随后，我们向服务员要了一份酒单，我们点的红葡萄酒很快就送上来了。艾薇从包里拿出一瓶辣酱汁，倒了一些在她刚刚点的一份辣鲇鱼咖喱上。

她说：“对于那些关于女性友情的电影，你知道我有哪些困惑吗？她们怎么可能会花费那么多的时间在一起呢？”

我回答：“我明白你的困惑。她们会花大把的时间逛街、参加鸡尾酒会，难道就不用洗衣服吗？”

“不用去杂货店购买日用品吗？”

“不用擦洗卫生间吗？”

“嗯，的确如此。”她说。艾薇说话时的表情让我怀疑她是不是都没见过卫生间里的刷子。

“敬——真女人。”她举起酒杯和我干了一杯。

然后我们步入正题，我向她提起拉杰。

“你没有他的电话号码？没和他发过短信？你只是见过他几次？和他上床让你觉得很棒？”她连珠炮似的问了我很多问题。

“我就猜到你会这样说。”

“我想我不会和其他女人做这样的事，我确实不应该再和这样的年轻女人约会了。”她没有详细解释话里的意思，但是看得出艾薇和我这样的女人约会的感觉很好。我们继续在阳伞下吃着咖喱，喝着葡萄酒，暂时逃离旧书店的束缚。这时，我的上司来找我了。

我们正在喝着第二杯夏敦埃酒，我抬头一看，杰森正站在我面前。

“真是糟透了，你怎么还不回去？”他突然大声说。

“冷静一点。”其他桌上的客人都转过头看向我们。

“整个上午你几乎都在外面，而且现在已经过了午餐和休息时间半个小时了。”

雨果原本整个下午都要出去，所以我向杰森保证一定会及时回去，不耽误他去参加 Syfy 电视台做的“太空堡垒卡拉狄加”系列节目。

“你先把店门锁上，直接走就行了，我马上就回去。”

杰森盯着我，那表情好像在说我总是搞乱他的生活。自从我开始在蜻蜓旧书店工作起，他就几乎没时间坐下来看书，这让他十分郁闷。但是我们现在是同事，是朋友，共同把一些人们不喜欢、不需要的书想方设法推销出去。如果今天杰森错过了机器人“赛昂”在科幻小说秀上的首次亮相和迪斯科舞蹈表演，结果会怎么样呢？生活不会事事如意。

“该死，我现在走不开，我这一天算是毁了，店里的顾客很多。”杰森说。

“你说什么？”

“顾客！买书的人！店里都挤满了，这都怪你。我让 CIA 卫生间的人帮忙看着店，这才能出来找你。”

他气呼呼地转身回蜻蜓旧书店去了，猛地拉开门，走进去，然后再也看不见他了。我看到 6 个人跟着他进去了。是 6 个。

“艾薇，我想我得走了。”

“我想和你一块儿去看看。”

她在没吃完的盘子边随手压了几张钞票，我们就匆忙穿过街道走回蜻蜓旧书店。一进门，我就被里面的场面震住了。里面挤满了人，叽叽喳喳，十分嘈杂。CIA 浴室的约翰正抱着一摞书从书架后面冒出来，后面跟着两个穿着高跟鞋、打扮精致的女士，我在山景城的房地产广告上见过她们的照片。两个迈克正忙着收钱。店里的人都在帮忙，还有三四个抱着一摞书的顾客在排队等候。

“我以为你说这家店倒闭了呢，”艾薇说，“这哪像倒闭的啊。”

这不过是特殊的两个小时而已。顾客来了一批又一批，书卖了一摞又一摞，钞票堆了一堆。艾薇用手机拍下了旧书店里顾客们兴高采烈的场面。“做脸书的封面不错。”艾薇喃喃道。我和杰森在店里忙碌地奔走，看看顾客有什么需求。除了杰森无法离开书店之外，一切都很好。但另一方面，店里只剩下我和数不清的箱子，这是个事儿。我从来没这么拼命地工作过。为了给顾客找到他们需要的书，我的脑袋都快炸了。而为了不让箱子压着这些宝贝，我只能一件件搬，身体又酸又痛。

然而，这种场面持续两个小时就结束了。书店又恢复了平静。为了感谢 CIA 浴室的人的帮助，我提高了他们账户上的客户等级，然后在艾薇对面的椅子上坐了下来，她不知从哪里弄到了一杯用纸杯装的葡萄酒。

“我刚去街对面的市场上买的，”她说，“我觉得你应该需要它。”

这时，杰森从书架后面走出来，推着车子朝前门走去。

“我讨厌这种一窝蜂的扎堆，”他边说边把车子推到门外，“一群 40 多岁的单身男女看到了书店的网页，就好像黏在了一起似的，存心想毁掉我的这个下午。”

“所以，你是在这个书店里工作的，并不仅仅是志愿者喽？”他走之后艾薇接着问我。

“啊，是，这是个意外。”

“这太不可思议了，30 岁的时候我也想做点类似的事儿。你是把时间花在了自己喜欢的事情上啊。”

“其实我并不喜欢。真的，你看看这个地方。怎么说呢，太累人了。”

“玛吉，”她朝我靠过来说，“这可是书店啊，谁不想每天都在书店里度过呢？”

“那些真正知道辛苦的人不想。我爱读书，我也爱雨果，但是我并不爱这个蜻蜓旧书店。”

我告诉她，我们总是要把书成箱地搬来搬去，有时候觉得连污水池旁都放不下了。这些书就放在车库里，堆在机油的污渍上，泡在热水器漏出的水里面。有一个箱子成了蠹虫的殖民地，而另一个箱子则成了负鼠在世界上最终的栖息地。那些书上沾满了各种各样的味道，什么廉价的雪茄味儿，破酒瓶味儿，甚至家庭烤肉残留的味儿。它们的所有者想卖一个好价钱，但是我们不会给他们，想要现金，我们也不会给他们。谢天谢地，我还能去中华草药店，买到一些火龙香，盖住一切味道。

“接着就是这些书了，”我说，“我没法给你描述这些堆积成山的书。你多来几趟就知道了。”

“顾客越多，能卖出的书越多啊。”

我干了这杯酒然后把头埋进手里。

“还有各种各样的事能让我崩溃，”我说，“就像你今天看到的。我这样拼命地干一个小时才挣 10 美元。艾薇，我得重新回到 ArGoNet 公司工作。我可以不要太高的工资，我不介意的。只要别让我再做这个就行。”

艾薇把纸杯从我手中抽走放到了桌子上。

“董事会正在寻找 ArGoNet 的买家，”她说，“最后一笔注入的资金也是为了让它能维持到找到买家为止。”

所以一切都完了。ArGoNet 就像我以前工作过的其他公司一样，我只是跳上了旋转木马，其他的还没来得及开始，它就已经转了。而在 ArGoNet，我则准备好了坐骑，选好了马和音乐，拧开了开关，还有我和迪奇。

“要是让你失望了的话，我很抱歉。”她说。

我摇了摇头，发现嗓子已哽咽，也有可能是一杯酒下肚后的结果吧。我想我早就已经知道这就是 ArGoNet 最后的下场，只是我不想承认罢了。

“迪奇会找到落脚的地方。”艾薇说，“人们喜欢迪奇的为人处世，买家会想留下他和整个技术团队。至于其他人，我们就等等看吧。但是他们会得到满意的遣散费的，玛吉，只能这样。”

这时我想起了几年前我的遣散费。

“那我该怎么办呢？”

“你要朝前看，玛吉。没有退路的，最好不要向迪奇透露任何事。”

“他还不知道吗？他可是首席技术官啊。”

“他当然知道，但是你不应该知道这件事。所以我必须事先跟你说一声，你什么都不说是最好的，这样对大家都好。”

喝完了这杯红酒，我又拿来了旧书店的半瓶杜松子酒，混着一瓶无糖碳酸柠檬水，这可能是杰森的。我们又把摆在书店门前的椅子从卡斯特罗大街上移开，这样就可以纵览蜻蜓旧书店的全景了。

“你确定你不喜欢这个地方吗？”艾薇问道。

“好吧，我承认可能还是有一点喜欢的。”

“给自己一点时间，”她说，“社区里能有一个这样的地方是件好事，把它继续下去吧。”

她把手伸进她的普拉达手袋里，那要值我一个月的租金呢，然后从《查泰莱夫人的情人》的夹页里抽出来一张黄纸，我认出了页边是亨利的手迹。

这天早晨，我站在小路上听着水声。闭上双眼，回想着你对我的温柔。你的话在纸上不时地回响，周围的空气随之震动。我感受到了微风的声响，睁开双眸，就会看到你的脸庞。这里有鲜花和杏子的芬芳，或许我只发现了一部分的你，还有一部分我无法看透。但是这已足够。对于今天来说，一切已经足够。——亨利

我翻过这一页，看到了凯瑟琳的回复：

我昨晚梦到了你，虽然在梦里无法看清你的脸，但能感觉到你来了并温柔地对我承诺。——凯瑟琳

“上次在读书俱乐部聚会的时候，我在你的椅子下面发现了它。本应该早点还给你的，但是有点舍不得。”

艾薇离开后，我拿着《查泰莱夫人的情人》里夹的那张纸，呆呆地坐在椅子上。过了一会儿，我从椅子后面把包抓过来，伸手去摸放亨利和凯瑟琳书的那个大口袋，但是口袋是空的，书没了。

随后的周二早上，杰森出去了，蜻蜓旧书店里只剩下雨果和我，我的机会到了。在上次的图书抢购之后，我花了两天的时间才把传奇小说放回原来的书架。在蜻蜓旧书店，科幻小说类书籍自西墙开始，一直延伸到后墙角和雨果办公室的门边。而书店的其他区域则摆满了各类书籍，杰森的科幻小说区是由一位罗马工程师设计的。一些平装书被我们分出来摆放，而一些系列丛书——《星际迷航》《星球大战》《野蛮人柯南》《圣所》《小偷的世界》等，也都有自己的摆放区域。

我对科幻小说不是很了解，但我和杰森在蜻蜓旧书店花了好长时间才弄明白了一件事——你要尊重系列丛书，人们通常认为系列丛书应该是放一起的，即使是同一个作者写的也没关系。但是也有一些系列丛书，虽然是由很多不同作家写的但是仍被放在了一起，因为它们是同一系列作品的不同部分。今天我将解放它们。

《星球大战》在蜻蜓旧书店的读者中很受欢迎，如果仅凭此你就认为杰森会把它们放在书店的正前方，那就错了。恰恰相反，杰森把它们藏起来了，藏在了最远角落的最底一层，很难被发现。如果顾客问杰森那些书放在哪儿了，杰森会一边慢慢从书库开始找，一边问一些问题，像什么“在 TIE 战斗机中 TIE 代表什么”或者“天空之城建立的目的是什么”。如果回答正确，他会立即把他们带到他的宝库，而且还会给他们打折；如果回答错误，他就会给一个大致的方向，即使他们找得晕头转向，杰森也不会理会他们的求救。哦，差点忘了还有格伦德尔，它最喜欢小睡的地方就是去《星球大战》的路上，即便如此，依然很难找。

而我却可以轻松地找到《星球大战》，也准确地知道格伦德尔在哪儿，它就睡在杰森专门雕刻的第四列书架上，大约与肩膀齐平，正好在“野蛮的柯南”系列的下面。在我的视野之外——除非你供血充足，否则最好不要与格伦德尔眼对眼——我看到它动了一下，然后又趴下去。我戴着一副滑雪手套，它刚想抓我的时候我迅速提起了它。赶紧跑到书店后面，把它从后门扔到垃圾箱旁边，那时它还尖叫声不断。

我抱了一摞《星球大战》，看了看它们的书脊，上面写着特洛伊·丹宁。我费了一番功夫才把它们都放进了科幻小说区的字母 D 这一排，紧挨着科里·多克托罗的小说。詹姆斯·卢瑟诺、K.W. 基特、罗杰·麦克布莱德·艾伦、蒂莫西·扎恩，所有的作者都按姓名的首字母顺序被重新摆放在新的位置。待全部搞定之后，我把一些放在字母 Z 排的书搬到了空书架上来掩盖我的行为。

“你确定要这样做吗？”雨果问我。

“至少我不想跟萨尔玛·海耶克一样。”

“你确定这种挫败感不是因为弄丢了《查泰莱夫人的情人》？”

“我不想说这件事。”

过去的一天一夜，我到处在找这本书。不管是蜻蜓旧书店还是我的公寓，我和雨果都找了个遍，结果什么也没找到。我怎么都想不起来最后一次是在哪儿看见它的。我一直都是把它放在我的双肩背包里的，但是现在它没了，可能是在上次书店大抢购时，书店里挤满了顾客，当时我的包口敞着，别人随时可以拿走。真是蠢透了！现在亨利和凯瑟琳落在别人的手里，而且是从我手里弄丢的。我倒宁愿那个小偷拿走我的钱包也别拿走这本书。

雨果去咖啡乔买摩卡了，而我正从《神秘博士》开始整理书籍。突然一阵名贵香水的味道伴着午后的清风吹了进来，我转过头，看见一个 20 岁左右的姑娘，她的脸上透着对美好生活的向往，正撩拨着金色的发梢，头发用花色丝质头带掖在了后面。在她发旧的牛仔裙的裙边下面，我注意到了一双崭新的凉鞋，要是给个价格的话，根据 Zappos 网站的最新价格大约 400 美元。

"你在这儿工作吗？"她问。

"在这儿，'工作'是一个很相对的概念。您可以说我被授予了权利来帮助您。"我一边说着一边努力地把书塞进新的地方。

"我是来找杰森的。"

"他今天不在，有什么可以帮到您吗？"

"哦，不，谢谢。"她说，"我只是来看看杰森。"她继续在商店里左顾右盼。

仔细打量了一番，修长的臂膀，平坦的小腹，想必练舞已经很多年了。她那晒黑的皮肤远超过了旧金山湾区人们应有的肤色。因为湾区雾多光少，所以我猜她最近一定和家人去了墨西哥或者加勒比海旅行。纤细的双手，刚修剪的指甲上，粉红色的指甲油闪闪发光。由此看来，这趟旅行应该价值不菲。连系在肚脐上的 Che 牌 T 恤也难以掩盖她身上散发出的金钱的味道。杰森是如何认识这种女孩的？

“我可以帮您捎信儿给他。”我说。

“我会给他留言的。”她说。

她从一个松垮的帆布包里掏出了一个小的便签本，包上印着“自由西藏”的涂鸦字。她抵着墙在便签本上留言时，我努力不看她到底写了什么，但实际上，我还是看了：

亲爱的弗雷德里克：

我游至你的王国，亲眼见到了你所说的所有财富。这确实是令人惊奇，值得关注。但因为缺乏指引，我没有冒险进入森林。当你能帮我指明道路时，我就会回来。

尼米埃

弗雷德里克？王国？财富？

写完之后，她把留言条折了一次，两次，之后又继续把它折成了天鹅的形状。然后把留言条放在手上递给我，就好像公主正在赐予农民礼物一样。

“你想要我把这个给杰森，对吗？”我问。

“对，给杰森。”

“那个又矮又有点跛脚的家伙。”

“嗯，就是他。”

把天鹅便条留给我后，她挥手道别。出门的时候，她差点撞翻了雨果，他刚好拿着我们的饮料回来。我目送她走过咖啡乔，在那里，刺满文身的家伙正坐得七倒八歪，几乎要从座位上掉下来。

“雨果！她来找杰森。”

“杰森？”雨果重复道，“那个有点跛脚的矮个子？”

“是。”

“这个世界也太奇妙了。”

到底是什么神奇的公式把她和杰森连接到一起的呢？我很想知道。他们约会了吗？我真的难以想象杰森和别人约会的场景。他可能会先假装五分钟的友善，之后便会全面爆发。我想：杰森这样的人到底会给女孩留下什么样的印象呢？之前从未问过他关于他的腿或手的问题，或者是他那畸形的脑袋。我告诉过自己，这样做会很冒昧，但事实是我害怕他给出的答案。因为，我不想知道他那悲伤的故事，我需要他来提醒我任何的罪行都会受到应有的惩罚。但无论是什么使他长得矮小抑或使他的右腿向内扭曲，这都不会使他的生活轻松一点，至少在寻找爱情方面，即便他值得享受这一切。我尝试着去想象坠入爱河的杰森，微笑着、幸福着。但这可能吗？亨利要是没给凯瑟琳写留言会怎样呢？他会成为桥下的怪物吗？难道这就是他开始记录一切的原因吗？因为他想向某个人展示他美好的一面。也许这个叫尼米埃的就是个公主，在蜻蜓旧书店里找寻她的青蛙，我希望她能如愿。

我一边思考着这些问题，一边将摆乱的书抽出来放回属于它们的最初位置。

那天晚上，我和雨果徘徊在阿波罗的书架间，书店的中央被整理出来作为当地一位作家新书发布的区域。她的回忆录刚被一家小型的伯克利出版社出版，书店为此还准备了近 20 排椅子，但只有十几个穿着时尚的女士到场，她们上个月刚参加完“艺术与垃圾”节。

“所以我独自坐着，困于荒漠，唯有早已背叛的躯体孤独相伴。远离抛弃我的丈夫、对我置之不理的孩子。那些曾经令人愉悦的工作如今早已属于更加年轻貌美的女士。就在那时，我第一次有了自杀的念头。”

为自杀而鼓掌欢呼，我觉得有些滑稽可笑。但雨果和其他人的热情感染了我，使我不由得加入其中。

“你认识她多久了？”我问雨果。

“波西娅？印象中是从 80 年代末吧。我们是在人文中心的一堂课上认识的，那堂课讲的是五种延迟高潮的方法，那时我正和导师约时间做进一步的演示。在那门课上，我渐渐地跟波西娅和其他同学熟络起来。”

我不止一次地请求雨果用通俗易懂的话语表述他人生中的特定事件，但他总是忘记。也许这就是通俗版本。

“那你没触碰到？”我问。

“和大家一样。”他说，“我看到的时候她在那儿……然而……就是这些记忆了。”

我们在索要签名的人群后排队等候，等着和波西娅小姐见一面。她身高 6 英尺，体态匀称，活像个丰收娃娃。棉花糖云朵般的红色头发，绝非天生如此。她一把抱住雨果把他的头埋在怀中，好像要使一个小孩窒息似的。

“我想我从未见过你走进这家书店。”她一边说一边搂着雨果的肩膀，仔细打量着他，就好像在服装店的打折区发现了一件设计师的衬衫，“看起来你比之前健康多了，不是吗？”

雨果向她介绍了我，她把手放在我的脸旁就好像女王任命一样。

“亲爱的，”她说，“我希望你和雨果调情时能尽量明智一点，就像我在你这个年纪时做的那样。”

“波西娅，”雨果说，“玛吉不是——”

“噢，雨果。她很可爱。”波西娅边说边把我的脸挤成河豚脸，“你会长大，我的女孩，你会如花般绽放，尽管你从未想过可以这样。女神会把你唤醒，到那时所有爱你的人会和雨果一起为这段特别的时光而欣喜。”

“噢，波西娅。”雨果突然很爽朗地说道，“你这样说真是太好了。”

“这是真的。”她一边说着一边更用力地挤我的脸，“她是一个很幸运的女孩。很幸运而且非常、非常年轻。噢，她多么年轻啊。”

“波西娅，”雨果轻轻地把她的手从我的脸上拿开，“玛吉和我不是……”

我想雨果会让她失望但我并不确定，因为大约有两分钟时间我有点紧张性休克。很难说是因为想到我和雨果作为情人还是因为缺少氧气。

记忆中还发生了另一件事，当时阿波罗的店员们正在收拾发布会的椅子，波西娅给雨果念了一首她书里的诗：

我品尝着音乐中欢快的琼浆玉液，与爱之魂共舞，我们甜蜜的恋情走向成熟，伴随着令人眩晕的激情与热烈。

读完后，她和雨果相视一笑，雨果还轻轻拍了拍她的手。雨果相信她是为自己写下了这首诗，这是真的吗？她看起来很乐意让他这么想。当他们更年轻或在更柔和的边缘的时候，他们铭记着各自不同的再也没有比这段更美好的时光。

我想象着未来的拉杰，最终当他的父母胜出，掌控了他的婚姻让他回到公司。我想象着他穿着西装，留着一头短发，和他未来的法定妻子、姻亲们坐在琥珀主题餐厅里。但他的心思早不在谈话上，而是想着我们在一起的那些夜晚或者即将到来的晚上，我想我们在一起至少两个月了，最多三个月。我们间的这场游戏——没留联系方式，没有约定——这是明智的。生活中总有惊喜，总有欲望。平日的那些背叛不会使你变弱，或把你压扁。当他的思想远离生活，但不是现在他正想逃离的生活时，我正准备着成为他所期望的那类女人。我永远不会允许自己成为一个遭到背叛或者其他样子的女人。如果可能的话，我愿成为他唯一的女人。

雨果和波西娅挽着胳膊，看起来十分高兴，甚至有些眩晕，不知所措。他们挥手向我告别，相伴离开阿波罗。不过在整个过程中，他们的目光都从未离开过彼此，就好似那个留着精灵发型、染着红色头发的女孩第一次与雨果见面的样子。然而我又成了一个人，思考着那些使我们走走停停、再次遇到彼此的移动法则。

环顾四周，看着人们手中拿着书来往于阿波罗，看着那些静止的事物和杂志，此时头上的扬声器轻轻奏起了妮娜 · 西蒙的歌：“我希望在我的碗里放点糖，我希望在我的心里加点蜜。”

我独自坐在文学杂志旁的小脚凳上，边听着尼娜的歌边浏览杂志。我不禁想起大学以来的那些文学杂志。

我不写文章，但负责管理网站。后来，这一部分尤为重要。每一季度，当新的杂志出版时，所有的在校生都会迫不及待地阅读这些故事，像“维纳斯的手套”“曼德拉草”“红河”这类名字的。每当清晨在松饼屋品尝着焖马铃薯条，将扁酒瓶中的波旁酒倒入咖啡里时，这些故事都值得大声朗诵给桌边的朋友们听。我从架子上拿了一堆杂志，粗略地读了几行。尽管每本书我都看了一个多小时，但只挑了几本，仅仅把它们重新组合成我已经忘记的那个版本。

心灵深处，一些重要的东西裂了缝，开了口。我思念亨利和凯瑟琳，怀念书本，想念他们的笔记。虽然网站上挂着所有的照片，但感觉不一样。我怀念沾满墨水印记的手指在纸上奋笔疾书的感觉，怀念触摸那张他们曾经拥有的纸的感觉。我讨厌其他人的强加干涉，每当意识到可能再也看不到它了，我就心痛不已。

“你怎么坐在这儿？”我抬头看到拉杰弯着身子站在旁边，手里还拿着卷起的杂志。

我抬头望着他，当他看到我仍然陷于那些深夜的痛苦回忆时，他的微笑消失不在。他的眼神少了那份恶意，而是变得更加温柔和严肃。他的一个膝盖弯曲，所以要稍微抬头才能看着坐在脚凳上的我。他伸过手来，翻动着我手中最上面的几本杂志，几乎快要摸到我了。

“你在读什么？”他问。

我把杂志放在了腿上，他便靠得更近一点。这样一来，他就可以翻开封面阅读故事标题了。在他发出一声长叹时，我弯下了身子，吻了他。

当我刚要收回身子的时候，他一把搂住了我，另一只手还拿着杂志。他直起身子看了看四周，退到了图书P区后面的小角落里，把我轻轻搂入怀中。之后，他吻了我，不像之前我们在一起时的那种轻柔、恶作剧般的吻。这次，他吻得很大胆，好像足以攀登顶峰。他紧靠着我，这样我就能感受到他身体的温度和身后的书。我更用力地抱紧他，将他融进身体，这样就可以一直保持这般感觉。

“我的地方？”我在他耳旁低声说道。

他摇了摇头，小声回道：“蜻蜓旧书店。”

远瞻未来也是徒劳，该来的终将到来。

——亨利

第七章

信徒

第二天早上 8 点，当我打开蜻蜓旧书店的门锁时，仍然处于半睡半醒的状态。之前我一直试着来得早一点，因为我想在商店 10 点营业之前处理好 eBay 订单，但今天却是我第一次早到。昨天晚上，当我和拉杰从蜻蜓旧书店回到家时已经很晚了，我发现桌子上有雨果留的字条，他让我早点到那儿，并且说如果我早点去的话他会给我烤树莓饼和带培根红辣椒的乳酪火腿馅饼。

"啊，玛吉！"雨果从书堆里钻出来冲着打哈欠的我说道，"我们可以开始了。"

当我闭上嘴巴睁开眼睛时，我看见雨果一手拿着一个有凹痕的平底锅，一手拿着一把木勺，这两件东西我都曾在旧书店的一个架子顶上见过，我猜是随便放在那儿的。

但是很显然，这个问题并不是我的紧张所在。雨果后面站着的是杰森，他拿着一盒火柴和两捆灰绿色的枯树枝，看上去就好像刚才有人告诉他，我们马上要被《暮光之城》的疯狂粉丝攻击了一样。

"怎么了？"我问道。

“我们该整理这些书了。”杰森应道。

“现在要做的不仅仅是这些，”雨果边用勺子猛敲锅边说道，“我们要把自己的活力注入书里。”

“我们要整理这些书了。”杰森又说了一遍，并且伸出手来神秘地拍了拍。

“所以我们用平底锅和勺子整理？”我反问道。

“当然不，”雨果说，“锅和勺子是用来活跃气氛的。”

“难道书不能活跃气氛吗？”我又问道。

雨果放下胳膊，耷拉着肩膀：“你这样说就没有任何意义了。”听他这样说，我只能闭上嘴配合他们。

接下来的半个小时，雨果在书堆里踱来踱去，用勺子敲着锅，我和杰森跟着他，就好像一对端着圣烛的祭台助手一样。

“这些用过的书，”雨果解释说，“它们承载着过去，而它们的过往没有随着出版印刷而消失殆尽，也不会被堆进箱子里送到书店束之高阁。这些书被丢弃在这儿，是因为人们不想要它们了，和狄更斯小说中的孤儿差不多。人们的生活总要继续前行，而这些书也会因此被遗弃。这些书又重又占空间，所以最后才被扔在这里。我们要让这些书释放出原有的内涵，让真正想要的人得到它们。”

杰森面带愠色，这种表情和当时我家挡住格伦德尔家的阳光时，他脸上露出的表情一模一样。看起来在这一刻，杰森和我变成了同盟。

“它们是书啊，雨果。”我说道，“人们买不买随他们，我觉得书可没有什么发言权。”

杰森撞了一下我的胳膊，把手指放到嘴唇上“嘘”了一下，好吧，我们的同盟到此为止了。

雨果停下来转向我，背在身后的手仍然紧紧抓着平底锅和木勺的手柄：“你最近一直对数字很感兴趣，那么你说说看，自从你整理浪漫传奇小说这类书籍以来，我们多卖了多少本书？”

“之前的数据我不太清楚。”我答道。

“那销售额提高了多少呢？”

“差不多 30% 吧。”

杰森向后退了一步，他不知不觉张大的嘴巴又紧接着闭上了。我尽量忍着不笑出来，我可不想让他误以为我很在乎他的看法。

“这也证明了我的观点。”雨果说。

“这证明当人们能找到自己所需要的书时，他们会买更多的书。”我说。

“但如果这些书并不是他们要找的呢？”雨果问。

“所以这些书有待被发现，这也是我们现在所关心的。你赋予这些书活力，而人们就会被这些书所吸引。”雨果转过身，用木勺敲了敲锅，“这就是为什么我们用平底锅活跃气氛，用圣人净化它的原因。这之后我们要干什么呢，杰森？”

“我们要整理这些书。”杰森毫不掩饰地抱怨。

“所有的书吗？”我小声问杰森，现在我有点担心我的早晨了。

“只整理那些摆放最不合适的书，”他答道，“我们每个月挑一个不同的类别整理。”

“的确是,”雨果说。他走向门口，我们的气氛活跃，书籍整理也接近尾声，“现在我要用烤箱加热烤饼和乳蛋饼，你们两个确定一下这个月整理哪个类别吧。”

雨果快出门时，我转向杰森说道：“西部书籍。”

杰森睁大了眼：“有‘西部’这个类别吗？”

我把杰森拉到历史类书架下面，在摆放着浪漫文学和短篇戏剧的最后一排书架旁，将那个孤零零的书架指给他看，上面放着牛仔类图书。这些书的数量并不多，而且大多是折扣书店里赞恩 · 格雷和路易斯 · L. 阿莫尔的书，这些书又旧又薄，封面上画的牛仔已经有些褪色，书页的边缘也已经泛黄。几乎没有书被借出也没有新书送进来。如果全市的无线网络断开 15 分钟，那么人们就崩溃了，所以这种书怎么能合人们的口味呢？但是我却对这些书十分有感情，像《紫艾草骑士》[1] 这类书。偶尔我还会借上一本，只是为了掸去上面的灰尘，使这些书不至于被遗弃。

“这些书全都杂乱无章。”杰森说。

“整个书店都杂乱无章,”我说,“除了浪漫文学。”

“还有科幻小说。”

我们停下争论，看着被填满的书架，不想承认我们刚刚其实在互相恭维。

---

1 赞恩 · 格雷所著。

“所以怎么办呢？”我问，“难道我们只用手碰碰这些书就行了吗？”

杰森耸了耸肩：“至少要这样吧。要是你把这些书从架子上拿下来，真正去了解它们，雨果会更高兴的。”

“我们需要建一个数据库。”我提议，“如果有了国际书号扫描仪，我们就能查找书单并且标记，告诉人们我的书库里有哪些书，没有哪些书，这样我们才算了解这些书了。”

“嗯，当然，”杰森说，“有了扫描仪和安全标签放在门口，就像有人放屁就会响警报一样。我们不需要什么该死的数据库告诉我们这里是什么。我知道这里是什么。”

“你都不知道这里有关于西部的书，”我反驳说，“对，我们不需要数据库，我们什么都不需要！”

杰森转身走了，好像从头到尾都是我一个人在无理取闹。

西部书籍虽只占了一个书架，但因为好多书篇幅短，所以这些书数量庞大。即便如此，整理整理这些书，对它们好一些让雨果开心点，也费不了我多长时间。

我先腾出了一个架子，然后按作者把这些书进行分类。这时，我听见推车车轮摇摇晃晃的声音，还把摆放着诗歌书籍的那个架子撞了一下。杰森把车停下来，从车上卸下一些广告板、记号笔和一本五年前的旧日历，上面印着西部书籍的宣传画。

“几周前，我们收到了一个盒子，盒子里放着这些书。”杰森说，“我们可以用这些图片做指示牌，这样大家就知道我们有关于西部的图书了。”

我们忙活了将近一个小时，雨果用乳蛋饼和烤饼款待了我们。不知道是因为我们两个不用争吵就完成工作让雨果高兴，还是因为他相信我们听进去了他的话而开始整理这些书让他更感欣慰。重要的是，我喜欢这些书。更确切地说，我喜欢这些书的设计理念，喜欢封面上 25 美分的价格，喜欢牛仔脸上坚定的表情，以及赞恩 · 格雷和路易斯 · L. 阿莫尔耗尽毕生来创作的精神。

“小时候我特别爱看这些书。”杰森漫不经心地说。

有许多话我期待着杰森从蜻蜓旧书店的地下室回来之后能和我说。杰森深爱着这些书，就像小时候一样爱着这些书。

“当我在等别人来接我时，我经常在学校图书馆里阅读这些书。”杰森说。

我想象着小杰森在图书馆的座位上晃着脚，想象着赞恩 · 格雷的隆隆枪炮，忍不住想起了自己的童年。我回想起自己小时候偷偷溜到楼上，把毛巾塞在门底下堵住门，为了防止透光，还蒙着被子用手电筒看书。那种孤独感仍然记忆犹新，那种在父母面前掩盖自己真实样子的孤独感。当我告诉父母自己在学校真正想学的东西，而他们却以拒绝支付学费而威胁我时，这种感觉会更加强烈。现在回想起来，我多么希望他们没有那样做。对于我来说，如果当时更加努力地追求自己想要的，那么在后来面对多个选择时，我就不会摇摆不定，轻易放弃想要的东西。

“玛吉！”是迪奇在叫我。

“我们回到这里了！”我大声喊道。

“回哪里了？”

“马可[1]。”我答道。

迪奇饶有兴致地向我们走来。

“哇！”他面露惊叹地环顾着四周，“这儿的书可真多啊！”

迪奇和我长大的小镇上连个书架都没有，但是我们会从图书馆借回想看的书，然后骑着车去甘水池塘，拿着几瓶可乐、一袋水煮花生，坐在池塘边读书。迪奇和我的整个成长历程，只有和对方在一起时才充满意义。

“看这本，”他边说边从我手中拿走了那本《孤独的神》，“这本书你都看了七八十遍了。”

“哇！”杰森吃惊地看着我，“你今年得多大了啊！”

我捅了一下他的胳膊。

“比她偷偷读一下午书更让她妈妈生气的事只有一件，”迪奇说，“那就是低价租那些浪漫传奇小说、牛仔小说之类的。”

“行了，别说了。”我喃喃地说。

“我们可以开一个小会讨论一下怎么处理这个。”

“处理哪个？”

“《孤独的神》。小组成员轮流来主持会议，好吗？你喜欢这本书，轮到你时，你就选这本书。”

---

1 美国地名。

“我不……”

“好了，”他说，“路易斯·L.阿莫尔是个已故的白人。他是个传统的美国作家。这可算得上合格吧？你想给艾维留下深刻的印象吗？那就做一些大胆的事。挑选一些书，一些不在维基百科推荐的最好的一百本书里面的，艾维一定会大吃一惊的。”

“她不想这样。”杰森说。

“为什么啊？”迪奇问我，“你刚才明明说你很喜欢这本书。”

“笨蛋，你都没有向读书俱乐部提过你最喜欢哪本书。”杰森说。

“为什么不提？”迪奇问。

“要是他们不喜欢这本书呢？”杰森回答道。

杰森说得对。一个人最喜欢的书应该被保护起来，不能被别人讲是说非，它应该被丁香味的纸巾和许多泡沫包裹起来深深埋藏在心里。

“好吧好吧，随便你。你看这样行不行，我刚刚接到艾薇的电话，那个什么帕特里夏不能主持我们的会议了，艾薇一直试着和你联系，想看看我们能不能主持，但你一直很忙，所以她打电话给我了。”

“她让我们来主持？”我问道。

“是，我们是那种成套的买卖，没错吧？你和我？只是在你那儿或者在我这儿都不行，我觉得我们可以租一间餐厅的里屋来办公。”

“我们在这儿就可以。”我说。

“在这儿？”迪奇和杰森同时吃惊地望着我。迪奇脸上的表情好像在说："在这个垃圾场里？"而杰森好像在说："在这个神圣的地方？"

"我们就在这儿工作，"我说，"但我们需要好好打扫一下。"

"柠檬清新剂，我们来了。"杰森不情愿地说道。

"艾薇一定会很喜欢。"我说，完全忽略了杰森。

"你怎么知道她会喜欢？"迪奇问。

"我就是知道。"

"那吃的怎么弄呢？"迪奇问。

我递给了他一个雨果烤的小饼，看着他正努力克制自己的眼睛转来转去。

"我们也能帮忙，"我说，"什么书？"

"两个星期了，你居然不知道这本书？"他边问边伸手去擦从嘴里掉出来的烤饼碎屑。

"你知道？"我问。

"在网页上。"说着，他拿出电话，"不要在电话里说。"他在杰森拒绝之前挂了电话。

"《包法利夫人》？"

"就是它。"我说，"法国食物和一本廉价而俗气的书。"

"短剧？"他问。

"书！"杰森说，他踮着脚尖，脸快要和迪奇的脸贴到一起了，"是一本书！"

我们往书店的前方走，我确定在那儿能找到暑假阅读表的书目，我看到迪奇从杰森的推车上拿起了几本西部书籍。

“我能买这些吗？”他问，“可以吗？”

“每本书都可以。”杰森说。

“我正在 Yelp 上写关于这个地方的文章。”迪奇说。

拉杰的公寓在镇上，离卡斯特罗大街有两个街区。在售房的广告单上写着：地下厨房装有特色竹地板，有一个客厅，三间卧室，楼上有洗衣房，一个步入式衣柜，一些不锈钢电器，前面是个院子，后面是个小型工作室。除了卧室，其他地方空空如也。卧室里有个床垫和一个自行车修理支架，我把自行车放在那儿，角落里放了一些帆布，上面有一些自行车零件。我看到冰箱上有一张他和父母的合照，从照片上可以看出这里曾经摆满了家具，是连我母亲都会流口水的家具，但现在全都不见了。拉杰似乎很高兴，我们没有讨论房屋出售的事。

我坐在床垫上，穿着及膝的裙子，是从一个二手店买的。我读着《她的公爵》，拉杰正修理着我的脚踏车。我喜欢看他修理脚踏车的模样，神情十分专注，好像是在听机器自己说哪里有问题。他检查了链条的磨损情况，又转动踏板，仔细听踏板发出的声音。他给自行车上油的样子，好像是在喂它吃药。我觉得这些工作并不是无聊的事情，而是一种治疗。

“你为什么读这些书？”他问。

我低头看了看，封面上是一个女人，她的长袍半开着。

“你指爱情小说？”

“你似乎更……”他耸耸肩，转了转脚踏车后轮。

“文学类型？”

他对我笑了笑，我把书放到腿上。

“很有趣的，女主人公们坚强、独立、坚定。她们指挥海盗船战斗，监视国家元首，多好的时光。”

“和性无关。”

“哦，和性有很大关系。”

我站起身来，走到脚踏车旁，赤足站在精致的地板上。脚踏车离他至少有 3 英尺，但是我仍感觉有股力量把我拉向他。

“你爱过吗？”拉杰问。

“爱没有理由。”

“我可什么也没说。”他说，眼睛仍盯着车后轮，看它在快速旋转时是不是直的，“我在问，你有没有爱过？”

“当然，我想，应该吧。”

“如果你爱过，我确定你感觉得到。”

“那说不准的。”

他不再让轮子转动，把脚踏车从台子上搬下来。他坐在上面，手臂搂住我的腰，把我拉向他。

“你曾经告诉过某个人你爱他吗？”他问。

我努力回忆着那些话，回想着它们从我口中说出的感觉。说得好些，有些笨拙，有些难以启齿，好像要学习怎么说话。

“没有。”我说，“你呢？”

他耸肩，我猜到答案。

“所以，”我说，指尖缠绕着他的发梢，“现在轮到我问了，有多少女人坐过你的脚踏车？”

“什么？”

“没什么，随口一问。我知道黛博拉，也知道一定还有其他的女人。”

他眉头紧皱：“你和杰森谈过了。”

“嗯，杰森跟我说了。”

“玛吉，大家都是成年人，都会有过去。”

“我知道。所以我这样说。”

“我不这么认为。”

他闭上眼睛，深吸一口气。

“这……”他说，指尖在我们之间游走，“你和我，严格来说，并非传统的关系。”

“不，不是这样的。”我说，希望我们可以回到从前。

“你知道的，我想要你的号码。”他说。

沉默了大约10秒之后，我们开始大笑。想起上个星期，我们对对方做过的事情，在一起却只是偶然，确实有些奇怪。我从口袋里拿出电话，要他的号码，想把我的号码发短信给他，但是一想到拉杰和短信，我停下了。

当然，我们可以交换电话号码、电子邮件账号、脸书、推特、微信账号，还有其他各种各样的社交账号。但是然后呢？他给我打电话，然后我们计划，在约定的时间，他来接我。在这之前，我还要担心自己看起来如何。我们会无聊闲谈，会尽情享受夜色，会假装我们一起看的动作片好得让我们失聪。我们会烦恼何时打电话给彼此（太快显得太迫切，太慢显得太无礼）。我们会经常约会，会有很多计划，会牵着手逛陶瓷谷仓，他会在我面前表现他有多了解莎士比亚。或者我们只是……

我靠在他的身上，一手抚着他的后脑勺，吻着他的唇。这正是我想要的。预料之中，意料之外。然后他双手箍住我的双臂，把我拉开了。

“你想转移话题。”他说。

“我是认真的。”

“相信我，我很感激。我想要继续游戏。”

“游戏？”

他摇了摇头：“我指的不是坏游戏。我指的是我们在做的快乐游戏，但是有时候……”

我从他身边走开了，没有走很远，只是来到车把手的另一边。我看着他，可以从他脸上察觉到隐隐的忧愁，我知道我也是如此。

“我不擅长这个，”我说，“我是没问题啊，但并不是所有人都这样，有些人不这样也没有关系。大家只要开心就好。”

他向前骑了一点，前轮抵到我的膝间。我们之间的距离近到他可以吻到我，如果他想。但是，他没有。

“那不是我所认识的女人。”他说。

“我们并不算真的认识彼此，”我说，“不管怎么说，都不太熟。”

“我认为我们认识，”他说，脸上浮现起一丝忧愁，“在所有事情发生之后。”

“你看，”我说，“我喜欢那些坠入爱河的人。我想知道这些故事是如何发生的，真的想知道。雨果给了我那本书，我发现了亨利和凯瑟琳的那些标注。但我还是不知道来龙去脉，所以只能一遍遍地读，试着弄清楚。但真相就在这里，对不对？这是个过程，不是一个编造的故事，而是一个真实的故事，它就在我的手中。我一直在看那些标注，想要弄清楚。但是我不能，似乎每个人都能懂，除了我。而且你知道吗？我觉得这没关系。那本书也许因为某些原因不见了，也许它已经回到了亨利和凯萨琳身边。它应该和他们在一起。如果还有什么不对的话，那我就不能理解了。”

我知道他不想打断我，也不想同我争论，我完全沉浸在自己的言论中，没有在意他。但是现在，我知道自己做了什么。他沉默着，神游着。不想同我争论或者说服我，他的思绪去了一个没有我的地方。

我很生气，知道会发生什么。我喃喃自语，上了楼，进了浴室。我在水槽边靠了一会儿。我并不十分清楚刚刚发生了什么，但是我要阻止更加错误的事情发生。但是我已经开始感觉到他不在了。

我走回客厅，他卧室的门还开着。像其他地方一样，里面没有太多的东西——一张我从没睡过的床，旁边有一个闹钟，和一本破烂的旧书。那是我的书，是亨利和凯瑟琳的书。

它静静地躺在床头的桌子上，好像是入睡前读完后放在那里的。他已经拿走很久了。

他拿走了，甚至都没有问我，就把它拿走了。我多希望第一夜后我能留下些什么，让他们保持原样，甜蜜、温柔而又纯洁，但是没有。我变得贪婪，我想要得到更多，我恶语相向，直到自食苦果。

激情是明码标价的。我从母亲的声音中听得出来，当她一个人待在空荡荡的大房子里时，她就打电话给我。我想她的感觉就像是第一次遭受背叛一样。也许一开始并不是一个女人，只是一些寻常琐事，比如和朋友出去喝酒却谎称下班晚了。第一次她是什么时候知道的？然后什么时候她又知道了更多？

我抓起书，跑下楼。

回到客厅，他看起来从我走后一动没动，但我不在乎。

“这是在你卧室里找到的。”我把书拿到他面前。

他抬头看了看我，没想到我又回来了。

“这本书，亨利和凯瑟琳的这本书，你竟然把它拿走了？我发疯似的去找它，可你就这么藏着它！是你把它拿走了，是你偷走了它！”

我说话的时候，他几次想开口说话，抬起手，却又放下了。

“玛吉，我只是想……”他说，“我只是想让我们……”

“什么？你想让我们成为他们？亨利和凯瑟琳？可是，我们并不是。如果他们从不遇见，或许对他们更好。那他们永远都不会像现在这样。”

我等着他开口说些什么，但他只是凝视着我，双唇微张，什么也没说。

“你就留着这该死的东西吧。”说着，我把书扔到他身上。他试图抓住，但是失败了。

我从支架上抢过我的脚踏车，朝着门的方向走，但被铺在地板上的帆布绊倒了。我跌倒在地板上，四周满是散落的书页。拉杰从后面扶住我的肩膀，问我怎么样。我看到漂亮的地板上留下了擦痕，我用手去擦，想把它擦掉。他握住我的手腕，把我拉开。

“这不是你的错，”他说，“这不是你的错。”

“信不信由你，”杰森手里还摇着骰子，说，“总有一天，乔治·卢卡斯会死，有人会把装满钱的卡车停在他后人的房前，说：‘把这些钱都拿走，把 1、2、3 部重写。我们请求你重写。之前的写得太烂了，实在没有词语能描述它有多烂。’”

我坐在柜台后面，在检查《娃娃谷》第一个 eBay 买家的送货地址，我瞥了一眼，杰森沮丧又喜悦地咆哮着。这个月的第二个星期五，是杰森在蜻蜓旧书店通宵打棋盘游戏的时间。今晚是轴心和盟友之夜，杰森已经备齐了半打袋装动脉堵塞零食和含咖啡因的苏打水，想要彻夜狂欢。他的朋友鱼龙混杂，有编程师、思维敏捷的财产律师、经济顾问、一个叫尼姆尔的女孩还有一些书商。奇怪的是，他的朋友里还有迪奇。很明显，迪奇和杰森都热衷于魔术游戏：在咖啡乔的时候，杰森还邀请迪奇去蜻蜓旧书店彻夜狂欢。“他的水平达到了锦标赛选手的程度。”杰森告诉我，“你是怎么和一群这么厉害的人交上朋友的？”

书店快打烊的时候，这群人出现了，手里端着咖喱和冰珍珠茶，要找一本关于第三帝国时期的书。我本来不允许杰森这样做，但是这些人都是我喜爱的顾客。他们很少买东西，但是一次会买很多书。他们会因为获得 Viking18、000BUT 的热量而兴奋不已，这种狂热和我每周完成一定量的浪漫传奇小说的销售一样轻松。他们在观看“Doctor Who”续播的同时也阅读着书籍，在网上展开“哪一个是最好的医生”的论战，然后在硅谷附近的小农场里每周工作 60 个小时，这样的生活对我来说不可思议。他们会认真阅读购买的书籍，而不是像我一样略过不重要的细节，直接读感兴趣的部分。他们会记得书中很复杂的名字，譬如联盟、语言、文化，甚至家里种的树，这简直太不可思议了。然而在读过的所有书中，只有大约四分之一的书能让他们产生兴趣。他们一直在寻找一些特殊的书籍，能满足他们对令人兴奋的情节、闻所未闻的魔法和心如刀绞的情感的渴求。当他们发现这样的书时，他们就会像供奉上帝一样看待作者，穿过国家，甚至跨越重洋，去朝拜书的作者。他们会担心这本书的出版商不再出版续集，或者作者还没完稿就已经去世了。如果你想笑就笑吧，甚至你可以叫他们可怜虫，但是我喜欢乔纳森·弗伦岑激发出的他们的这种热情。

在这种文化氛围中，知识就是一切，而杰森是这其中的显贵，一个行星际的、多维的、屠龙者一样存在的，在涉及剑和激光的所有事物中的凯尔特朋克摇滚的哈罗德·布鲁姆一样的人。他们一起涌向杰森。两天前，我坐在同样的地方，见他向一位顾客介绍一本书，他是这样描述这本书的："城堡里有一个坐在轮椅上的男人""封面是一幅坐落在山顶上的大房子的照片，一个男孩和一个女孩从里面跑出来"。不到两分钟，这位顾客手里便多了这本书。当我收钱时，她两眼闪闪发光，好像在不停地说："我像孩子一样爱着这本书，我从没想过会遇见它。"在 ArGoNet，我让我的顾客省下了许多钱，但是我从来没有能让他们因为高兴而哭泣。

"我始终认为路克本应该站在黑暗的一边。"我在雨果晚会上见到的红发女人萨莎说。我发现她在"阿波罗"的儿童部工作，"然后莉亚就可以拯救共和国了"。

"我认为路克应该把所有的 Ewoks 排成一行，然后乘着其中的一架滑翔机，让它们始终呈一条直线飞行。"迪奇说。他把背靠在游戏板上，一边用手挑逗着格林纳达。

杰森开始尖叫，模仿 Ewoks 在面临死亡的剧痛时的呼喊。他的小身板好几节都在颤抖，然后滚向一边，捂着肚子。

"这样就好多了。"道格——那个拿着路易十四胭脂鱼的高个子 IT 男说。道格一直在打电话，十分烦躁，他骂道："你可以拴住每一个去 Ewoks 人的脚，然后你就能得到听你随意差遣，像拖鞋一样没有思想的人。"

"E 僵尸。"杰森说。

"E 袜子。"迪奇说。

迪奇作死一样地在书店前面走着，好像脚上有 Ewoks 一样。所有的人都在笑他，除了阿波罗科幻小说部的达埃 · 荣格。

“我喜欢 Ewoks。”达埃 · 荣格一边说着，一边摸着他棕色 T 恤前面印的“不能睡去，消沉会毁灭我”的字样。只有我能听到他的话，因为我离他很近。他正在浏览康妮 · 威利斯的小说目录。他有一个习惯，就是喜欢站起来绕着圈子走，而不是和其他人待在一起。

“我也喜欢 Ewoks。”我说，即使这句话一多半不是真的。但是我喜欢达埃 · 荣格，我不想让他觉得他和这个世界格格不入。他笑了笑，耸了下肩，然后又去读他正在看的书。

尼姆尔开始越来越频繁地出现在蜻蜓旧书店，“帮助”杰森把箱子里面的书摆放在书架上。一天，我偶然透过一排总统类书籍的缝隙瞥见他们。现在身处自由世界的领导人正从书脊上盯着他俩。她的胳膊绕着他的脖子，十指相扣，和我们在中学时见过的女孩亲男孩的方式一模一样。

当然，此刻书架后面的亲热也让我想起了拉杰。自从上次在他家见过一面后，已经一个星期没有他的消息。我无数次回忆起被他拿走的书，并且绞尽脑汁地去想他为什么拿走它。这件事实在太奇怪了。

“好贴心啊，你还记得我的寿司。”尼姆尔说，她盯着萨莎从食品袋里拿出来的塑料盘子，“没有糙米？他们经常在食物里放加利福尼亚糙米卷的啊。”

因为尼姆尔的话，萨莎的脸色变得冷冰冰的，十分冷漠。我看到她的一弯眉毛由于生气而上扬。她拿起赛弗威超市的袋子给尼姆尔看了看上面的标志。

“哦，看到了，没有问题。我认为她们没放低钠酱油，对吧？因为普通的酱油总让我觉得肚子发胀。”

此时萨莎的脸色还是很不好看。

在她开口前我说：“雨果旧书店的迷你冰箱里还有一些。”

“啊，太好了，谢谢。”尼姆尔开始擦她的木筷子，很明显她是希望我去给她拿酱油。

“在迷你冰箱里。”我又说了一遍。这次她明白了我的意思，从杰森身后走出来，穿过书架，好像是去帮我的忙一样。

萨莎站在收银台旁边，手里拿着钱，打算买最后一本《神枪手》。

“杰森和她是什么关系？”我小声问道。

萨莎向后看了一眼，然后身体越过收银台，向我靠近。

“正在约会。”

达埃·荣格突然鬼鬼祟祟的，注意力从康妮·威利斯的小说目录上移开，这让我以为出现了幻觉。“我们不知道啊。”

“拜托！”萨莎说，“自愿来帮忙是她的主意，她总是和她发现的最性感的骑士在一起。那她现在做什么呢？她依偎着杰森，要融化诗人那颗冰冷的心。杰森从未写过情诗，直到她出现。在此之前他只写战争诗。”

她说的那些话，听起来像是英国人说的一样。许多问题萦绕在我的心头。骑士？乡绅？第十二夜？性感男子？我对这一切都感到困惑不解:“杰森写过诗?”

“他写过很多诗,”达埃·荣格说,“都很棒。他是我们王国的诗人。”

尽管也听到了他后半句话,但是我还在想“很多诗”。

“他是你们的……”

“他是迷雾之国的诗人,”萨莎说,“那是 SCA,有创造力但过气的人的社会。”

“你是说杰森不仅写诗还……我不太确定诗人都做些什么。他还会穿紧身衣吗?”

“我们把他们叫作‘绑腿’。”她一边说着,一边使劲地转动着眼睛,“作诗、表演。有时候他们还是音乐家、歌唱家。杰森是个诗人。他真的很优秀。你真应该去读读他的诗。”

杰森甚至都不让我靠近他的海因莱因的作品,更别说让我读他的诗了。

“没有人希望这种情况持续下去,”萨莎说,“一个人会努力让自己在夏天结束之前变得杰出而受到社会的尊重。”

“快看!快看!你们这些人!”达埃·荣格向我举着一本《世界末日之书》,把它扔在收银台上,好像它会咬掉他的胳膊一样。

我问道:“你在说什么?”

“你们这些人啊!”

“我们这些人都来自加利福尼亚南部。”

“不是你的家人,是写书的人。不,不是写书的人,是在书上写字的人。”

我一把抢过书来，疯狂地翻着。难道亨利和凯瑟琳又在另一本书上写字了吗？不可能啊！《世界末日之书》是19世纪才出版的。

“看这里。”达埃·荣格指着扉页说。其他人都围着我，甚至连尼姆尔都从杰森的怀里走了出来。

我读着上面的字：

致陌生的恋人：

今天，我受到内心的驱使，留下这段笔记，希望你可以找到我。在我的“男人之歌”里沉思吧。我们为女神歌唱，祈祷她祝福我们，就像亨利和凯瑟琳那样。

爱你的全部，拉尔夫。

所有的人都沉默不语，直到萨莎问出了一直萦绕在我心里的问题：“什么是‘男人之歌’？”

迪奇把手放在屁股上，挺起胸膛，晃动着蓬乱的胡须。

“用男人的长笛演奏男人之歌，这是一种古老的艺术，只有很勇猛的充满男子气概的男人才可以演奏。不过要小心，这会让跳健身操的可爱女孩高兴地脱下短裙，从头顶扔出去。”

“有时候我真想打爆你的脑袋，看看里面的构造。”杰森说。

迪奇举起双手，说：“朋友，小心。许多家伙都带着永远的伤疤离开这儿。”

“拉尔夫这个家伙为什么会选择《末日之书》？”达埃·荣格从我手里拿走书，问道，“在这本书中，大多数的人不是死于瘟疫的吗？他还不如选择《别说狗狗坏话》呢，至少里面有一些温情。”

迪奇从收银台旁边的小推车上拿起一本《黑暗》，说：“哎呀，我又发现一本。‘我知道你不在这里，我知道你一直在寻找我。我就在这些书架上等着你。我会一直看着你，小心我咬你啊。——乔治。’嗯，这太……”他向后看了看书架，“有点吓人，但是很迷人。谁有笔？我要给他回信。”

“那本书是女同性恋吸血鬼题材的。”达埃·荣格说着，从迪奇那儿拿走那本书，放回小推车里。

尼姆尔说：“你不能责怪他们，我的意思是他们在尝试从书中寻找真爱，那是多么美好的事情啊。书是迷人的，书店是迷人的。那些在书店里工作的人们，可不要让我也这么做啊。”

她转过身来，给杰森一个时尚杂志封面模特一样的微笑，但是杰森看起来好像被尼姆尔弄得一团乱。

“或许很多书中都会有这个。”杰森说，傻傻地看着尼姆尔。

所有人都慢慢转过身去，盯着那些书架，好像它们是杰森向尼姆尔描述的魔法森林一样。那里的阴影中藏着会魔法的金盏鼠。没有一个人说话，大家都慢慢向书架走去，好像那些笔记会受到惊吓而突然消失一样。

我没费多大功夫就找到一本。这本书是A.S.拜厄特所写的《占有》，一个叫莎拉的女士登了个私人广告，想要找个能让她笑、和她一起坐在沙发上收听“美国生活”的人。另一本书上的笔记引用了聂鲁达的诗句。有个人说，写这些笔记的人，应该每周五下午两点，站在摆放着莎士比亚书籍的书架旁等一些人出现。

我把书放回原处，站在过道中间。眼前浮现出那天和拉杰在书架中间的场景。蜻蜓旧书店的屋顶没有了，我从高处俯视书架中间发生的所有事情。我能看到杰森、尼姆尔、迪奇，每个人都在慢慢走向书架，在众多书籍中筛选出自己渴望阅读的书。我能感受到身边发生的所有事情，无论是那些像变戏法一样被作者们写出的书，还是那些留下笔记的人，抑或是书中的故事本身。一些人会买下这些书的最新版，给自己的书柜注入新的生机。这些书的封面，任意的一页，护封——都可能驱使读者们买下它。但这仅仅是旅途的开始，无论这段旅途是什么，蜻蜓旧书店只是其中的一个停靠站而已。现在我周围的所有书，都在向我们传递着一种希望，所以，我们不是一个人。

我跪下来，坐在脚跟上，用手按着太阳穴，试图理解藏在心里的东西。但是我满脑子都是拉杰，我想忘掉上周发生的事，让一切重新来过。我想回到过去，去和他讨论别的事情，这样他就不会给我说“这不是你的错”了。或者我会说那是我的错，然后我就可以弥补错误了。我满脑子里总有一些事情想去做，也总有一些话想对他说。我可以给他留笔记，对，笔记。我们的感情虽不像亨利和凯瑟琳那样轰轰烈烈，太过炽热。但我们就是我们，我们会从我们自己的书开始。但是选哪本书呢？我必须找一本完美的书。我不会把它放在蜻蜓旧书店，我会把它放在他家的门上，塞进屏风里。

但是我忽然想到，应该在笔记上写些什么呢？“我想你”，还是在“我”上面画一颗心，或者“12点公园见”，还是“打电话给我”，然后留下我自己的电话号码？那么他会怎么想我，别人会怎么想我，我自己又会怎么想自己？天哪，还是算了吧。

我站起身来，抹杀掉刚才那丧失尊严的一刻，回到eBay上来，回到这一切开始之前的我。然后我看到了迪奇和达埃·荣格。他俩站在过道尽头，大约离我20英尺远。达埃·荣格正靠在我对面的书架上，迪奇面对他站着，他们在看同一本书，两个人的姿势就像互相想要看对方时的那样。

旧爱啊，新欢啊。

我们跟这个在一起时候的感觉总是和跟那个在一起时候的感觉不一样。

——凯瑟琳

第八章

金钱与铂纸

他把他的沃尔沃开进车道，车灯很刺眼，正好照着我，我举起一杯波本威士忌想挡一挡。雨果在门廊下面的最后一级台阶把车停下，然后坐在上面的台阶上。

“这一周你都没怎么来店里。你不想给我说点儿什么吗？”我问。

“我不想说。”雨果回答道。他朝我手里的酒杯点了点头：“你呢，有什么要对我说的吗？”

“我也不想说。”我接着喝光了杯里的酒。

我离开蜻蜓旧书店举办的游戏之夜往家走。热了一天之后，夜晚的空气很闷，真是一个不常见的夏夜。要是不喝点儿的话好像挺浪费这样的天儿。

“我就是一个冷酷无情的女巫，我不懂得谜一样的爱情啊。”我说。

我看着他，泪如泉涌，肆意地在脸颊上滑过。我擦了擦眼泪，感觉到雨果的手搭在了我的肩膀上。我靠着他，头枕在他的膝盖上。

“这一切究竟是怎么回事啊？”他边问边把我脸上的头发撩到身后，“这可不是什么言情小说。”

我摇了摇头。

“你今晚有没有吃东西？”

我摸摸肚子，饿得生疼，但是我还想让它再受点罪。

我们安静地坐着，雨果在我的背上画圈，就像我是个踢到了脚趾头的6岁小孩儿，需要安抚一样。

他说：“我20岁左右的时候，在巴黎待了好几年。嗯，好吧，我是为了一个女人到巴黎的。她走了，而我却留下来了。”

“这是一个皆大欢喜的结局吧？我想要一个这样的结局。”

“嗯，对，在那儿我又爱上了另外一个女人。”

“啊，不错嘛。”

“她比我大，已婚，带俩孩子。”

“哦，我的天哪，雨果。”

“我们是在‘旋转图形’邂逅的，一个在路易-菲利普街的文具店。我无时无刻不在想她，根本停不下来。我每天都去那家文具店，就想再见她一面。有一天，我看了一下客户名单，心想能找到她来那天的签名。我翻着翻着看到了一个留言‘到万喜来见我’。我知道那是她写的。那是一个在拉丁区的饭店，但是日期是两天前的了。我错过了她。我跑到那家饭店，四处打听，但是没人认识我口中的那个女人。心情好失落。后来有一天，我看到她了。当时我正在逛公园，拍照，她就坐在一个长椅上，读着约翰·勒卡雷的小说。我在她旁边坐了下来。一切就此开始。”

“你们在一起了？”

“嗯，几个月。她会在那家文具店的客户单上留言。我没钱，或许这就是她爱我之处吧。一贫如洗的我和我那爱达荷州的举止。但是有一天她不再留言了。我每天都去那家文具店，甚至有时一天去好几次。后来有一天，那家店的店主告诉我：‘别问那么多问题，你只需要知道答案。现在，你该回家了。’”

我等着雨果继续说点儿什么：“那结局呢，还没说呢。”但他只是静静地坐着。

“我很感激你分享的故事，雨果，但是，我只是觉得这样的故事没有让我感觉好起来啊。”

“不好意思。”他说，“没让你感觉好点吗？”

“你在这方面真的不在行。”我说。

“在这方面我确实不太擅长。”他说，“通常情况下，要是一个女人在我面前不开心的话，我就不会像咱俩这样了。”

我坐直了身体，醉醺醺地用手重重地拍了拍他的膝盖——我的乳胶枕头：“那是为什么呢？不会是因为我主动邀请你的吧。但是对于你见到的其他人，你都以你情圣的形象跟她们做爱，给她们心跳吧。”他微笑着，胡子在脸上舒展开。他伸出手，擎着我的下巴：

“你嘛，就是太……太珍贵了。”

我觉得自己即将泪奔。我不想哭。因为喝了太多的波本威士忌，感觉马上要难受起来。于是我把头放回到他的膝盖上。

“我不喜欢我自己。”我说。

他摸摸我的头：“那，我就替我们两个人来喜欢你吧。”

我把和拉杰吵架的事跟他说了。等我全部说完之后，雨果站了起来，伸出手把我也拉了起来。我们去了他的公寓，很快面条下肚，混着肚子里的波本威士忌。雨果给我裹了条毯子，一条褪色的麋鹿图案的毯子，从他在爱达荷州做童子军的时候就有了。

“我给你买了份礼物。”他说。他递给我一本小巧的精装书。威弗利的另一本小说——《必死的命运》，这本书是1898年版的，有着童话森林般的绿色和调皮的金色字体。

“打开看看。”他说。

在书的扉页上写着：

爱荷华州，印第安纳市，第五街514号，贝蒂情人节。

字母写得像极了装饰艺术绘画里的人物，在她的名字和地址下面是一个课程表还有她的成绩。贝蒂并不是一个很出色的学生，但是她有艺术天分。下一页是用铅笔画的一群年轻女人，头发又卷又长，她们弓着身子穿着用带子束紧的鞋子。每一个上面都被贴上了标题，如“练习A”或者“这一个我永远都做不对”。在这些页面上，树苗的枝叶前后弯曲，承载着难以承受的重力。在版权页上，她用铅笔画出了贝蒂朋友们的脸，日期大概在1897年。达莱特，和贝蒂一样的大眼睛，玫瑰花蕾般的嘴唇；罗斯塔，卷发梳得溜光，贴着她的额头；娄克达，梳着精灵般的发型；雅蜜塔，长着一颗美人痣；理查多，生着尖尖的下巴和鬓角。在前言前面的空白页上，贝蒂并没有用淑女的画风，而是画了一个合唱队女孩独自在一个金光闪闪的有着天鹅绒幕布的舞台上，穿着花边装饰的敞篷服装，一只高跟鞋腾空，一只手拿着一条长围巾，遮着她的脸。

“为什么是威弗利的小说？”我问他。

“我觉得你想看这本书已经很久了。”他说，“现在似乎正是时候。”

“太感谢了。”我边说边把书合上，“它很漂亮。”

我们静静地坐了一会儿，一直在听着迈尔斯·戴维斯的歌。

“再见画眉鸟”就像是一个女人伤透了他的心，在一辆粉饰成蓝色的凯迪拉克里，这让我想起来另一位万人迷。

“我是从哪里知道尼姆尔这个名字的呢？我就是想不起来。”

“梅琳。”他说，他依然闭着眼，手抱在了头后面，“她偷走了可怜的老浑蛋所有的秘密，然后把他困在一个洞穴里，直到他疯了。可他还是很爱她，他不在乎。”

“我的天哪。怎么会有人起这样的名字？”

“这只是个 SCA 名。社会……”

“创造性的时代。啊，是啊，我略有耳闻。你是怎么知道那么多的？”

“这一切都开始于 60 年代末的伯克利……”

“我猜，是关于一个女人的吧？”

他叹了口气：“罗克珊·德·布维耶是她给自己起的名字。我在物理课上认识了她。她给了量子环绕一个全新的定义。”

“请不要再说了，我求求你……”他咯咯地笑了，我也忍不住跟着笑了起来。每当提到女人时，他的赞赏之情永恒不变。尽管最近我发现来店里找他的女人少了，直接打听他或向其他人打听他的女人也少了，但我不认为雨果失去了他的魅力。地球可能不得不从反方向开始旋转，我们不再听到波西娅小姐的消息，甚至卡拉翰先生好像也有意和她保持距离。

“最后的结果不是很好，是吗？”我问，“弗雷德里克和尼姆尔。”

“是的，每天的情况都很糟糕。”

“我看我们是帮不上什么忙了。”

他打了个哈欠，伸长了胳膊，弯了弯腰说：“没事。”像极了正在活动的格伦德尔。

离开前，我吻了他那光滑的头顶，告诉他明天店里见。我想把驼鹿毯子还给他，但他摇了摇头，让我拿着。我把毯子卷了卷，正要出门时我忍不住问了句：“你想找个人和你一起去蜻蜓吗？”

SVWEABC 聚会的那晚，美女们的笑声回荡在整个书店。雨果一手拿着意大利熏火腿，一手端着重新倒满的红酒，在店里绕来绕去寻找约会的对象。当他从一个人群走向另一个人群时，身后总不断地传来一阵阵咯咯的耳语笑声。

他当然很乐意这么多美丽而聪慧的女性同时出现在店里，而且我想 SVWEABC 正合他意。也许，我让这个无神主义的信奉者看到了上帝的样子。

我见到了艾薇，她从我们在街上殡仪馆借来的椅子上拿了杯酒和我干杯。我们今晚做足了幼儿园孩子们入侵巴斯金 - 罗宾斯冰激凌店的准备。我们近乎疯狂地把每个角落都打扫干净。聚会前，还特意从咖啡乔搬来一棵无花果树，盖住地毯上奇怪的污渍。雨果还把我第一次参加 SVWEABC 时妈妈送我的茶几修了修。它放在两个椅子间是如此和谐，以至于我在想当初为什么没有早点把它带回来。

我站在舞台边上想，此时此刻的我能站在这里是多么神奇的一件事。即使是杰森也不可能破坏我的心情，尽管他很努力，上帝保佑他。我见到他时，他正和一个高个子女人在一起。我记得她叫卡伦，上次聚会时来过。她从头到脚一身黑色的装扮，除了脖子上的塔希提珍珠项链和硕大的钻石戒指。如果光线合适的话，它足以改变飞行航线。

“嗯，你的朋友对一本关于海盗的小说很感兴趣。”杰森说。

“这听起来是你的专长哦，杰森。”我边说边把头转向他来配合他低沉的声音。

“我建议《格陵兰》这本书。”他说。

“在那儿。”卡伦说。

“但她说想要更有趣点儿的。”

“而且景物少点儿的。”卡伦说。

“那么，嗯。”杰森耸了耸肩膀说，“也许，这是你的专长，玛吉？”

“封面上有裸露胸部的那种吗？”我问卡伦。

“太聪明了。”她边说边端起一杯马丁尼酒要和我干杯。我没有喝马丁尼酒，更不要说是伏特加了。看她的钱包就知道，她可能已经把这一带的酒吧都喝遍了。

“桑德拉 · 希尔，”我指了指浪漫传奇小说区，对杰森说，“我们前几天刚到了《不情愿的海盗》的影印本。去拿吧，书很新的，我保证。”他一脸茫然地看着我。

卡伦转身跟着杰森离开，但她转过头，从肩膀瞥了我一眼。

“你不是很爱那些了解书的人吗？”她一边说着，一边跟在杰森身后，屁股一摇一摆，就好像在里面安了转环。这时我有点担心让杰森独自一人和她一起过去。

通过眼角的余光，我看到地板上交错的影子。走近一看，发现格伦德尔正躲在书架里，露出了围巾的一角。我刚才见到艾薇把这条围巾塞进了包里。这时，许多想法涌入脑海。我可以假装什么也没有看见，就当艾薇忘记拿走了围巾，或者就当格伦德尔会把围巾作为送别艾薇的礼物，但我必须跟着这只猫。

在科幻小说区，我跟着格伦德尔转过角落。当我跟近它时，它已经不见了。但书架旁的墙上靠着一把陈旧的图书馆梯子，爬到梯子的最高处，我看到艾薇围巾的一角在两堆书的狭小缝隙间晃来晃去。

尽量不去想前面可能出现的危险，我慢慢地爬上了格伦德尔新的藏身之处。这时，一阵咆哮声从上方传来，声音低沉而洪亮，我不禁抬头往上看：两只绿色的眼睛在漆黑的书穴中注视着我，看来情况不妙。

正当我蹬着两个阶梯向上爬时，眼角的余光看到了底下有东西在移动，回头一看，拉杰正从走廊向我走来。

“你不会是想要爬上去吧？”他问。

不算我离开他家的那天，我已经有一个多星期没见过他了。我让自己忙于这次聚会的事情，分散注意力不去想他。但现在我不得不牢牢地抓住梯子，让自己保持不动。他刚洗完澡，湿湿的头发梳向后面，两鬓还有些发胶，但我并不想给他擦。

“我也不想爬上来啊。”我说，然后向上指了指格伦德尔的藏身之处。

“我帮你扶着。”他说。我准备向上爬时，他来到我身下帮我扶着梯子，我能闻到他身上香皂的味道。

“我不知道你也来参加派对。”他说，“我并不是想打扰你，但雨果说他想你不会介意的。”

“我不介意。”我说，伸手去够围巾。一阵低沉的咆哮声从上面的书穴传来，我猛地把手拿开。

“你确定要这样做吗？”他问。

“也许我会给她买一个新的。”我说，“不过就是6个月的工资罢了，对吧？”

我转了个身，从梯子上下来，站在他的面前，投入他宽广的臂弯。我假装透过衬衫感觉不到他呼吸的样子。

“关于前几天的事情，我很抱歉。”他说。

我想问他发生了什么，但我不想说一些伤害他的话。

“一切都变得太多、太快了。”他说，“几个星期前，我卖了房子，打算去阿姆斯特丹一家老式自行车店当学徒，待上一段日子，然后去旅行。也许还会回到这里，开一家自己的店。但现在我并不想这样做，至少不想离开。”

派对上传来一阵欢笑声，我听到有人在叫我。我们没有多少时间了。

“你为什么拿走它？”我问。

“这是亨利和凯瑟琳的所有。”他说。我向下看了看，发现他的手仍然放在梯子上：“这已经无法控制了。”

他把书包从肩上拿下来，掏出了那本书：“我在书中留了张便条，是给你的。我想，这应该会很浪漫。”

“我不想成为他们。”我说。

“我知道，我都懂。我带走了亨利和凯瑟琳的一切。这就像在线论坛和留言板，人们互相讲述着各式各样的事情。他们戴着人性的面具，人性的面具又控制着他们。”

“像是爱上魔兽世界的血精灵一样？”我问。

“是的，诸如此类，你可以选择离开。你并不需要让世界来定义你。你可以摆脱人类和世界，看到并成为真实的自己。”

“或者成为自己真正的血精灵。”我说。

“我也不想成为亨利和凯瑟琳。”他说，“我想成为拉杰和玛吉。我想留在这个世界上，和你一起。”

我听到店前又有人叫我了，知道过不了几分钟我就要回到客人们中间，喝酒，讨论我们的书，而和拉杰的这一刻就要结束。我紧紧搂住他的脖子，把他拉向我，吻了他。起初是为了表示感谢的温柔一吻，是平和舒服的。但随后吻得更热烈，我们把彼此抱得更紧，靠着梯子，我感到我的细胞就像婚礼现场的五彩纸屑，在空中飞扬。

我将我的心遗落在这书海中了。

——凯瑟琳

第九章

开工

我慢慢打开公寓的门，不想让门铰链的吱呀声吵醒拉杰，还好门没发出一点声音。我发现昨天晚饭用过的盘子已刷得干干净净，干燥架上放着一大罐冰茶，冰箱里放着腌牛排。最幸福的是，浴室也十分清洁。我为不用刷厕所而欢欣雀跃，要知道一个女人不用刷厕所是件多么令人高兴的事。妈妈有一颗三克拉的钻石，而从来没有人对我说过我是他的真爱，我就像那耀眼的白瓷又或者是泼在地板上被稀释的醋。那个他可能会做饭、扫除、修东西，他可能只是个想用某种方式让自己女朋友变得开心的男朋友。这么一想我愣在了原地，听着隔壁卧室里轻微的鼾声。这一次我又是这种“女朋友”吗？

自从拉杰从SVWEABC派对回来之后，我们几乎没怎么说过话。这三天来，他几乎都在睡觉，即使在他醒来的间隙，我们也只顾着享受此刻的欢愉，从没讨论过我们重聚的内在意义。我没有问他打算在这里留多久。我觉得这样很无知，我决定不问任何问题。我知道如果我问了，就要下定决心并且付诸行动。可是，我还没有做好这种准备。

我倚着卧室的门，静静地看着拉杰熟睡。他修长的身体蜷缩在平整洁白的被单下。我从来没有像现在这样静静地看着他。他好像一直在做匀速运动，从来没有安定下来。自从他那天早上回来后，这张床就像一个被毁坏的巢。但现在他就躺在这里，躺在这个 9 小时前我离开的地方。他像被催眠了一般，睡得十分平静，我的气息伴随着他的呼吸声，整个肺部都在扩张膨胀。午后的阳光洒满了整个房间。我感受着你的气息——对我而言，重要的你。

他回来的第一天，我在卧室的角落里找了两个梅西超市的购物袋，里面装着几件衬衫、牛仔裤、一双皮凉鞋和平角裤。他把这些东西放在那儿，干净的衣服放在一个袋子里，脏衣服放在另一个袋子里，从来不放在衣橱的抽屉或者隔板上。我不知道他是因为不想给我施加压力还是因为随时准备逃开。他是个粗心的旅行客，从不在意自己丢失的行李，一旦到了终点，便“入乡随俗”。而我，就是他的终点。

我坐到床边，缓缓脱下衣服，从二手店买来的裙子滑落下来。我悄悄地躺在崭新的床单上，胸脯紧紧靠着他的背，我能感受到他疲惫而温暖的呼吸声。他轻轻哼了一声，从梦中醒来。我贴得更紧了，手指像弹琴一般，轻轻拨弄着他肚脐下面的丛林，又向更南边进发。

“你回来了。”他说。

“刚回来。”

“我做了腌牛排。”

“我看到了，还有冰茶。”

“我在里面放了糖。”

我紧紧地压着他：“这是上帝的旨意。”

“你和冰茶有种奇异的关系。”

我亲吻着他的肩胛，手又往下滑了一点。我感觉到在我的拨弄下，他渐渐有了反应。

“浴室也很干净。”我说。

他翻过身来亲吻着我。他的吻比我们第一夜时更热切、更绵长、更深沉。这个吻和以前不同。就像你去游览一座久别的城市，周围的一切都似曾相识，但你却找不到高速公路。

他的嘴移到我的脖颈上，轻轻低语道：“我好想你。”

我不知道他指的是今天还是那些我们分开的日子。不要想太多，我提醒自己，顺其自然就好了。我抓起他的手放在我的胸上，他的嘴轻轻地吮吸着。我用胳膊紧紧搂着他。我觉得自己从他那里永远得不到满足。他继续向下游走，终于到达了我的双腿之间。他的头发像羽毛一般在我的大腿内侧轻蹭，我忍不住发出愉悦的声音。他用另一只手抓着我的手，我们的手指交缠在一起，手掌紧紧相对。唇舌之间，水乳交融。

我闭上眼睛，享受着他调皮的舌头给我带来的欢愉，尽量忽略那些小想法和小困扰，不去想这一切什么时候会结束。他又爬回我的上半身，亲吻着我。我尝到了自己的味道，我体内最深处的味道，就在他的双唇间。

有记载的最大的书店叫莎士比亚书店（位于巴黎圣母院左侧，塞纳河对岸）。20世纪20年代莎士比亚书店开张营业，1941年德国占领法国时书店倒闭。也有传言称书店关闭是因为店主人塞尔维亚·碧奇拒绝向德国军官出售最后一本《芬尼根的觉醒》。塞尔维亚小姐和“迷惘的一代”作家联系密切。桑顿·怀尔德、F.斯科特·菲茨杰拉德和格特鲁德·斯坦都是这个书店的座上宾。海明威在他的《移动的盛宴》一书中就描写过塞尔维亚小姐和她的书店。在莎士比亚书店，一部分书对外售卖，而借书只需要花很少的钱，作家们也遵循这个原则。塞尔维亚小姐培育着他们的自尊和精神，有时也在楼上的小房间为他们提供临时的住所。她还赞助了乔伊斯的《尤利西斯》，她把这本书的预订本卖给在欧洲的朋友和赞助商，以这种方法为最终的出版提供资金。虽然她拒绝出版劳伦斯的《查泰莱夫人的情人》——因为她认为这不是劳伦斯最好的作品，她也不想被人当成色情书刊出版商，但当英国和美国都禁售这本书时，塞尔维亚小姐的莎士比亚书店却仍在售卖它。

雨果在蜻蜓书店柜台的后面挂了一幅塞尔维亚小姐的照片，在照片里，塞尔维亚和詹姆斯·乔伊斯站在莎士比亚书店的门口。有时我会好奇，如果塞尔维亚小姐还在世，她会对蜻蜓书店有什么看法呢。我好像看到她和雨果并排坐在书店靠窗的位置上，看着我忙忙碌碌，要努力把蜻蜓书店变得更适合“谷歌一族”的样子而发笑。

这就是我在蜻蜓书店的日常工作。9点钟打开店门，喝着在咖啡乔买来的廉价速溶咖啡，把放着折扣书的推车推到书店中央，用来招揽顾客。大约10点的时候，雨果会到店里来，泡上茶，慢慢地会有一些顾客，雨果负责招待他们，而我则会整理前一天留下的书。接下来，雨果会把《纽约时报》放在柜台上，然后在那里钻研上面的填字游戏，有时顾客也会帮着填。接近中午的时候，杰森会过来。然后我就可以慢慢享用我的午餐，悠闲地度过一下午，直到晚上10点关门。下午通常会忙很多，直到晚饭之前，书店里一直人来人往，晚饭时店里人最多。书店里还需要再多两个帮手，但是罗伯特和我都认为在招到新人之前，我们需要缓解店里的财政压力。

我并不是唯一在书店做出改变的人。自从我在窗边腾出一块地方，格伦德尔就把那儿当成午睡的行宫，而雨果则在他周围搭建了一个“猫系列”图书的展区。杰森垒了很高一摞，他拒绝移动这些书，还把它们称为“杰作”。在杰森的帮助下，我把浪漫传奇类书籍整理了两遍，之后我又要开始整理收银机旁斜堆着的精装书。艾薇赠送给我们一个“营业”的标牌，这个标牌是模仿她在伦敦最喜欢的糖果店的标牌设计的，由四个夹在一起的字母组成。一到晚上，我们就移动一下字母N，把“O-P-E-N”（营业）变成“N-O-P-E”（没有）。

当我坐在地上，整理着亨利·詹姆斯和詹姆斯·帕特森的书籍时，塞尔维亚小姐好像在用一种洞悉万物真谛的目光俯视着我。当年塞尔维亚小姐没能出版《查泰莱夫人的情人》有很多原因，但最简单的理由就是她缺少资金。书店就是商店，是商店就需要收入来维持正常的经营。蜻蜓旧书店和莎士比亚书店一样，必须在紧绷的钢丝上保持平衡，而我就是那个拿着捕蝶网在马戏团地板上跑来跑去的人。

“你不是说不让我送你家具吗？”妈妈问我。

我坐在后院，独自喝着波旁酒，透过窗户看着拉杰正躺在我的床上看书。

“原来是说过，但这次不同。”我说，“我想让您送我把椅子，我知道这样很无趣，但是如果您想送给我家具，我碰巧需要一把椅子。”

“你喝醉了吧？”

我低下头看着杯子的底部。

“还没有，您呢？”

果酱罐里的冰块是我唯一的回答，妈妈又一次陷入了沉默，等待着回答。

我想到了拉杰还在里面，独自躺在我的床上。我知道我应该向妈妈介绍他，但我想再保密一段时间。

“妈妈，您还爱爸爸吗？”我刚问出这个问题，立马就后悔了。

“当然爱。”她说，“他娶了我，不是吗？他给了我一个可爱的孩子，一幢漂亮的房子，以及我想要的一切。”

“是的，妈妈，他是给了。”

“你怎么问妈妈这样的问题？”她问，“你怎么了？”

“对不起，妈妈，这样问有点不合适。”

我在想她是不是穿了那件抢购来的蓝色棉布家居服，只有爸爸不在家时她才穿那件。

“你想要哪种椅子？”

“适合读书的那种。”我说，“最好比较耐脏，如果可以的话，我还需要一盏落地灯。我会把地址给您。”

“我知道你的地址，玛格丽特·维多利亚。”

“不是放在我这儿的。”

“你现在在做什么啊？”

担心是没有意义的，该发生的总会发生。

——亨利

第十章

甜蜜时光

杰森站在蜻蜓旧书店窗前，看着放在两把旧椅子中间的新椅子。他弯下腰，闻了闻，味道像送货员那天送来的塑料包。这实在是把近乎完美的阅读椅。很宽，整个身体可以蜷缩进去，但也有不足，没有扶手，要不就可以撑着看书了。颜色是温暖的小麦色，淡淡的图案，茶水溅在上面也不易察觉。这真是一把漂亮的椅子。这事妈妈做得真好。

雨果对我说，他会告诉杰森，我会成为书店的合伙人。但我有些烦恼，因为虽然杰森和我相处还算融洽，但我们的关系却很微妙。做他同事是一回事，做他老板是另一回事。我想到找妈妈求助，我们几个去商店买了三把椅子，妈妈又送了我一些家具。我想让杰森高兴，让妈妈高兴。

ArGoNet 出售后，我的股票不值什么钱，但这足以让雨果和罗伯特满足。我没有告诉拉杰这件事，也没跟艾薇或黛西提过。自己作决定，感觉很好。自从我决定成为雨果的搭档后，我觉得自己好像陷入了怪圈，脆弱又新奇，我又活过来了。

在椅子上又闻了闻，杰森才转过身，他那皮包骨头似的臀部慢慢地落到座位上。他挪了挪，坐到垫子上，让自己看着不那么高兴。

“雨果跟你说了。”我坐在他旁边，说，“我会成为书店的合伙人。”

他耸了耸肩：“你希望得到我的祝福，还是什么？”

“都没有，但我会是书店的合伙人，无论你喜不喜欢。”

“这把椅子不会是贿赂吧？”他问。

“噢，这是贿赂，好吧。”我说，“我不指望你为此感到高兴。我只是想减少不愉快。”

他没精打采地坐到椅子上，跷着二郎腿，然后伸出双手，放在扶手上。

“我可以加薪吗？”他问。

“如果我们在未来三个月内销售额增加 10%，可以考虑。”

他似乎对此很满意，拿了本书打开来读。这时我去柜台看第二天罗伯特过来对账时要看的数据。我当然会给杰森加薪，他理应得到加薪。有一天，我甚至会给自己加薪，但在那之前，杰森一个小时 12.50 美元的薪水会比我更高。

门铃响了，我抬起头，看到了格洛丽亚那熟悉的意大利式卷发。尽管在这个特别的星期二她并不孤单，因为她身后跟着一个男人。他个头不比格洛丽亚高多少，头发有些花白，眼睛闭着，什么也没看，原来他是盲人。她右手打开门，左手扶着他，而他拿着格洛丽亚的手提包。

“早上好！”我向他们打招呼，想让她介绍，但她还是一如既往的坏脾气。只见格洛丽亚搀着他的胳膊，两个人的手缠绕在一起，好像他们的手是个足球，吃力地一步步走向了书架。

我四处看了看，杰森仍在研究新椅子，商店前面很安静。我悄悄地跟着格洛丽亚。

那天是星期二，推理小说是她的目标。我跟他们保持着一定的距离，随手从书架上拿下几本书随意翻看，我告诉自己按照雨果喜欢的方式去触摸书籍，但当时脑子里想的全是格洛丽亚和她的丈夫，因为我确定那就是她的丈夫。

当她扫视书架时，好像说了些什么，声音只够他听到，然后他笑了。我记不得格洛丽亚以前说什么，当然也无法想象她能说出什么有趣的事。但只有与那些爱我们的人在一起，才是最真的自我。他们笑得虽然低沉，但足够温暖。当她拿着两本书站在那儿时，他伸手去触摸她的脸。当他的手指触碰到她的脸颊时，她习惯性地拍了下他的手。小小的温柔就如呼吸和吃饭一样，必不可少，妙不可言。

你对我至关重要。

那时我意识到自己好像一个入侵者，于是我转过身，因为有点羞于监视。我知道，即使保持沉默，还是有人会深深爱着酸酸的格洛丽亚。

那晚，我躺在床上，难以入眠。身旁正在熟睡的拉杰发出轻柔的鼾声。窗外一辆汽车经过，射出的灯光透过薄纱窗帘在墙壁上奔跑跳跃。我转过身，已不记得是那晚的第几次辗转了。就在一个小时前，我还背对着他，他的手臂将我搂住，牙齿轻轻地抵在我的肩膀上，我们的四肢像茉莉的树枝缠绕在一起，在风中摇曳。

我们现在变得愈加熟悉，我们从其他相爱的人身上不断学习。和拉杰做爱是快乐的，一次又一次，都是那么令人愉悦。同时，我也做好了情感的准备，它将结束，它必须结束，没有其他选择。

但总是在做爱之后，我才会保持片刻的清醒。我们面对面地躺着，他枕着自己的臂弯，抚摸着我的大腿。然后他的眼睛紧紧地盯着我的眼睛。我本能地把他往后推，想要说些什么，或是开个玩笑来打破这种沉默，打破我们的凝视。我们就这样看着彼此。吃饭的时候，没有凝视，没有偷瞄，没有倾听，甚至都没有想过接下来要说些什么。看着对方，感到茫然又充实。突然，我觉得有话要说。

“爱”，这个字我似乎终于感觉到了。“爱”，原来我也可以说。是的，就在那一瞬间，我可以说。它不意味着永远，人们相爱了，又不爱了，这都很正常。只是这个字难说永远，但他会理解的。我能品尝到爱的味道，那是混杂海盐的一种味道，在别人的生命里走了一遭，最后又走进我的生命。但我紧闭双唇，知道即便是最小的喘息也会让它有足够的空间脱口而出。破镜难重圆，凯瑟琳就是这样给亨利回信的，说过的话不能收回。所以我什么也没说，但是我又想说，这一次我会说的……他的手突然停在了我们中间，这结束了我最后的清醒，剩下的只有他的鼾声。

我从床上坐了起来，走进了黑暗的厨房，给自己倒了一杯波旁威士忌。我一饮而尽，然后又倒了一杯。这时，我的手机在柜台上震动，屏幕亮了，有一条短信。原来是我下载的预算应用程序发来的："我们爱您！您爱我们吗？到应用程序商店给我们评分吧。"匿名工程师当然可以这样说，但我不能。我只给他们一颗星。

我感觉到了，我非常肯定我感觉到了。我一生中读过很多小说，读到过很多坠入爱河的人，因此我更加确定自己的症状。但也许这就是问题所在，也许我不是真的在恋爱，也许我只是在经历很多人都已经尝试过的一种情感。

那个寂静的夜晚，在一片黑暗中，我默念着："我——爱——你。"那一点都不难。我又说了一次，还是什么都没有发生，夜晚还是同样寂静，波旁酒瓶也依然如旧。到目前为止，一切安好。我偷偷溜到客厅，透过卧室的门，看他还在沉睡。于是回到了厨房，又说了一次，这一次带着声音。我对夜晚说："我爱你。"然后又跑回客厅，确定他依然熟睡。

回到厨房，我又反复说了几遍，这句话说起来变得越来越容易。这句话从我嘴里说出来的感觉就像一个蹒跚学步的孩子在找自己的腿。无论如何，我为自己感到骄傲，随后我重新登录应用程序商店，把评分改成了五颗星。

我翻开放在桌边的《查泰莱夫人的情人》，又把书合上，捧在手里就像捧着一个魔力球，闭上眼睛，又说了一遍"我爱你"。然后把书放回桌上。

我们都在等待最完美的自己，等待疤痕褪去，等待时间消除我们的缺陷。难道我们等待的时间越久，就越能发掘内心的善良和满足？不，不是因为完美我们才被爱，是我们的不完美让我们更值得爱。——亨利

我听到外面有轻微的声响，透过厨房的窗户，我看见雨果正坐在我们公寓之间的第一级台阶上。卡拉翰女士也在院子里，背倚在树上，黑暗中，她的声音很小，难以察觉。然后她走到雨果身边，拿过雨果手里的杯子抿了一口。我正打算穿好衣服走出去，陪他们一起。但突然发现雨果抬头看她的样子，显得又累又绝望，就像一位羁旅的骑士忘记了回家的路。那种感觉我说不出来，只见她伸出手，温柔地抚摸着他低垂的头。我觉得自己好像从来没有见过他们两人真正地单独在一起过。

我放下窗帘，回到床上。即使喝了波旁威士忌，我依然十分清醒。脑海里，始终回想着雨果和卡拉翰女士，我试着去解释刚才所看到的那一幕。

我躺在拉杰的身边，枕着自己的手肘。我俯身在他的耳朵旁轻声呢喃，想要说出我想要他知道的一切。

你没有办法将碎掉的玻璃重新拼回窗子上。

——凯瑟琳

第十一章

覆水难收

我坐在先锋公园，把头从书上抬起，看着人们匆匆走过。虽然这条街上的公寓很安静——因为所有的谷歌人早已离开这里，奔赴他们的战场，去探索改变人类、改变世界的方法——但是公园里却人声鼎沸，随处可见那些一手拿着外卖、一手拿着手机，匆匆赶去办公室的上班族。

五个星期了。我的生活重新开始已经过去五个星期了。我已经不再否认我正作为蜻蜓旧书店的共同管理者来度过我的日子。五个星期以前，我曾无比希望艾薇能帮我找份工作。但现在，我们可以一起坐在蜻蜓旧书店里喝茶，与罗伯特共同检查财务状况，并寻求稳定书店财务状况的方法。五个星期以前，和杰森说话的感觉，就像是在忍耐在公共场所因礼貌而无法挠的令人讨厌的瘙痒一样。但现在，似乎我们已经达成了停战协议。他会饶有兴致地登录我创建的网站，并以“笨伯”的名字帮我管理博客。他会耐心地回答顾客们关于书的各种问题（是的，我们有西班牙语版的《哈利·波特》），我们现在执行新的营业时间（上午 10 点到晚上 10 点）等。顾客们还会问我们是否又发现了一些关于亨利和凯瑟琳的故事（不，……还没……）。五个星期以前，因为内心受伤而无比沮丧的我还在疗伤。但现在我会坐在自己最喜欢的一棵树下，身下垫着雨果送的驼鹿毯子，这里是亨利曾经等待凯瑟琳的地方。每每这时，我总是内心澎湃，因为我知道拉杰正离我越来越近。

先锋公园离蜻蜓旧书店只有两条街道，位于市政厅和图书馆的中间，所以如果你经常来图书馆看书的话，就肯定知道这个地方。公园入口处的小牌匾上写着这里曾经是一块非宗教墓地。1861 年，由爱心人士捐赠。但是现在，这里满是绿草茵茵的小土丘和吃得饱饱的小松鼠，宽宽的木制长椅散落在道路两旁，站在周围的建筑上往下看，公园里的橡树好像是在互相欢迎着对方。

我最喜欢的是一棵大橡树，它的树枝一直垂到了地上，所以只要稍加改造，就可以当椅子坐了。我带了两盒沙威玛烤肉，躺在毯子上，脱掉了鞋子，把脚趾头埋在草里，读着劳丽高韵的小说。(我的生活中怎么能没有劳丽高韵呢？）拉杰迟到了，只迟到了一点点，并没有很久。“明天在公园吃午餐吧？”昨天晚上，我在他牛仔裤的口袋里留了一张纸条。当我今天早上去蜻蜓旧书店的时候，发现我的背包里用别针别上了一张黄色的便条，便条角上写了一个字：“好。”

我在通往喷泉的路上慢慢走着，那是亨利和凯瑟琳的喷泉。

“周末是立夏，中午在先锋公园的喷泉旁见。”这是我留给自己的笔记，是亨利和凯瑟琳的笔记。

亨利和凯瑟琳的笔记我看了一遍又一遍，试图发现他们意识到彼此的生活开始密不可分的那一刻。至于我自己的生活，我看不清楚。就好像是在看那些只有一种颜色的现代画，并从中寻找艺术家们刻在帆布上的情感。我只看到一块紫色，觉得自己很愚蠢。

这个喷泉藏在一个小小的日式花园里，靠近图书馆的后门，很小，却现代化十足（谢天谢地，没有撒尿的胖娃娃）。我徘徊在喷泉四周的沙砾路上。这里是亨利和凯瑟琳在立夏那天见面的地方。那天，男人们穿着衬衫，戴着帽子去打排球。午后，女人们也出来了，她们戴着珍珠饰品，用戴着洁白手套的纤纤玉手拎着手提包。我想象着亨利在这里被范强生……不，是被蒙哥马利捉弄。他焦急地走来走去，不停地看表。每当有女士向他走来时，亨利就希望她会在喷泉旁停住脚步，那样的话就证明她是凯瑟琳。现在他会尽力不去盯着对方，不去笑，他不能让自己看起来傻傻的，直到他能确定那人就是凯瑟琳。但是当一个个女士从他面前走过时，他只看到她们倾斜的帽檐，却无法看到脸。然后，一个叫伊丽莎白·泰勒的苗条女孩转过街角，他们看到了彼此。起初，他们很羞涩，其实见面之前他们已经非常了解，但见面时却没有了之前的勇气。接着，亨利会牵起她的手，随后两人开始无话不谈。

我想他们或许会在公园里走过的路上留下一些信息，也许我可以组织一次考古挖掘，发现一些 DNA 的证据，然后把它们输入超级电脑进行分析。这些超越逻辑的事情是科幻电影里常有的情节，英雄们往往能够因此获得所需要的数据。我会把它们拼在一起，发给蜻蜓旧书店的读者粉丝，满足他们的渴望。

但是我想知道亨利和凯瑟琳之间到底发生了什么，我想知道为什么他们的命运从此以后便石沉大海，他们不是我浪漫传奇小说里的主人公，而是真实的存在。如果他们有幸在一起了，也许会治愈多年的背叛带来的伤害——一些很轻微，而另一些却很深刻。更好的猜测是，我希望他们能治愈自己的伤口，一起发现更多的快乐。

我使劲晃动着脑袋，试图把这些想法从脑海里清除。拉杰，拉杰。我们不是我的父母，不是亨利和凯瑟琳，也不是我和布莱恩。我们就是我们。我盯着喷泉，它发出哗哗的声响，溅起的水花在阳光下闪闪发亮。我围着喷泉慢慢地走着，随着呼吸的节奏叫着我俩的名字，用全部的精力去思考我们会情归何处。玛吉和拉杰，玛吉和拉杰。“我们自己决定我们是谁。”他曾说，“只有我和你。”

当再次走到喷泉时，我感到有点热。于是我弯下腰来，把手浸在水里，撩起一些洒在脸上，这时我看到喷泉上挂着一个小小的标牌。

由芒达维尤的友好城市日本岩田县捐建——2009.2

我站起身来，心想我肯定是看错了，天太热了，又蹲着，肯定是眼花了。我弯下腰，把标牌上的字又读了一遍。

2009年2月？也就是5个月以前？这肯定是题字的日期吧。这座喷泉建的日期肯定久得多，可能至少是10年以前，因为亨利和凯瑟琳曾在这里见过面的。我靠近喷泉，发现花岗岩是新砌的，地上的线条也很干净，没有苔藓，甚至没有一点灰尘，还看到一根黑色的电线从喷泉后面穿了进去。我的目光沿着电线移动，它连接着灌木丛里的太阳能电池板，是抽水用的，果然喷泉是新建的。

帮助，我需要帮助。这时一位身着棕色城市公园制服的女士走了过来，她拿着一个叉垃圾的叉子，那就像一个会行走的棍子。宽边帽檐下，金发勾勒出郁金香一般美丽的脸庞，涂了粉色口红的嘴唇使得她更有魅力。她衬衫前的名牌上写着“兰杰志愿者格雷·巴杰丝”。

“请问——”我在她身后喊道。她转过身来，笑容可掬，“您能告诉我这座喷泉建了多久吗？”

“我想，差不多几个月吧。”她说，“落成仪式很不错，人不多，但是仪式上的饼干是 E1 卡米诺·雷亚尔新开的一家印度面包店烤的，他们没放鸡蛋。”

“在这之前就没有别的喷泉了吗？或许在 60 年代？”

“啊，当然。这里从来没有过喷泉，以前是公墓啊。万圣节的晚上，我家的孩子会在这儿玩捉迷藏的。我觉得总比朝人家门上扔鸡蛋要好吧。而我丈夫——艾伯特……”

她依然滔滔不绝，而我却没听进去。我在思考着刚才听到的话。这个喷泉是在 2 月新建的，在这之前这里什么东西都没有，直到今年 2 月才有这个喷泉。在 1961 年这里还是一个公墓。我拿出手机浏览着曾经标注过笔记的图片。有一张是这本书的标题页，日期是

1961 年。我总是弄不明白到底是谁写的这个日期。当我放大了图片上的日期时，答案终于浮出了水面。他俩谁都不是。因为那个墨水有点不一样，字迹也不一样，不是他俩写的日期。亨利和凯瑟琳在 50 多年前并没有写那个笔记，他们是在这个夏天写的。

“……但是在艾伯特去世之后，我并没有像他想的那样去告密……”格雷 · 巴杰丝还在继续说。

“那个，我打断一下哈，能不能告诉我那年夏天的第一天是哪天？”我问。

“夏天的第一天……”她嘟囔着，用她戴着手套的手敲着太阳穴，“啊，等会儿。我们可以查一下日历。”她把她那小巧的皮书包拉到面前。

“嗯，好的。”我说，“我可以查查手机。”

“亲爱的，帮我拿一下。”她边说边递给我两支口红、一盒纸巾和一个卡包。然后翻着自己的包。“啊，找到喽。”她拿出一本日历，开始翻起来，“这儿呢，6 月 21 号。当然了，夏至嘛。我现在记起来了。我们办了一个特别棒的仪式，只有我和姑娘们，你懂得，在卜润达房子外面，圣克鲁斯山上。我们生起篝火，光着身子围着它跳舞，向盖亚女神致敬，反正我觉得那是盖亚。不管怎么说，那真是一个美妙的夜晚。不像以前的日子，我们都是成双成对的。那段日子真的很美好，你怎么了？”

我得坐下来静一静，我的心好像马上就要蹦出来了。我向她道了谢，坐在长椅上，看着那个喷泉。两个小孩子正围着它跑，开心地戏水打闹。我得把所有的事情都串起来。

嗯，别着急，我对自己说，你可以弄清楚的。夏天的第一天是6月21日。那个SVWEABC会议是什么时候来着？我再次掏出手机，查了一下日志，那天是6月20日。所以，雨果把我的《查泰莱夫人的情人》带出蜻蜓旧书店的头一天晚上，就是19日。那么亨利是在夏至之前多久写下的留言呢？是四天，五天，还是一周？在雨果拿给我之前，凯瑟琳来得及看到那个留言吗？要几天才够呢？要是没来得及呢？

“他们怎么不能像正常人那样用交友网站呢！”我的声音有点大，没控制住。那两个正在玩耍的孩子突然停下看着我。“对，”我对他们说，“我就是一个坏女人，我破坏别人的生活，在公共场合出言不逊。”我等着那些妈妈团来撕我，但她们好像忙着讨论附近的一条毛毯。

我得把《查泰莱夫人的情人》放回到雨果那天晚上发现它的地方去，或许现在还不算晚，或许凯瑟琳每天都会到那个店里等着这本书的再次出现呢。我试着回忆“文艺复兴”之前来蜻蜓旧书店的顾客，也没有很多，应该不会很困难。会不会有一个女人经常来呢？雨果会记得的，我得跟雨果聊聊。老天，我要把这一切都记录下来。我想着那些留言——那些亲密的、温柔的留言——我想把这告诉全世界。

我猛地站起身，想要去抓住这一切，就在这时，拉杰朝我走了过来。拉杰，他会帮忙的。我不是一个人在战斗，拉杰会帮助我。

他看到了我，然后快步朝长椅这边走来。

“怎么了？”他问，把手搭在我的肩上，让我又坐了下来。我觉得他在救我于水火之中。

“我得赶紧回趟蜻蜓旧书店。”我抓着他的 T 恤衫说。

“好啊。”他说，但他并没有动，而是一副担心的样子，“你先告诉我发生了什么。你怎么了？到底发生了什么？”

“我要把书拿回来。”我说，“我得跟雨果聊聊。”

“他不在啊。”拉杰说，“我刚才经过书店的时候去找过他，别人说他去开会了。玛吉，求你啦，告诉我到底怎么回事啊。”

“是亨利和凯瑟琳。”我说，“他们是真实的。我的意思是，他们就在这儿。就活在现在。那些留言不是 1961 年写的，他们是今年写的，就在几周之前，他们离开了。但是我不知道凯瑟琳有没有看到留言，亨利最近的留言。要是她没看到该怎么办啊？要是她觉得他抛弃了她该怎么办？我真是无法相信正在发生的这一切。我到底做了什么啊？”

他松开了我的胳膊，深吸了一口气，我凝视着他。他好像没有那么吃惊，只是看起来有点不高兴。那一刻，我知道一切比我想得更糟。

“你是怎么知道的？”他问我。

我站起来，拉着他看了看喷泉上的标牌。

“我们得走了。”我边说边拽着他的胳膊，但是他一动不动，牢牢地抓着我的手。

“玛吉，等一下。”他说着但并没有看着我。

他试图阻止我，让我有点奇怪。当我转向他的时候，我知道事情马上就要发生改变了。

“我就是亨利。”他说。

他看着我，用两只手抓着我，我当时就觉得血脉贲张。那一刻就像一只纸飞机在降落之前，因为飞得太高而在空中静止了一样。他拽着我的胳膊把我拉到长椅上，仿佛公园的一切都消失了。

“但是我不是凯瑟琳啊。”我想尽力在老话题里加点新的价值。

“我觉得你就是。”他说,“那天晚上在院子里抽着雪茄。书没了，凯瑟琳也没来喷泉。但那时你来了，还带着书，我以为，‘她知道我是谁’。但是你什么都没说，所以我问起了你关于书名的事情。《夜色温柔》，你说的话跟她说过的一样，我以为‘她一直都这样’。”

我的脑海中闪现出一些零碎的记忆。那天夜里抽着雪茄，在自助洗衣店，在雨果家的聚会上。在那里好像有些什么东西，是我想给他看的东西:“明白了吧，其实你早就应该知道我不是凯瑟琳，你早就该知道的。”

“现在我把这些留言弄得网上到处都是。”我说，“是你让我这样做的，是你让我把她的留言放上去的。”

“我原以为你只是问我那样做可不可以，就是在自助洗衣店的那晚。我以为你不说话是因为你想假装一下，玩个游戏而已。我想错了。”

他朝我伸了伸手，但是又缩了回去。

“那天你帮我修理自行车，”我说，“当我发现书在你那儿的时候，你就知道真相了，对吧。”

他点了点头：“她根本就不在那儿。”我说：“是你抛弃了她，你把书给我就是为了利用蜻蜓旧书店。噢，天哪！”

“我很卖力地去找她了。”他说，“我放了一封信到……”

“那本书曾经在的地方。但是她从来没去过啊。”

“你给她的信？”我没好气地说。

“你表现得就像是我背叛了你一样。但我没有。”

“不，你没背叛我。你是和我一起背叛了她。”我把这些话甩给他。

“我爱你。”

“因为你觉得我就是她。”

他把头埋在手里，我看到他的肩膀起起伏伏。

“当我以为你就是凯瑟琳的时候，”他说，“我很感恩，我简直无法相信我竟然那么幸运。”

我感到清风拂过我的脖子，孩子又在喷泉旁边嬉闹，还有一只蜥蜴冲进了灌木丛。

“我不该写那些留言的。”

“但你不知道情况啊。”

“我确实不知道，但我知道我绝不该给你回信的，这个我知道。”

“但是你现在可以了啊。”

他是对的，我现在会。是因为我是愚蠢的生物，我没有自由的思想。我的确会写给他，因为无论什么时候听到他的名字我都会心跳加速。因为每当睁开眼睛看到他的时候，我都会洋溢着欣喜之情。因为他对我来说意味着一切。只是没有一个是真实的，跟他在一起时我的存在只是因为他把我当成了凯瑟琳。

“这一切都是谎言。”我鼓起勇气说出了这句话。

“求你别这样说……”他说，“求你了，凯瑟琳。”

我们都屏住了呼吸。他松开了抓着我的手，我走开了，就像气球从孩子手里飞走了一样，我从他的手中飘走了。我们望着对方，知道彼此说过的话不能当作没有说过一样，我感到所有的东西都形同虚设。

提前担心是没有意义的，该发生的总会发生。

——亨利

第十二章

意外的涟漪

“这是杰森的主意。”我说，“雨果一开始并不同意，因为这太消极了。但杰森从利弊两面劝说他，如果我们向大家推荐自己喜欢的书，也应该建议一些我们讨厌的书。”

我站在一小堆人的中间，大家聚在正准备晚餐的铁板烧主厨的周围。这里是艾薇的室外餐厅，大理石做的烹饪台和酒吧台，看起来就像忠于上帝情结的韦伯一样。切好的圆形洋葱片堆放在一起，主厨往上面倒了些油，呛起的烟火便冒向四周，喝醉的人则拍手称赞。虽然我不知道艾薇为招待大家花了多少钱，但可能她在贝尼哈那儿捡一晚上的易拉罐后就会变得足够富有。

“那为什么要在店里张贴提示，警告人们不要买你们的书呢？”一个满头银发的男人问我。他叫拉里，在艾薇的风险投资公司工作。整个晚上，他一直坐在我的旁边，询问关于蜻蜓旧书店的问题。

“不是警告他们不要买，只是建议他们可以给自己不喜欢的人挑选一件不错的礼物，比如给你的婆婆或者给在你家绣球花上小便的狗狗的主人，你的邻居。杰森把这看成是为大家服务。”

我身边的人都笑了。在我旁边，有公司的首席执行官们，也有风险投资家们。在 ArGoNet 的时候，我从来不可能见到这些人。即便我处于食物链的顶端，我也不是总经理。股东？投资者？他们谁也不知道我的身份。是蜻蜓旧书店让我能坐到这里。因为它，这些人听了我在书店工作的故事而开怀大笑。我是独特的，又是时髦的。我不是也不想成为他们中的一员，这样的状态让我跟他们在一起时感到舒适和惬意。这正是我高中时所期望却又无法得到的。

艾薇最初邀请我参加这次宴会时，我拒绝了她。我不想参加聚会，只想倒一杯加冰威士忌，钻进被窝，不再想起拉杰。在蜻蜓旧书店的时候，我曾经一天连续工作了 12 个小时，不休息也不读书，几乎不吃东西，就只是工作。因为工作可以让我回到原点。开始的几天，我担心拉杰可能也会来这里。我满脑子一直重复着“我不想见到你”，但他并没有来。无论发生了什么，太阳依旧每天升起，这好像浪漫喜剧幸福结尾前的一个小问题。去他妈的太阳，去他妈的浪漫喜剧，我花了一辈子的时间努力不被这样的一种方式伤害，但终究还是没能避免。拉杰早已深入我的骨髓，融入我的血液之中。然而命运使然，我有多么生他的气就有多么生自己的气。我没有告诉任何人其中的缘由，甚至都没有告诉迪奇。这是我的伤心事，只属于我一人的，至少是我和凯瑟琳的。

雨果和杰森至少还能说点什么理由，而且不至于破坏关系。但艾薇一直给我打电话，告诉我那些人是多么想见我，听我讲蜻蜓旧书店的故事。可我不想去，我告诉她很多次我不想去。直到我意识到，很多初创的公司都一直在这些人中寻求资金，蜻蜓为什么不这样做呢？也许在这些贪婪的资本家中也会有人想为自己获得一些声誉。所以，我就像午夜购物频道的主持人一样，大声宣讲着蜻蜓的故事，好像把它切成一片片，一块块，做成炸薯条。而这些人则是一个个手持钻石级别信用卡的失眠症患者。

“那‘阿波罗’和‘音乐’怎么样呢？”拉里问，“你了解它们吗？”

“无论你去哪家分店，它们的卫生间总是设在儿童区。”

大家再一次的欢笑声让我感到满足，我十分有魅力，他们都很喜欢听我讲。

“‘阿波罗书店’和‘音乐’属于麦克尼尔家族。”我说，“他们在北加州和西内华达州有25家分店，书、CD和DVD，它们的店通常很大。3万平方英尺的售书区？这是真的，书店里一半以上的地方都是书。我猜他们需要所有能满足市场需求的劣质图书来维持运转。所有的DVD和CD都处在iTunes的时代？这不可能。我相信我们需要做的就是等着他们的淘汰。”

“我们？”拉里问。

“嗯，是蜻蜓旧书店。”

“你认为你们可以打败他们？”

“我想我们可以做到一切。”

我不想在这里说，特别是在这些我希望可以投资蜻蜓的人面前说。但坦白讲，我并不介意人们在哪家店买书。阿波罗、亚马逊、巴诺书店、电子书或是蜻蜓，谁会在意呢？在我看来，问题不在于人们在哪儿买书，而是人们买的书太少。我们仍需要店面来提醒人们书店的存在，而且店里的人了解他们所谈论的一切。蜻蜓是不可能把阿波罗挤出市场的，而且我认为也不该这样做。但这并未阻止我展示自己的创业冒险精神，我曾见过不止一个经理这样做过。

上菜时，透过酒杯边儿我看到了迪奇，他正和两个穿保罗衫的男人交谈。艾薇坚持要我把他带来。说话时，他正用餐巾纸擦去手上的一些东西。我不必靠得太近就知道他在讨论代码。他面露喜色，十分欢愉。当他的大脑高速运转时，笑容略显奸诈。看着迪奇的样子，我的心情缓和了许多。艾薇邀请时曾向我承诺过，他有机会和大家交流，我很庆幸这是真的。

我从身边经过的托盘上又端起了一杯红酒，找了个柚木椅子坐了下来，木椅沿着无边游泳池一字排开。透过游泳池里人工瀑布的潺潺流水声，我听到了柔和的爵士配乐还有人们的谈话声，他们根本不用担心电费的问题。今晚不穿夹克也可以坐在外面，这在旧金山湾地区是少有的几个夜晚之一。如果艾薇特意安排寿司作为今天聚会的开胃菜，我一点也不会感到惊讶，我喜欢这个，而且还想要其他的。

我听到高跟鞋咔嗒咔嗒的声音，抬眼一看，艾薇脱下她的鱼嘴高跟鞋，一下子坐在我的旁边。她握着酒杯边沿，好像生怕它摔到地上，但即便这样也没关系，因为服务生的托盘上还有很多备用的酒杯，艾薇的聚会总是准备得很充分。

“玩得开心吗？”她问。

“米拉法尔让人陶醉。”

她挪到椅边儿，好像平时姐妹说话一样，一把握住我的手。

“你能来，我很高兴。”她说。

“谢谢你。不仅是今晚，我还有很多事情要感谢你。”我说。

“希望我们已经成为好朋友了。”

“最好的。”我说，“那种会给我提一些中肯的建议，还会一起度假的朋友。”

她笑了笑，从椅子边儿站了起来，一边拍手，身子还一边不时地向前倾。

“我本想一会儿再给你看点东西的，但我已经迫不及待了，跟我来。”

我们一手拎着鞋子，一手端着酒杯，咯咯地傻笑着，就像两个女学生偷偷溜进校长办公室，把没收来的食物洗劫一空。我跟着她穿过大厅，走进了一间屋子里。显然这是她的旧书店，跟艾薇家里所有的东西一样，这间屋子也充满了女性的气息，也很大气。这间屋子的女主人很清楚她的身份和她在这个世界的位置。

她向我招了招手，示意让我坐到对面的沙发上。当我从桌子这边走过去的时候，她拿出了一个皮革公文包。她坐在桌边儿，把公文包夹在胳膊底下，冲着我咧嘴笑。

“我一直在想，”她说，“在得到你想要的东西的前一刻永远要比你真正得到它的那一瞬间美好得多。我希望你永远停留在这一瞬间，我将要给你的不仅是一份礼物，我希望你能用心感受，这样你就能永远记住它了。”

我仍然可以呼吸得到周围的空气。回头想想，为什么有时候我不动脑子想一想将来可能会发生的事情呢。但总会想到关于艾薇的一些事，很诱人、很激动的事，一些无论付出任何代价都想知道的下一刻会发生什么的事。

她把公文包拿出来给我。我拿着它，猜测着艾薇说的话，我打开公文包。在右边的袋子里塞着一封写给我的信，是封报价书。第一段是加粗的工资数目，这远远超过了我在 ArGoNet 工作时曾预期的工资。信笺抬头上的标志虽然已经修改过，但仍可以辨认出来，是阿波罗书店。

艾薇蹲在我的面前，坐在脚跟上。她抬着头，微笑地看着一脸迷惑的我。

“我们收购了这家书店。”她说，“我、拉里和其他一些合伙人。我们自己投资建了一个买方小组，还从公司的基金里集到一些额外资金。今晚早些时候你见到的吉姆就是负责管理基金的。”

“你买了阿波罗？”

“是的，我们想让你帮忙经营，让它变得比现在更好。当然，它是连锁的。但正因为如此，他们有太多的店了。他们是家族式经营，现在仍然沿用着这种方式，损失了不少钱。但我们打算把它提升到能和更大的连锁店竞争的一个水平。我们需要你的帮助。”

我满脑子的疑问，好像蜂窝里的蜜蜂一样，嗡嗡乱叫。它们飞得太快，我还没来得及抓住这一只把它扔出去，另一只就已经从身边飞过去了。

“我知道我们第一次的见面是特别的。”艾薇说，“在那么一个特别的地方找到这么有才华的你，没有什么比这件事更让我开心了。仅仅几个月的时间，你就把那个小店变成了有价资产。而且，我想尽可能实现一家旧书店的最大价值。但重要的是，我们相信你。我们希望阿波罗不仅仅是一家书店和音乐商店，更希望引进新媒体，创造这个行业的一个新时代，建一个冥想室，大家可以聚在这里一起交流思想、讨论争辩和探究理论哲学。在蜻蜓形成的爱读书的文化氛围也会越来越浓郁。出版商会请求你把他们的书放在显眼的位置，他们会为此慷慨付钱。你可以把你认为大家应该知道的事情跟作者说。你将会影响顾客的思想和判断，你将会成为西海岸最有影响力的女人之一。”

她的话真的很有吸引力，超出了我的意料，我想在一家干净、新开张的书店谋求一份售书的工作，以此来过上真正的好日子，还希望把妈妈也一起接到店里。我不想再继续过着吃通心粉和奶酪的日子了，我不会再吃速食面了，我想买辆汽车，想买份医疗保险，想买随时想看的书——新书。

“那蜻蜓怎么办呢？”我问。

“忘记它。但最好一直保持着你对它的那份爱，这很明智，不是吗？一家小的社区书店。你曾经说过，雨果、杰森他们可以在任何一家自己喜欢的书店工作。你有了很棒的想法，那么现在就是反复实践它的时候了。”

突然，在我脑海中浮现了这样的一幅场景：杰森和雨果都穿着很合身的保罗衫。

“他们是人，我不能只是复制、粘贴他们。”

艾薇站起来，走向她的桌子，停了一会儿，转过身来。

“玛吉，我要跟你说件事。”她说，好像在告诉幼稚园小朋友刚弄丢的放在枕头底下的牙齿的价值一样，“为了筹集资金，我们不得不卖掉手中的一些房产，这是买家集资最快的方式了，这个时候，一个人不得不做他必须做的事。”

“必须做……”之后我了解了。雨果不愿意给我看的那封信，是我们财务经理给的。

“你拥有了整幢房子。”我说。

“是的。”她说，“但这是我们整个团队的。拉里把他的一部分房产给了公司。我知道你很爱那间小书店。玛吉，我也是，它很珍贵，人们很快就会把他们的喜爱转移到新的阿波罗书店上的，我相信。得到你想要的一切只需要付出很小的代价，不是吗，玛吉？”

我看着她，我知道，我可能甚至在点头。这好像掏空了我，但我只是想滚回到自己这边，裹着雨果的麋鹿毛毯去睡觉。再也没有蜻蜓旧书店了，一切都结束了。

艾薇拾起一块镇纸——一块刻着字的玻璃工艺品——她把它捧在手里，专心地看着它而不是我。

“玛吉，当一个极好的机会来临时，有些人却不懂得珍惜，我希望你不是那种人。”

这大概是我生命中第一次嘴巴跟不上脑袋的节奏。我脑海里闪过一个又一个的想法。我想象着我接受这个提议的那一刻，还有那种当一个叛徒的感觉。我想象着我拒绝这个提议可能看起来像一个傻子的境况。我什么也不说，在这两种想法间摇摆不定。我仿佛看到在另一个世界，蜻蜓旧书店可以继续存在着，我可以继续做着合伙工作，就好像蜻蜓旧书店是我生活的平衡器，没有它我就活不下去。如果蜻蜓旧书店可以继续生存，那么我就可以在书店以外的地方继续生存。如果书店不复存在了，那一切又会怎么样呢？

艾薇露出了微笑，把我从座位上拉起来向落地窗走去，从窗户向外看，我看到了迪奇在和一大群人说话，这一切像餐巾纸上的图画一样迷人。

“他也来了。”艾薇说，“我们也买下了 ArGoNet 网站，我正在把它变成我们的新社交媒体部。银针控股需要他，他可以重新设计软件，可以按照自己想要的方式组建团队，他被埋没在平庸的商业模式里太久了。只要你们两个联合起来，就没有什么能阻止你们。”

她放开我，从沙发上取回了公文包。

“你错过了最精彩的部分。”艾薇从袖子里拿出一本小册子给我，是一则广告：

阿波罗图书

于你至关重要

聚会后的第二天早上，我像往常一样早早来到了蜻蜓旧书店，自从和拉杰分手之后我已经习惯了早来。这个安静的地方有许多事等着我去做，这样我就可以不用胡思乱想。自从艾薇的意外告知以来，我要考虑的事情更多了，所以我不得不早来一会儿。我希望能有时间一个人静静地待着，但当我到了的时候，迪奇正坐在人行道上，开着笔记本电脑，穿着很多年前我们一起上班时公司发的连帽衫，身旁还放着两杯咖啡乔的咖啡。现在是早上 8 点，但他身上好像满满都是咖啡因和雄心壮志，我甚至怀疑他昨天晚上到底有没有睡觉。

我踢了他一脚，他说道："嘿，喝摩卡吗？"

我接过咖啡，打开店门，他跟在我身后，想把店门的标志从"N-O-P-E"（关门）改成"O-P-E-N"（营业），但是我挥挥手把他赶走了。迪奇喜欢移动标志牌的字母顺序，但我不想这么早就迎接客人，而且我也有一点不想满足迪奇的小心思。

"你能相信吗？"他说，"是圣人保护了这些公共设施没有被乱写乱画，你知道这种事情会出现多少次吗？和尚经常和别人上床，就是佛教的和尚。好吧，一个自己住在火山脚下没有羊群陪伴的佛教和尚经常和别人上床。这就好像有人给你许多家书店，你可以按照自己喜欢的方式经营。"

"他们差不多就是这么做的。"我边说边做了个手势示意他安静点。尽管在蜻蜓旧书店时我们有点孤独，但当我回头瞥一眼这些书堆时，这些书好像听进去了迪奇的话，它们会告诉我杰森和雨果什么时候来。蜻蜓旧书店已经没有了，而这是我的过错。

迪奇将电脑转过来，向我展示屏幕上那些盒子和形状，它们看上去像20世纪60年代的艺术品。这是ArGoNet网站的修订模式，全是闪耀着的三原色。这确实是一个软件架构师的梦想，回到过去，重新塑造之前的作品。你了解过去所有失败的作品，所以你可以避开它们。

问题是，没有人写代码的初衷是把它们写成废物。首先，一些有远见的人创造了迎合大众需求的东西。产品经理调研市场运作，按特性编写商业案例和其他一些要求。然后软件架构师设计运作过程，软件工程师负责写代码。开完设计会，检查好代码，付过比萨外卖单之后，测试者就开始测试软件了。测试者会宣称软件不符合要求，而工程师则会辩解称软件是按照设计运行的。接着又出现了漏洞，大家会开更多的会，浪费更多的时间。技术写作员会说他们不在乎软件怎么运行，他们只想有个人来快点作出决定。每个人都一走了之，认为他们已经同意了一些不同的东西。用户界面设计师要弄清楚究竟多少点击率才会到达巧克力夹心棒棒糖的中心。市场流向哪里，广告费就流向哪里。当这一切都很顺利，所有行星对齐，大家全都胡说八道时，那么产品发布后一定会令所有人失望。

然后又是一次循环。所有人带着盲目的乐观规划新的版本。我们会修正上次所有出现错误的地方，这次我们不会再犯同样的错误，这一次我们会完成得很好。然而却存在着技术上不可攀登的陡峰。“A”不行，所有人就会接受“B”，“B”不行，到最后大家会接受一个毫无生气的“C”。等到发布之后，大家会开一个比萨庆功会，大家互相分发印有项目名称的T恤衫，而这世界上只有50个人知道这个项目。每个人都喝着昂贵的啤酒或者廉价的葡萄酒，试着不去担心用户使用软件后的糟糕反应。下一个版本的计划就摆在你的眼前，在午夜的前一分钟，这些承诺显得丝滑诱人，这一次你有机会来完成你的杰作，这一次一切都会有所不同。

“这是一股很棒的潮流。”迪奇说，“对你来说也是，以前我从来不敢相信我会找到一个和书店公司有关的项目。是你让这一切成真了，要不是在图书俱乐部里艾薇对你的自慰袋感兴趣，这一切都不会发生。哎呀！然后是这家书店。用尽了所有出糗、破烂的方法来回到那灼热的金山中，他们想要的不仅仅是我，还有你。这次和上次不同。他们确实认为你可以完成这件事。”

“那上次他们怀疑我吗？”

“我是说这对你来说是件大事，对吧？在那之前你一直待在图书馆，呃……就是那些公司和ArGoNet网站，但这次会是你一个巨大的飞跃。”

他漫不经心地把空杯子扔进废纸篓里，然后兴奋得紧紧抱住我，忘记我已经快不能呼吸了。

“如果我不想参与呢？”我问。我的话重重地打在他身上，“如果我想……”我差一点就说出了我想继续待在蜻蜓旧书店，但是已经没有蜻蜓旧书店了，“如果我想要一些别的呢？”

直到我把话说出来时，我才明白自己说了些什么，这种感觉真好。我心里有点害怕，害怕自己错过了有生以来最好的机会，这种恐惧随即如洪水般袭来。我看着我的朋友，希望他能明白。我已经厌倦了迪奇整天做一个代码战士。我希望他只是我的朋友，巴特·辛普森的普通成年人，有着大号的脑袋和慈悲的心。但是我的话对他而言却像一块石头，在平静的湖面激起了水花。

“你会接受这份工作的，”他说，“这是一件很明智的事，你很明智，所以——”

“这一点也不明智。”我说，“只是很方便。”

“天哪！”迪奇合上了笔记本电脑，转过身来看着我，“你想要什么？这几个月来你一直因为被踢出ArGoNet闷闷不乐，现在机会来了，而且是更好的机会。你可以赚很多钱，但你却告诉我你不想这样，你不想要别人把所有的东西装在银盘子里端着给你，你不想要这种只能发生在童话故事里的情节。你告诉我你只想待在这个破书店，不想追求自己的生活。那个人怎么办呢？你觉得我会不知道你们都不再见面了吗？那个让你发疯的人？你是怎么做的啊，玛吉？就因为他太成功了所以不想见他了！你告诉我，因为我们都太想知道了，到底他妈的什么东西能让你高兴？”

我甚至还没来得及把灯打开，就有人来追问我的回答是什么，连我自己都不知道答案是什么。迪奇和我站在寂静的书店里互相看着彼此，店外人来人往，一只狗冲着店门大声吠叫，大概是想起了柜台后面免费的食物。墙上的挂钟嘀嗒嘀嗒走过了无数秒，然后迪奇的电话在这时响起。

迪奇把耳机塞进耳朵，接起电话，就在这时，杰森打开门进来了，把自行车推到门口，他看到我在这儿很生气，但我想也许迪奇能让他高兴起来，至少他们可以互相分散注意力，然后无视我的存在。但就在我期待着让他们忘记我时，我却忘掉了两件事：迪奇在打电话，还有，我忘了嘱咐他不要提工作的事。

“是，是，新数据中心，”迪奇在电话里说，“我们正在谈判的那些人现在不想帮忙了。”

“哥们儿，别打电话。”杰森说。

迪奇环顾一下四周摆了摆手，好像在说：这儿又没人，管它呢！

杰森径直走到柜台，冲着我做出一副“真是该死”的表情。我则耸了耸肩，暗示“让迪奇休息下吧”，心里却在想着怎么把迪奇弄出店里。

“是，是，她已经接受了。”迪奇转过身看着我。

我摇了摇头，示意他不要再说了，同时飞快地瞥了杰森一眼，他正好奇地看着我。

“放下电话，哥们儿。”杰森边说边用吃惊的眼神看着我。

迪奇拍了他一下：“我确定玛吉下周就可以开始，她只是需要先打扫一下卫生。”

“出去！”杰森说，用手指着门外。

“等一下。”迪奇说。他插上耳机让电话保持在线，然后转向杰森，“听着，我和她是一起的。”他指着我，显然没有意识到杰森的不悦，“我正在和阿波罗公司谈一个价值百万的单子，除非你告诉我打电话也影响了你几百万的单子，不然我凭什么挂电话！”他又塞入耳机，“刚才不好意思……”

我看到杰森脸上露出了愤怒的神色，这种表情我在迪奇的脸上看够了。我们上学的时候当他被那些块头是他两倍、智商却是他一半的人欺负、锁在更衣室里时，他脸上就是这种表情。现在迪奇却变得和那些人一样了。

我向柜台走去，掠过杰森，一把夺过了迪奇的手机。我能听到电话另一头的声音，我关掉了耳机和迪奇手机的连接，打开了扬声器，向门口走去。我能听到电话另一头的人在谈论谈判策略和条款书。

“嘿，”我走到小路上，对着电话里的人说，“你知道迪奇高中的时候曾经在万圣节上扮成梅·韦斯特[1]吗？脸书上马上就会有这些照片。”

“你是哪位？”电话另一端的人问。

“而且他第一次参加SAT考试[2]卷面考了三个20分。”我说。

我感觉有只手抓住了我的胳膊，是迪奇追上我了。他想拿手机，但是我举远了两英寸。我把手机对着车流不息的卡斯特罗大街，假装要把它扔过去。我能听见电话另一头的声音：“迪奇，迪奇，该死的，发生了什么？”

---

1 美国著名演员，被称为“银幕妖女”。

2 美国学术能力评估测试。

“玛吉，别闹了。”迪奇边说边跳着够手机，但是我转过去不理他，“你究竟在干什么？”

“道歉。”我说。

“好，好，对不起，原谅我吧，现在可以把这该死的手机给我了吧！”

“不是向我道歉，向杰森。”

他仍在努力够着手机，尝试找到我防御的弱点。

“对不起，哥们儿。”他转过脸说。

我看着迪奇，他停止了挣扎，我也不打算和他闹了。

杰森正站在蜻蜓旧书店的门口，正在想他能不能做点什么。

“你为什么把我带到这里来和你一起？”我问迪奇。

“你在说什么？”

“你那么成功，”我说，“你不需要我。”

“是，但是你需要我，天哪，玛吉，你和小痞子一起睡沙发，你甚至都付不起酒吧账单。你说我该怎么办？”

我转向马路，把手机扔向路过的普锐斯车的轮子下。迪奇站在我的旁边，我们看着黑色的轮胎碾轧过手机。

这声音听起来很让人满足，如同碾碎一个空罐，我感到一种莫名的兴奋。

“你对我生气，因为我告诉你事实。”

“我很生气，因为你认为这是事实。”

迪奇要等车驶过后，才能过去检查手机的情况。发现只剩下馅饼状的塑料和电路板。

“有一天，”我说，“你会感谢我的，在那一天之前，请你离开我的书店。”

我回到了蜻蜓。杰森给我让路，让我进去。我跌坐在椅子上，双手托着头，眼泪像断了线的珠子一样从脸上滑落。

杰森坐在椅子上，双手交叉，窗边陈列柜的格伦德尔跳到了杰森的腿上。

“阿波罗真的给你提供了一个工作吗？”杰森问。

“是的，我得到了 offer。”

“是一份好工作吗？”

“是的。”

他耸了耸肩，甩了甩脚。杰森把格伦德尔的头夹在弯曲的臂弯下：

“你要接受这份工作吗？”

我很想告诉他合约内容，蜻蜓很快就没有了，如果我不接受那份工作，就没有地方工作了。但我想先和雨果谈谈，所以我只是耸了耸肩，哭得更凶了。杰森坐立不安，完全不知道要做什么。

“我和拉杰分手了。”我说。

他点点头。

“要蓝莓面包圈吗？”

他去的时间比我想象中要长。回来时，他手里拿着面包，还有两杯 Big Gulp 的饮料。

“蓝的，还是红的？”他问。

我拿了蓝色的。

夜幕降临，丝绸般的薄雾笼罩着它。我眯起眼睛，透过雨果的沃尔沃的挡风玻璃，看着公园的标志牌，黑暗的圣克鲁斯山脉。我不知道自己在做什么。最后，穿过树林，在头灯照射下，我看到了乐高彩色展馆，我知道我找到了地方。

对于雨果和杰森来说，这是很特别的一天。没什么真正的惊喜，雨果参加了一个在伯克利举办的协会庆祝晚会，他现在正庆祝自己成为协会的一员，早在协会成立的第一年，我就是会员。那天早上，我差点认不出他，他摇摇晃晃地出现在我面前，穿着一身伊丽莎白时代的贵族服饰，那是杰森买给他的。

“这很适合我。”他举起一个金杯，朝着我的方向举杯，书店里所有的顾客一起鼓掌，“我应该每天都穿着它。”

这一切都是尼姆尔的主意，之前她偶然发现雨果参加过伯克利一个伤风败俗的聚会，随后她就不断邀请他，但他总是勇敢地拒绝。我说的“勇敢”，意思是：他弯下腰，说“我的女士”。有时我想，正是因为她总是问他，所以他才总是回答不喜欢。今晚，有一个仪式，要表彰那些在过去一年对迷雾王国有所贡献的人。战争结束后，新国王会加冕，并表彰那些为新王国服务的人。杰森、诗人弗雷德里克都在表彰之列，雨果可不想错过。当然，我也不想。

我把车开到一个开放停车场，深吸了一口气。杰森虽然知道我得到了 offer，但不知道蜻蜓旧书店已失去了租约。雨果知道租约的事情，但却不知道 offer 的事情。没有人知道拉杰会成为亨利，这些秘密就像石头一样压得我喘不过气来。

我再一次查阅了我的电话记录。自从上次争吵后，迪奇很久没联系我了。他脸书上的照片显示，昨天他在波特兰会见了一个发展集团。银针控股原想把整个运营团队都拉到新的公司，可 ArGoNet 里没有太多人想去，所以迪奇面临很大的招聘压力，要知道想达到艾薇和她的团队对骨干成员的要求可并不容易。

我下了汽车，拿着手电筒，向营地走去，可以远远地听到音乐声，闻到烧烤的香味。当我经过一个女人时（她穿得像圣保利女孩，与一个男人搂在一起，他好像是我的浪漫传奇小说封面上的人物），我知道快到地方了。问了几个人，我终于找到了营地，杰森和雨果正在那里。

“这真是非比寻常的一天，”雨果说，“‘二战’时，有一群人在同一天来到这儿——”

“今天上午要选举国王，”尼姆尔提醒他，“这很重要。”尼姆尔详细地介绍了杰森为这个新加冕的国王写的诗。但从她的语气看，我感觉比起诗，她对国王更感兴趣。

“有时它会发生，”杰森说着那天在这里发生的冲突，“我们尝试着认真协调，但我们真不擅长组织。我们有一个乡绅，他曾经是甲骨文项目的负责人。他试着找出所有的 i's 和 t's，就在谷歌 Docs 发布了一个表格，想把一切计划都展示出来给大家看，但是没有人看过它。”

“听起来可不妙。”我说。

“至少对他来说，是的。”他说，“他胡思乱想后，没有人在乎他的最后期限，半夜的时候，他们把他放在了一个救生筏上，他醒来时，发现自己在罗蒙湖中。”

萨莎和达埃·荣格也在那里，他们从朋友那里借来适合我尺码的衣服和配饰。他俩把我带到公园的洗手间，教我如何穿上这套衣服。洗手间里全是女佣和夫人们，根本没有我能待的地方，所以我就站在门前的木栅栏那儿，挡住了视线，看不到里面的情形。

“把它当作一个老电影里的化妆屏。”达埃·荣格说着，从栅栏另一边出来，萨莎被叫回去解决炉子问题了，“如果不是在户外，在一个公共厕所里面，可能会相当优雅。”

我喜欢达埃·荣格，我知道他和迪奇都非常了解彼此。我想他大概也知道了我和迪奇的冷战。我穿上了这套衣服，里面只穿着内衣，在上帝和所有人面前都很漂亮。我走来走去，想着我该不该问这个近乎完美的陌生人关于我最好的朋友的事情。

“我觉得我和迪奇不会再见了。”他说，好像看出了我的犹豫。

“你还好吧？”我停顿了一下说。

“他说他要搬到波特兰去了，甚至没解释这对我们意味着什么。不是说我们已经在一起很久了，而是他甚至没有想尝试保持。那是上星期的事，从那以后，我就再没有他的消息。所以我想我们不会再见了。”

达埃·荣格穿着侍从的服装，倚着墙，试图不去想和迪奇分手这件事儿。

“这是不久前发生的事。”我说，“只有我会和他在一起这么多年。”

“下一步你打算怎么办？”他问。

“还没想好。”

“你现在和他在一起吗？”他问。

“没有。”

“你感觉不是很好，对吗？”

“好像是的。”我说。

达埃·荣格站起来，拥抱了我：“迪奇就像一头驴，不是吗？”

“有时是。”我说。

他向后退了一步，看了看我，然后帮我系上了腰带，挂在侧面。我穿了一身深绿色深领的长裙，和《挑战者》封面上的女主人公穿的没什么不同。我把头发梳到后面，把棉质纱带系到头顶王冠上。在火车上有点尴尬，由于打扮得像一个文艺复兴时期的女士，我被人踢了一脚。那件衣服华丽绚烂，我能感到穿着它有多么美丽。当我在昏暗的洗手间的镜子里看到自己时，我突然有了一个想法。我把手机递给达埃·荣格。

“帮我拍张照吧。”我说，“我要把它放在脸书上，吓吓我妈。”

当我们回到帐篷的时候，杰森在那里等着我们，他穿戴整齐，手里拿着琵琶，在寻找文艺复兴时期的行吟诗人。我们一起走到了典礼上，雨果和我一起唱了他们都会的歌。典礼办得非常有感觉，这要感谢那些利用非工作时间制作盔甲和设计绣花礼服的会员。与之相比，英国皇室的婚礼似乎是一件小事情。杰森在众人面前，向国王鞠躬，没有说一句话，只是接受他的赞美。我不知道这是什么世界，一个沉默而受人尊敬的杰森，但我知道我喜欢。

回营地的路上，我们在一堆篝火旁停下，满弓舞和调情的表演，是我看过的最让人羞愧的表演，甚至比在我的南方家乡看过的更过分。中间是尼姆尔，她在和新国王跳舞，和腼腆的少女玩耍。萨莎和我把手指伸进喉咙，做呕吐状。

雨果和我找了长椅坐下来一同观看，这时，一个修士给我们拿来两杯梨汁。空气里弥漫着广藿香油、指甲花和燃烧橡树的味道。舞者身姿挺拔，舞动着身躯。我挽着雨果的胳膊，靠在他的肩膀上，让自己完全陷入陌生和好奇之中。

“真是一群怪人。”我说，“他们买了这么多书籍，上帝爱他们每一个人。”

“你也是一个怪人，玛吉。”他说。

“但不像他们这样。”

我感觉雨果的头靠在我的头上，我们静静地坐着。音乐家们休息了，有人拿来很多啤酒，身边还有人拿来了熏肉，我们就开始大快朵颐。我们都喝了酒，我感到他的手抓着我的手臂。当我转身时，他低下了头，我知道他在思考。一瞬间的低语，我想他知道艾薇给我的 offer。我想雨果会明白，要么他会祝福我离开，要么他会告诉我为什么要留下来，我坐等他的答案。

“蜻蜓将要失去租约。”他说，“我认为我们不能在其他地方重新开始，至少不是现在。”

这是我第一次感到雨果老了，他看着我，眼角满是皱纹，让人心痛又悲伤。

“我想我本来可以解决的。”他说，“但是它要被卖掉了，他们要做芝士蛋糕工厂，这就像有人一屁股坐在拉斯维加斯的赌场。”

他的话在我耳边颤抖，我能想到的只是如何把头从他的肩膀上移开。

“我们应该关闭书店。”我说。

“你和杰森可以重新开始。我会把我的那部分给你。”

“我得到了一份新的 offer。”我不假思索地说。

他笑了，眼睛闪闪发光，他握着我的手。他不知道是他给了我答案，我看着他松了一口气，因为有人为他作了决定。我看到在篝火的另一边，杰森大笑地看着尼姆尔，讲着笑话，结果发现她却在凝视别处。我脑海中突然出现一个空了的蜻蜓，纸箱在地毯上摞得老高，这里曾经放着书架，我开始感觉到一切都在流失。我们坐在那里，雨果和我，在这么多喜欢蜻蜓的人里，知道它将消失不见，孤独却又心安。从现在开始，我们的顾客仍会谈论蜻蜓旧书店，谈论雨果、杰森，甚至还有我。但是他们再也不能来这里买那些别的地方买不到的书了，他们的生活会继续，蜻蜓旧书店就像是他们在大学里最喜欢的酒吧，或者是消失已久的曾经卖美味华夫饼的墨西哥快餐店一样。

“我舍不得你和杰森，”雨果说，“我也舍不得蜻蜓。”

“我们都有许多舍不得的东西。”我又倚到他的身上，感觉到他用胳膊抱着我。

“玛吉，去寻找你内心想要的东西吧，”他说，“不要为任何因此而不爱你的人停下前进的脚步。”

我的父亲并不坏，他总是为我准备一桌子的美食和一大包的漂亮衣服。我接受过良好的教育，并且不用自己付学费。除了此刻的时光，我什么也不想要。

雨果和我又坐了一会儿，然后他决定回去。我陪他一起走回营帐，我们又安静地待了一会儿，不舍离开。互相道了晚安之后，我围着篝火散步，火焰熊熊燃烧着，似乎大家的欢笑是使它不停熄的燃料。我没有去想蜻蜓旧书店、阿波罗或者雨果，我想知道没有了蜻蜓旧书店，杰森该怎样生活。但是我的脑子已经没有多余的空间去想这些了。我感到内心隐隐作痛，脑袋疲惫不堪，我想一直走到困倦。

然后，透过音乐声和醉酒划拳的嘀嘀声，我听到了一阵笑声，是迪奇的笑声。

我承认我的第一反应是藏起来。我敏锐地意识到我的打扮是多么不合适。在此之前，我把这件事忘得一干二净。我不想让迪奇看到我，我们之间已经发生了一些不愉快的事情。我不敢想象，前方有多么痛苦的事在等着我。因为其他人的穿着和我一样，所以我没觉得别扭。那么这意味着迪奇和我一样，可能也没穿礼服，但愿如此。对于迪奇穿着的好奇战胜了我内心的尴尬。

我沿着笑声穿过营帐，最后发现他坐在篝火旁的人群里。他穿着“二战”时期橄榄绿的军装，戴着头盔，膝盖上放着步枪，正拿着一大杯啤酒。我不敢想象我这一身打扮，从暗处走到篝火的亮光处，会不会像莎士比亚戏剧里的幽灵一样吓到他。但是当他看到我时，他放下了步枪，从坐着的木桩上跳下来。坐在他两边的两个年轻骑士哄然大笑，使劲晃着酒杯，十分自然地把他拉回到木桩上去。我猜他们像这样把人拉到木桩上，已经有好几次了。

再一次坐下后，他转过头不看我，试图让我看不到他的脸。我围着他们一群人转着，他在寻找我的身影，其实我就在他的身后。我习惯性地偷偷摘下他的帽子，并用帽子拍打他的头。

人群里爆发出笑声，迪奇慢慢转过身来，抬头看着我，我示意他跟着我出来。

“你做这个多久了？”我问道。

他耸了下肩，说：“第一次啊，达埃·荣格认为我会喜欢的。他认识这里的一个家伙。”

“他在这里，你是知道的。”我说。

他假装没听到我的话。

我指了指木桩，我们坐了下来，看着整个营地。他从背包里拿出一瓶酒，在喝之前先递给我。迪奇是个浑蛋，但这不意味着他不是个绅士。我接过瓶子喝了一口。谢天谢地，里面是波旁威士忌，不是葡萄酒。

“你在脸书上说你在波特兰。”我说。

他用步枪较粗的一头掘着脚边的地：

“我不想让人知道我这个周末在做这个。”

“蜻蜓就要关门了。”

好像有人给他充了电一样，他咧嘴笑了，回到原本活泼的迪奇。

“我就知道你要去波特兰。该死，一切还是和过去一样。”

这是为什么我会作这个决定，不是因为雨果的愿望，或者是艾薇的诱惑，也不是银行账户的余额不足。是迪奇让我知道，我再也不是夏天刚开始时的我了。我不想变得这么糟糕，我想活得有价值。我摇摇头，气馁地看着他。

“你不打算去做你梦寐以求的工作了？”他问道。

我又摇了摇头。

“你他妈到底想干什么？你还有别的工作机会？”

我耸了耸肩：“或许我得再开一家书店，我已经拿到库存了。”

“简直难以置信，你一路来到加利福尼亚就是为了开一家二手的条件那么差的书店？”他说，“我一路跋涉来到加利福尼亚是为了和我最好的朋友在一起。”

我感到他在一旁看着我，一切就在此时发生了。迪奇还是不是我最好的朋友可以由心跳的感觉判断出来。他会去波特兰，而我会依然待在这里。我们会发短信，会视频聊天，我会永远爱他，但是我们再也回不到从前了。在我跟迪奇的友谊之间发生的重大事件我们都会闭口不谈，我们之间从没有挑明我们的友谊或者暧昧，它就在那儿，而且现在依然在，只是不一样了。这是我们的一部分，现在我们是在不同的河流里游泳了。

他把他的酒瓶递给我。我又喝了一口，开始感觉灼烧的热流流遍了全身，不知什么原因，我想起了詹姆斯·乔伊斯的《往生者》里面，格丽塔沉醉于那晚在客厅里的最后一首让她充满怀旧情绪的歌。

“我有点喜欢这样的你，”我说，“我的意思是，所有‘二战’中的人。很有男子汉气概。”

“你可以被叫作大葱女士。”他说。

“我想，你说的是夏洛特女郎吧。”

“啊对，是那么个意思。”

起初，远处的红色闪光灯就像是这夜的一部分，跟着它的节奏闪烁。然而过了一会儿，我就注意到了空气中的苹果酒和大麻的味道。“好像有麻烦了。”迪奇指着那些灯说，“我们或许得往回走了。”于是我们开始沿斜坡朝下走，跟着其他人一起朝救护车来的方向走。在远处，在嘈杂的声音之外，我好像听到了自己的名字，但是我也不确定。当我们越来越靠近那些灯的时候，我看到杰森朝我跑过来。如果他是在找我，那就意味着……

我朝着救护车的方向跑过去，迪奇紧跟着我，救护人员正在有节奏地按压着雨果的胸口。

哪个更糟糕呢？是自以为彼此相爱，
而他却从未正面回应过你，还是所谓的爱情根本就不存在？
——亨利

第十三章

打破冻土

我们都待在急诊室的等候室里，午夜刚过，我们第一次听到“中风”这个词。等候室里的其他人一方面急于知道自己亲人的消息，另一方面却对我们这群人敬而远之。起初我以为他们是为了避开我们的霉运，怕被沾染。但是，直到我提起裙摆以免被雨果的轮床轧到时，我才想起来我们这一群人——杰森、我还有朋友们——还穿着文艺复兴时期的衣服，迪奇则穿着一身军装。竟然是我们的装扮令他们担惊受怕了，这貌似有点奇怪，但是也情有可原，毕竟，他们还看见保安在门口缴了我们的剑和枪。

在重症监护病房，我给他们分配了任务：打电话给罗伯特，给大家拿来换的衣服，在蜻蜓旧书店的门上挂个牌子。他们都去做自己该做的事了，并且心怀期待。如果有什么事情要做，那么做过之后，一切就都好了。他们都离开了，我们的骑士和女士们，以及能模拟马蹄踏在砌砖上的叮当声的靴刺都远去了。杰森和我留下来，透过监护病房的玻璃看着雨果。

“结果会怎么样？”杰森问道。

“不知道。”我说，看着他投射在玻璃窗上的影子，搜寻他脸上的皮肤裂纹。

“那我们什么时候才能知道呢？”

“医生说大约中午的时候，他会带着检查结果过来，到时我们会知道更多。”

“要是在那之前有什么事怎么办？”

“会有别的医生来的。”

“确定？”在我看来，这个问题问得有些奇怪了，但是对杰森来说，我却是有些天真了。视线从他的影子上移开，我看着他本人，说：“是的，我确定。医院就是这样运作的。”但是我突然停下来了，意识到杰森可能与医院、医生打交道比我多，他的恐惧可能来自他以往的经验。

“我会再去确认的，我保证！”

在监护病房的等候室里，我脱下自己的斗篷，给杰森当枕头用，他需要躺下来。这里一排排的椅子都有扶手，我们可以伸展四肢。不像在急诊室那边，没办法舒坦。晚上有清洁工拖地，我都能闻到肮脏的水里特有的医院消毒剂的味道。我在手机上设置了一个备忘，提醒自己要把雨果的熏香拿到他的房间里来。我在书店的 Facebook、Twitter 以及网站上公布蜻蜓旧书店要停业几天，随后会发布更多的消息，我们会尽快重新营业。

第二天，医生准时来了，告诉我们还是有希望的。他允许我们进入病房探望雨果，一次只能一个人，每两个小时只能探望 15 分钟。我给雨果的脚按摩，罗伯特站在雨果的床边，盯着显示器，好像他们是难以组合起来的资产负债表一样。罗伯特的妻子——沙琳也来了，他们在等候室手牵着手，低头祈祷。杰森去看雨果的时候，他坐在雨果的脚那头，给他大声地朗读杰克·伦敦的故事。隔着玻璃我都能听到他的声音。他读得真好，语速缓慢而坚定，就好像在诱哄可怕的动物接近火苗，听他读书是一件惬意的事情。然而充斥我脑海的并不是漫漫的雪景和狼群孤嚎，而是 19 岁的雨果，他穿着一件海军外套，漫步在雾蒙蒙的旧金山码头，兜里揣着一本《荒野的呼唤》。因为经常翻阅的原因，书的软皮封面都卷起来了。看着雨果的脸，我想象他下垂的嘴角是一抹淡淡的笑，因为他也和我一样想到了那个年轻人。

我看到手机上有好几个来自妈妈的未接电话，她还留了语音信息，我现在无法回复她，再说时间已经晚了，稍后再说吧。

毫无疑问，医院得一直有人照看着，所以我们决定轮流陪护，我夜里留在那儿。起初觉得住在那儿看护雨果要比住公寓更方便，但是到了第三天夜里，因为睡眠不足，我已经睁不开眼了。我都不知道自己是什么时候睡着的，但是我一醒来就发现雨果的麋鹿毯子搭在我身上。

我坐起来，环顾四周。等候室里除我之外就只有一个人了——妈妈，她就坐在我旁边的位子上。我刚醒，一时之间意识还不大清楚，就一直盯着她看。

“你的头发一团糟。”她边说边把手伸向我，用手指梳理我的发梢，“发梢都分叉了。”

我就坐在那儿，对于她的到来不知是高兴还是烦恼。但是我累了，不想去探究自己的真实心情。我头朝前去，将自己的额头抵在她的肩膀上，抓着毯子提到下巴。

她接着说：“我在 Facebook 上看到你们的帖子了，就是你们停业的那个帖子，我很担心你。”

“你在 Facebook 上关注蜻蜓了？”

“你之前让我往那儿送椅子了，反正你有什么事从来都不跟我讲。我还有什么办法呢？那时就有人说雨果中风这件事了。”

“然后你就来了？”答案明摆着就是这样。

她伸过手来拍我的手，几乎是在使劲拍我的手，但是却没有看着我。

她说：“我想我能帮到你们，我就在 Facebook 的页面上留言问有没有人能去机场接我。之后是一个穿嬉皮士衣服的印第安男孩去接的我。他穿着绿色橡胶人字拖，但开的是英菲尼迪，我想车肯定是他借来的。”

她头发打理得很整洁，我哭了起来，头抵着她的头。我闻到她身上熟悉的薰衣草香皂的味道，棉衬衫和休闲裤上的淀粉味、发胶的味道以及香奈儿 5 号的香水味。

“他带我去了你的公寓。至于他为什么会有你那儿的钥匙，我们稍后再说。”妈妈接着说道，“他说你会想要有小鹿图案的这个，我就把它带来了。我想没有人会留着这样丑的东西，除非这样东西很重要。”

雨果生病的消息不胫而走。旧书店的门口摆满了鲜花和卡片，其中还有阿波罗书籍音像店的一大束花。我第二天打电话给艾薇道谢，但只字未提我把她的花送给了医院儿童病房的孩子。尽管罗伯特特意说，雨果看到艾薇的花束会生气的话，也许是刺激他恢复的最佳选择，但我还是觉得把敌人的礼物留在雨果的病房里好像不好。

妈妈让迪奇在山景城找些“正常的食物”，所以在家里总是有吃的，连带着雨果病房的等候室里也有些零食可以招待来看望雨果的访客。其余时间里，无论我在哪儿，妈妈都陪在我身边，在平板上读《南方生活》，或者是杰森从旧书店给她拿的芭芭拉·泰勒·布拉德福德的小说。

“你知道，我平时不怎么读书，但是我喜欢这本书。”她对杰森说，拿出书，仔细一瞧，看架势就像在古董店看一古老戒指似的。

我道：“杰森就是能给每个人找到适合的书。”

别人的妈妈可能会追问杰森为什么那么擅长找书，他的生活、经历如何之类的。她们或许能从细节中拼凑出他的过去以及事情是怎么样的，或许会像妈妈一样安慰他，可能还会告诉他怎么去好好生活，而我看到妈妈低头看着杰森的双手就知道接下来会发生什么，因为妈妈一向很直白。

果然，她问杰森：“你是怎么了？”点头示意他的手和腿。

出乎意料的是，杰森并未退缩。他抬起自己萎缩的一只手让她能看得更清楚些，她用手托住他的手，拇指摩挲他的手背，就像是在摩挲着海滩上的贝壳一样。我之前甚至都没见过尼姆尔碰杰森的手，但是我妈妈却做到了。

“脑瘫。”他说，“就是个他妈的连他们自己都不知道的医学废话。”

“注意用词，年轻人。”

“抱歉。”

“别生气了，继续说吧。”

他耸耸肩，踢了前面的椅子。

“他们很确定是因为我妈妈怀孕期间吃的药，”他说，“她停了药，生下了我，他们就把我带走了。”

妈妈安静地点点头。她是个不讨喜的人，但是在某些方面，她却会令人惊奇。

“孩子，你别为这烦恼，”她说，“他们越是对你不好，就越说明他们很愧疚。”

雨果第二次中风的时候，杰森刚刚将杰克·伦敦的《生火》读了一半。监视器一响，杰森惊得坐直了身子，而后僵坐在那儿直到护士将他从病床上拉起来。我冲进病房，抓着他，从后面环抱住他，这样他就看不见我的恐惧了。医生说我们得做好心理准备，又问了是否有医嘱在心脏停跳或呼吸停止时不进行急救。这个我不知道，罗伯特点点头。杰森离开了，还没回来。妈妈站在玻璃窗外看着我，我拥着雨果，数着他的呼吸，直到他没有了呼吸。

迪奇开着租来的车送我和妈妈回家，妈妈在看我们计划要做的事情清单的时候，我透过后车窗看着外面。想到我上一次回顾往事的时候，雨果还活着。

我十分焦虑，总觉得自己忘了些什么，事实上我什么也没忘，是雨果的离去掏空了我。我试图去想象他们不让我们见到的场景：他们是怎样将雨果的尸体从病房移出去，又是怎么送去火葬场的。这些事情都很神秘，我们花钱雇别人做。几个世纪以前，是家人在料理这些身后事，就如活着的时候一般，都是家人做的事。但是现在却是些陌生人在做这些我不能做的事。这些能够给我带来慰藉的事情，在他们看来却仅仅是份工作而已。

窝在家里的沙发上，眼睛生涩、刺痛，深处冰冷的疼痛感就像是频繁发作的冰激凌头痛，令人难以忍受，眼泪都已经流干了。一低头，看见之前胳膊上的红印子又被自己挠破了。为何悲伤的感觉就像是有无数蚂蚁在啃噬自己的肌肤？

在家里，妈妈把她新买的床单铺在我床上的时候，一遍又一遍地跟我讨论床单的纹路对不对的问题。迪奇在厨房烤博洛尼亚三明治，我出去透透气，查看一下手机通话记录。一连给杰森打了 10 多个电话，他都没有回复，他知道雨果去世了，他肯定知道，所以我很担心。他应该和我们待在一起的。

在雨果公寓旁边的院子里，我听到有声音，于是走到日本枫树下面以便看清拐角周围的情况。黑暗中，我看到卡拉翰女士将番茄苗从花盆里拔了，塞进大的垃圾袋里，我一声不吭就回去了。

把《查泰莱夫人的情人》带去早餐店，拿起笔，我把书翻到最后一页，在笔记的末尾写道：

我亲爱的朋友：

亲爱的雨果已经离去。

你的，玛吉

停业一周后蜻蜓旧书店的信件都堆积如山了，其中有的是账单，不过慰问卡片的数量占到了大多数，鲜花都放在了店门口，蜡笔画则贴在玻璃上。我拿起一部分信件，抱紧，然后打开书店门上的锁。

“你得花些时间清理这些。”妈妈说，她手上拿着一株粉色非洲菊，等着我开门。

“妈妈，他们都是好意。”

我进来之后把背后的门锁上，发现妈妈都已经站在柜台边了——她右手扶着柜台，就好像它是一根芭蕾舞扶手杠。她审视着蜻蜓旧书店的景致，这是她平生第一次这么认真地查看一间店面。甚至在经历过打扫、组织、张贴指示牌和重新布局的几个星期后，妈妈都觉得这里仍然像是个巨大的书堆和现金出纳机。

我几乎能从她的沉默中听到她在计算她和爸爸在我的教育上花费了多少，毕业后我工作了多少年，以及我为这样的生活牺牲了多少。现在她正看着我过的生活。她穿着奶油色的套装，配着土灰色丝绸衬衫还有搭配的浅口帆布鞋。她的头发梳得一丝不苟，衣服和脸上都没有一丝褶皱。但是在她旁边，蜻蜓旧书店的一切都看起来脏兮兮的，甚至连她的女儿看起来也是如此。

“我知道这不是……”我说，“我的意思是……这就是个探险活动。”

妈妈转过身来看着我。她不相信冒险，就像她不相信复活节的兔子和格子裤一样。她相信确定性，甚至到了魔怔的地步。

我说：“我去泡杯茶。”

“现在喝茶还太早。”

“我是说热茶。”我看着电热水壶边的杯子，只有雨果的杯子是干净的。

她说：“我去隔壁喝咖啡。”

店里就剩下我一个人，我就看起信件来。大多数信件都被我跳过去了，直到我看到一张卡片，那上面的回信地址上写有中央情报局浴室的名字。

亲爱的玛吉和杰森：

像这样可以寄给你们的卡片我们准备了很多，我们可以向你们推荐一些书，也可以建议你们参加一些团体，有助于处理缓解你们的感情。但是我们知道这些都没用，因为这是悲伤。它会一直让你痛着，再痛着，直到有一天这样的疼痛会减少一点点。期待那一天的到来吧。——爱你们的迈克和约翰

我把他们的信件放回信封里，贴在柜台上，提醒自己每天都要去读一读。杰森是在我整理剩下的信件时走进店里的，我们都惊讶地僵立着，看着彼此。他先动了，飞快地越过我，往书架中间走去。我跟在他后面，喊道："杰森！"

我瞥见他在"自助"书架那儿转弯的掠影，就拐过弯跟着他。

"你去哪儿了？我一直到处打电话找你。我很担心。你是和尼姆尔在一起吗？"

他突然停下来，我差点就撞到他的背上。他转过身看着我，一脸冷峻。我往后退了一步，他又转过身去，走进办公室，"嘭"的一声摔上了身后的门。

"杰森！"我一边喊一边拍着门，"杰森，我想和你谈谈！"

我在门外听见他坐下来时写字椅发出的转动声和咯吱声。

"杰森，出来吧，我已经好几天没看见你了。"

但是门后一点动静都没有。于是我就踢门，使劲地踢门，踢得我的脚生疼。

"废物！"我吼道，但是我却不知道我吼的是杰森还是面前的这扇门。

他猛地拉开门，死死地盯着我。然后他疾步越过我往书店的门口走去。

“他不在了！”他扭过头来大喊道。

“他不在了？我难道不知道吗？他死的时候，是我在抱着他。你他妈的在哪儿！嗯？我坐在那儿，看着他咽气的。你那时候又在哪儿啊？”

“我说的不是……”他转过身来面对着我，呼吸沉重，“我说的不是雨果。”

“什么？”他怎么还能有心思说旁人的事呢？雨果死了，他怎么一点都不上心呢？

“我说的是格伦德尔，你这个笨蛋！”我像个白痴一样环顾四周，好像这样那只猫就会出现一样，“它不见了已经有两个星期了，你居然一点都没注意到。”

那只猫！雨果死了，而杰森心里却只想着猫。支撑我在过去的一个星期里保持理智的那根弦突然绷断了。当你知道自己正在沉沦，而又无法抑制的时候，我能感觉到自己胸腔里的情感在颤动奔腾。但当我得知你一点也不在乎的时候，我感到是彻骨的寒冷。用强硬的硬着陆的方式迅速解决我们之间的分歧比长时间拖着要好。

于是我说：“我希望你离开。”

“离开什么？”

“离开蜻蜓，罗伯特会给你遣散费。”

“你不能这么做。”

“蜻蜓现在是我的了。”我说，“我想做什么就做什么。”

外面有人在敲门，想要进来。因为店门虽然没锁，但是仍然挂着“停业”的牌子。我们俩都将注意力从对方身上移开，转过身去就看到门口的格洛丽亚，她穿着绿色科迪斯的鞋子，以及印有“书籍太多，时间太少”标语的运动衫。她向我们挥手，指着书店里面，想要进来。杰森抄起离他最近的一本书朝门口砸去。而她摸摸自己的手表，指了指我们张贴的营业时间，示意我们现在是正常的营业时间。这一次，我又朝她扔了本书。之后她急匆匆地沿着人行道走了，跟我妈妈擦肩而过，我和杰森还在她背后朝着橱窗的方向接二连三地扔平装书。这一切结束之后，杰森坐到一把新椅子上，抓住扶手，就像椅子正准备发射导弹一样。

“这是怎么回事？”妈妈问道，她刚进来，两只手上各端着一杯咖啡，钱包还挂在胳膊上。

“没有你，我们也能经营好这家店。”杰森对我说，“没有你，我们一直都很好。”

“孩子，别这样。”妈妈说着放下了手里的咖啡，“争吵解决不了任何问题。”

我看着杰森，觉得妈妈说得很对，这个场面我确实处理不了。

“达埃·荣格说你正准备接受那份工作。”他说。

“什么工作？”妈妈挪到我旁边，用期待的眼光看着我，“是什么样的工作？坐办公室吗？会给你配备秘书吗？”

“他说，迪奇告诉他艾薇想买下阿波罗是因为你。”他继续道，

“他还说，这就是为什么这栋楼要被卖了，我们租不了店面，蜻蜓旧书店就要关门的原因，全都是因为你！”

“那是他说的？”我问。

“那是我说的。”他答。

他的脸气得通红，坐直了身子，10 英尺之外我都能感觉到他的怒气。

“我真的被解雇了吗？”他问。

“解雇？”妈妈说，“谁说了要解雇什么人了吗？你当然不会被解雇啦！”

“妈妈，在你出去买咖啡的这段时间里，发生了很多事。”

“那我到底被解雇没？”他问。

“天哪，”我说，“没有，你当然没被解雇。我都不知道要说什么好了。”

我的话似乎平息了他的愤怒，他又靠回了椅子上。这是我第一次见他一本正经地坐在椅子上，而不是像往常那样坐在椅子上，垂下的两条腿来回晃悠。跟他瘦小的身体相比，椅子显得太大了。他换了个坐姿，俯身将自己坐着的什么东西扯了出来。原来是本破旧的威弗利小说——《肯纳尔沃斯堡》。我留下来陪着他，盘腿坐在椅子边的地板上。他把书递给我。

他说：“雨果死了。”

“是的，他死了。”

“格伦德尔不见了。”

“我知道。”

“她就要和我分手了，”他说，“她只是在等雨果的追悼会，追悼会结束，我们之间也就结束了，她人其实不坏。感觉就像在追悼会之后一切都会好起来一样。我觉得我们也是这样的。”

“人都是这样的。”

我没有试着去与他争论这件事，也没有为了让他好受点就对他说谎。说谎是没有用的，如果有用的话，我就对自己说了。

我和罗伯特坐在咖啡乔靠窗的位子上。“还有一份文件。”罗伯特说着小心地避开杯底留下的湿印，把文件放在我面前。我咬了口香甜的米饼，装出一副认真在看的样子。罗伯特呷了口绿茶，建议我再等等文书，因为还有时间。但我希望尽快了结，自己就不用再烦恼了。雨果将店留给我和杰森共同经营，但是我们却无法合作下去。现在罗伯特正在律师的协助下解决这件事。我记得当初在跟雨果签署这家店的文件时，我觉得自己长大成熟了，但是现在我却觉得自己老了。

我是自己单独来的，没让妈妈一起，因为我告诉她处理这些文书的工作会让她觉得无聊。我说她会觉得无聊这不假，但是还有一个原因是我要离她远点。杰森爆出了阿波罗的那份工作后，她还在我公寓里找到了那份工作的邀请函。从那以后，她就一直不停地说着这件事。我之前从事软件工作的时候，也没见过她这样兴奋。她想不到我的工作的具体内容是什么，但是呢，她觉得这份工作前景好，能提升我的社会形象，并且工资待遇也好。这就是她全部的想法。

我签完字抬起头来，发现罗伯特并没有看我签字，而是在看着我。他上周一直徘徊在蜻蜓旧书店，但他却不是唯一的一个，因为我发现杰森好像还没有离开，他的办公室里还有个睡袋。我几乎都要以为他是为了要抓到潜伏在书店里的格伦德尔和雨果。

“我很好。”我说。

“我们得讨论一下追悼会的事了。”

“不要。”

“我知道这很难，但是大家都盼着这一天。”

他说得对，书店已经收到很多这样的请求了。

这些人越来越难打发了。我现在很想找到这样一个人，可以和我分担悲伤，这样我就可以试着不那么勇敢了。但是，我记得杰森说过，尼姆尔等着在追悼会之后甩了他。

“不要。”我说。

最近这几天我过得有点浑浑噩噩，因为我在一切都不太正常的时候试图去找回正常的生活。好像电影院里放映的影片是由一系列蒙太奇的剪辑镜头组成，背景音乐是甜腻腻的流行歌曲，影片中的人找到了逝去的人遗留下的物品。这些事都集中发生在几分钟内，地点不变，在扭曲的时间内一切又都恢复如初了，因为如果剧情不是这样发展，大家都不会坐在这里继续看下去。毕竟没有人会花钱买痛苦。

“他不想你这么伤心的。”罗伯特说。

“好吧，他已经不在了，所以他不会再说什么了。”话一出口，我就觉得抱歉了，但是我太难过了，不想收回这句话，“你是什么时候知道的？”

“知道什么？”

“知道他生病了。他病了一段时间，不是吗？他不抽烟。他在书店待的时间越来越短，开始见老朋友，比如说波西娅。他知道自己快死了。”

罗伯特点头：“是心脏病，几年前他就跟我说过了。他知道自己是在数着日子活命，活一天是一天。那时候书店的财务状况不太好，他觉得自己和书店会同时玩完。之后你和杰森来了，将书店经营得很好，他才渐渐将书店看作可以留给你们的遗产。我们也就是在那个时候改了遗嘱，将店留给你们俩。”

“沙琳怎么样了？”我试图转移话题。谈论雨果是很沉重的话题。

“她一直都在为你祈祷，我们都在为你祈祷。”

“我不信这个的，雨果也不信。”

“这不碍事。反正我们就是祈祷着。”

临走前他把手搭在我的肩膀上，我并没有目送他离开。

那天晚上还挺暖和，卡拉翰女士打开了店前高高的窗户，海湾的微风吹进店里。过了打烊的时间，她就关上了窗户，还上了锁。

之前我从没有一个人单独在咖啡乔待过，那天是第一次。和我们一样，卡拉翰女士也不能再租这个店面了，所以她开始整理打包。

没有其他客人，店里就有些空旷、破败。咖啡香味弥漫，以褐色为主基调的咖啡店，显得荒凉、空洞。墙上没有图片，店里也没摆放植物。只有不搭调的家具和长长的咖啡吧台。我感觉自己好像是第一次来这儿。

“你现在有什么打算呢？”卡拉翰女士问，“再次停业之后。”

“现在还不确定。杰森可能会继续把店经营下去吧，我不知道自己还能不能坚持下去。”

她坐在我对面，喝了口高脚杯里的咖啡，用高脚杯喝咖啡看起来就像在喝吉尼斯黑啤酒似的。我不禁好奇她晚上能不能睡得着。

“你呢？”我问，“你要把咖啡乔搬走？”

她摇头：“18 年够长了。时光一去不复返，我想重新开始。你也要打起精神重新开始新生活。”她指了指我开着的背包，上面放着本《查泰莱夫人的情人》，“要是你的话，你会怎么做？”

我不知道还有什么可以做，但她知道拉杰吗？

“愚蠢。”说着，她就把书从我背包里顺过去，“愚蠢，愚蠢的希望。”把书放在桌子上，并不翻开，手摊开，掌心压着封面，我真是听不懂她在说什么，“‘星期日是夏季的第一天。我们中午在先锋公园的喷泉相见。’真是太愚蠢了。”

星期日是夏季的第一天。我们中午在先锋公园的喷泉相见。

这么说她知道那个笔记，知道那个笔记的只有三个人：我，拉杰，还有……

“你是凯瑟琳。”

我们彼此凝视。我能看见她的面容有些扭曲，她可以说些别的来糊弄我，但是我知道真相的话就不能再视若无睹。

她将书推回我面前，说：“就当这件事没发生过，罗伯特走了之后你也走了，没有这样的事。”

我抱紧书，试图想起找到凯瑟琳自己会跟她说什么，但是我脑海里一片空白。唯一能做的就是一直默默地重复：“你就是凯瑟琳……”

她站起来，转过身，走去柜台后面，将抹布折叠起来。

“你走吧。”她说。

“我不会告诉任何人的，”我说，“我不会那样做的。”

她没有看我，而是继续叠毛巾。我也没离开。

“我知道亨利是谁。”我说。

她停下了手中的动作。

“你想知道吗？”我问她。

她摇头，闭上眼，正了正脸色，试图在自己周围竖起一道围墙。我起身慢慢走向柜台，不想让她再逃避下去了。

“自从我知道书里的笔记不是 1961 年的，我就很好奇你是谁。”

“但你无论如何也不该把它们公布出来。”她说，“那是错误的，非常错误。”

“你说得对，”我说，“抱歉！”

她低下头，我看不见她的脸，但是我看见了柜台上的两滴眼泪。

“我们不应该这样斗下去。”她说。

“谁？”

“雨果和我。他说我们应该把蛋壳直接放在番茄苗的土壤上，我告诉他这样不行，应该先施肥，但是他却坚持自己的看法。他带我到旧书店摆放园艺书籍的地方，要找本书给我看。他指了指后面的一本书，然后杰森就叫他了。‘你看看这本书，’他说，‘我要你看看这本书。’他又指了指书，他走了之后，我就看到了一本书，我觉得应该就是他说的那本书。”

然后，我就明白了。雨果。她认为亨利就是雨果。他在大学的时候，用过一段时间这个名字。是怎么回事啊？好像是一个女孩，觉得“亨利”这个名字比“雨果”好，雨果跟卡拉翰女士在大学的时候就认识了。亨利，她以为雨果就是亨利。如果她以为雨果就是亨利的话……那些笔记……

“你是爱着雨果的。”我说，“你以为是雨果借亨利的名，给你写的笔记。”

说着，她因悲伤而有些柔弱的眼神与我的眼神撞在了一块儿。

“但是亨利说他不认识你。”我说，“反而雨果跟你认识都有 40 年了。”

“我以为这是一种浪漫的游戏，换个名字，给我写些东西。我以为他这样做是为了清除我们的过往，然后我们就能以新的眼光重新认识彼此。”

我靠近她，想要扶她坐下，但是她却像是脚下生根了一样站着不动。

“夏季的第一天，”她说，“我在街道对面看着他。我不想先到，所以我就看着他，等他先去。等他去了之后，我等了 5 分钟再出发。但是他却坐着一直没动，就在那儿看书。很快就到了中午，然后是 12 点半，之后到了 1 点。他起身，伸伸懒腰，就来我这儿吃午饭。于是我也回来了，给他烤了个奶酪三明治。”

我想象她在阿波罗干坐着，透过窗户看着雨果。她等了一个小时，时间一点点流逝，希望也一丝丝破灭。然后回来给他做午饭，而他却一点不知道她刚刚经历了什么。

“这些话我一直压抑在心底，对谁都没说过。我希望男人能够尊重我，甚至有点敬重我。他们在我的人生中来来去去。我希望能为自己而活，而不是作为某某人的妻子。我喜欢独处，但是却害怕孤独。雨果总是很和善。我就开始觉得或许他的和善背后有更多的意义。之后我就看到了那些笔记。我们就开始了笔记上的交流。”

“我很抱歉。”我说，除了道歉我也不知道还能说些什么。我很抱歉，对自己做过的一切感到抱歉，对她那份难以企及的爱情感到抱歉，甚至对干涉蜻蜓旧书店的事也感到抱歉。我真的觉得很抱歉。

我转身离开，在桌子前停下，拿起罗伯特留下的文书和背包就走，却将那本《查泰莱夫人的情人》留在桌上。我已经习惯了放手。

旧爱，新欢。相处的对象不同，我们也不尽相同。

——凯瑟琳

第十四章

摆脱忧愁

雨果 · 卡尔 · 斯潘道夫是山景城的长期住户和业主，深受大家的敬重。于 9 月 12 日与世长辞，享年 59 岁。他生于爱达荷州，年轻的时候来到旧金山湾区，从加州大学伯克利分校取得文学和数学双学位。1982 年来到山景城后，买下麦克尼尔书店，改名为蜻蜓旧书店。他爱好园艺。积极参与社团活动，加入的俱乐部包括山景城历史协会和加州和平协会。

追悼会的安排稍后将公布。

杰森盘腿坐在阅读用的椅子上，卷起了新买的卡其裤的裤腿。裤子有些肥大，他就在腰上系了条棕色皮带。我应该让妈妈把他的裤腿剪短一些的。虽然他和尼姆尔分手以后吃得很少，但是现在他端着的纸盘里盛满了家常的烤宽面条。尼姆尔终究还是没等到追悼会之后就和他分手了，但她还是来参加了追悼会，想要做一个大家眼中体贴的前女友。其他人穿的衣服都是雨果生前喜欢的花的颜色，而她却夸张地穿着黑色衣服，戴着面纱，一点都不像是参加非正式的纪念仪式，倒像是参加国葬一样。而且裙子还短得连内裤边都盖不住，我必须得忍着，才能克制自己往她光腿上扔热食的冲动。最后我是没砸她，但让妈妈砸了。

“所以……”杰森说，“要把蜻蜓关了？”

“我没那么说。我是说我可以把我那一半产业转让给你，或者是你经营我什么都不管。你觉得怎么好就怎么办。”

他把盘子放在台子上，看着窗外商会送来的康乃馨。

“所以你要去阿波罗工作？”

“还没有，我还不确定要做什么。但是不管我会做什么，我应该会离开这儿去别的地方。”

除书店外，雨果还将公寓也留给了杰森和我。我们已经决定要卖了它，然后我就有钱够自己生活很长一段时间。我想着要丢下钥匙和便条，悄无声息地离开。背着行囊，揣着公车票，找一个美丽的小镇，因为好玩儿去当一回服务生。成为一个有着离奇的过去、令人好奇的女孩。说不定会有一个警长爱上我，不在乎我的过往如何。

雨果曾对我说过：“如果你得匆忙离开小镇，就带走 15 分钟内你能够打包好的那些东西。”我现在渐渐领会到了其中所蕴含的智慧。

“在打包好和找到新的去处之前，我还会在这儿待很长一段时间。”我说，“我甚至还有时间给你雇些帮手，帮忙的人你总还是需要的。”

他把纸盘放到椅子旁边的地板上，我差一点就去阻止他了，下意识地以为格伦德尔会动他的食物，还好我及时停下来了。猫四个星期前就不见了，到现在还是无影无踪。奇怪的是，杰森在第一次告诉我猫不见了之后，后来一直绝口不提猫的事情。事实上，他什么都没说——无论是关于尼姆尔、格伦德尔还是雨果，他都没提起过。他漫无目的地在书店晃荡，就像是一位迷路找不到家的老人。

我以为告诉他我要离开了他肯定生气，我以为他会脸红脖子粗地骂我，说我是懦夫、叛徒。我盼着他骂我，在脑海里不断模拟着我们的争论。想象着自己会怎样冷静、沉着和隐忍，会说出"我明白你很生气，你也有权利生我的气"诸如此类的话。

"你是因为雨果才留在这里的。"

"不是的。"

"无所谓了。"

我转过头去，见不得自己在意的人变得那么庸俗。我就去想自己的未来会怎样。我会在某个地方找份新工作，过上新生活，遇上新朋友，这些人可能自己在某一天都不能面对。我经常将人生中的低潮期当成书籍来看，问题解决了，再继续前进。但是人生却又有些不同，它起起伏伏，界限也不是泾渭分明，低潮期不会彻底结束。一次次的失败会在我们周围筑起沉默的围墙。

"你会没事的。"我说。

"别搞得好像你做什么都是自己的事，与别人无关一样。"

我将他搂入怀中，我能感觉到他拥着我的手臂收紧，听到他咽下哽咽的声音。然后他推开我，拿起背包，往门口走去。

“你别想这样，”他说，“告诉别人‘你要好好的’，然后你就可以心安理得地离开。你别想那么容易就走。”

他狠狠地摔上门，我都怕他把门铃给震坏了。现在这里就剩下我和妈妈两个人了。

“离开这里对你比较好。”妈妈靠近我说道，“这是不必要的负担，玛格丽特·维多利亚，就把这里的一切抛在脑后吧。”

我确信在她看来，她自己正如慈母般温柔地安慰着我。如果我聪明的话，我会闭上我的嘴。但是，实际情况却是我和妈妈在一起就是聪明不起来。

“这个地方比任何地方都像我的家。”

我懊悔地闭上眼，话一出口就后悔了。不是因为我说得不对，而是这些话太伤人。

“好得很，终于知道你是怎么看我和你爸爸的，真是太好了！”她挺直了脊背说。

“我会待在这里。”

“但是你刚刚还说……”

“我不是指在书店，这里都结束了。”

“那我就找不出你还有什么理由不回家了。”

我抬起头看向橱窗边雨果的空椅子，想象着这种时候他会说什么。我数着自己的呼吸，等着雨果从神秘的宇宙传话给我，但是我却什么也没有等到。

“真的？”我说，“你不知道我为什么不愿意回到那座房子，跟你还有爸爸住一块儿？”

“我只是为你好。”

“不是的，我觉得不是的。”我说，“你只是想让我跟你一样痛苦。”

长时间的沉默之后，我们彼此对视。跟那时一样，我闻到香奈儿 5 号和尘土的气味。那时候我发现爸爸的事，她的口红味道跟现在一样，面色也一样生硬而空洞，如同盔甲一般，我的脸颊有些隐隐作痛。

“我毫不怀疑你对他的爱，”我说，“你爱他胜过他能给你的。你爱他胜过爱我，也胜过爱你自己。但是你爱的人却一次又一次背叛你，你却听之任之。”

我不记得当时妈妈的脸色怎么样，也不记得她是不是摔门出去的。我只知道，自己跪在那儿，脑海中回荡着自己之前说过的话。长久以来的静默突然之间就被打破了，现在一切都回不去了。

我环顾四周，最后连妈妈对这家店的看法也淡出了我的视野。我记得最近的一个周六晚上，这里都是人，一群十一二岁的小男孩——脸蛋圆圆的，还没长大就懂了女孩子的重要性，流连在书店的连环画区域。他们挤在一块儿看同一本书，指着书里的内容，大笑着，推着别人的肩膀。他们抢着来柜台付钱买那本书，从欧托滋的锡盒里往外数着硬币和残破的纸币。一位穿着碎花连衣裙的女士，用莱茵式皮带牵着条博美犬，手弯上是帕特里夏·康韦尔最新的书，在浏览公共英语等级考试的书籍。然后我就想到了雨果，他鼻尖上架着老花镜，小说放在大腿上。我走到读书椅子那儿，仍然能闻到他留下的淡淡烟草味，然后眼泪汹涌而出。以前我以为我们是在经营着蜻蜓，现在我才意识到我们是在支撑着雨果。但是还不够。

听见一阵轻轻的敲门声，我急忙擦干眼泪，站起身来，想着是谁回来拿东西，但是我看见的却是拉杰。他就站在门外，头抵着撑在玻璃上的胳膊。他看着我，眼里跟我一样充斥着疲惫。

我开门的时候，他往后退了一点。一时之间，我们就站在门口对望着，夜晚山景城的行人从他身后经过，去吃晚餐，或者是喝酒，或者是去阿波罗购物。

我朝他伸出一只手，他握住，然后环抱住我。眼泪又来了，我想到了雨果、蜻蜓还有我们自己。我拉住他的手走进店里。

我们去了园艺区，我坐在 Kik-Step 椅子上，拉杰坐地板上，腿伸过过道。这里昏暗、静谧，好像一切都被遗忘了。

“我不知道你是否希望我出现在追悼会上，”他说，“我想这对你来说太难了，而且你妈妈还在这儿。”

“我妈妈在这儿，一切都难办多了，”我说，“但你不用回避，因为你也爱他。”

他缩回腿，用胳膊抱着膝盖。他的头发有点长了。他换了双新的人字拖，海军帆布料子的，鞋底有“耐克”的商标。

“谢谢你去机场接她，”我说，“我应该早点儿跟你说的。”

他摇头，说："你有很多事要处理。"

"是的，我妈妈就是件棘手的事。"

"我不是那个意思。"

"我知道。"

我把头靠在旁边的书上，试着不去看他。就是想好好感受他的陪伴——没有碰触，没有亲吻，也没有性爱——只是有他陪伴在侧。

他说："我去过医院，你不在的时候去的。我跟他待在一起。我希望你知道。"

感觉他好像站在河的对岸，如果我知道该说什么，垫脚石就会出现，踩着石头，他就能走到河这边了。但是我就静静地坐着，感受着自己的残忍。

"我要去阿姆斯特丹了，"他说，"我跟那边的自行车商店谈过了，我可以去做学徒。"

"你会去多久？"

他耸耸肩，说："不知道。我的地方已经卖了，我的钱还够自己生活一段时间。我想出去转转。"

"吃饭，祷告，修自行车。"

"差不多就那样吧。"

我们起身，往书店门口走去。每走一步，我都在纠结该不该告诉他。但是我们到门口的时候，我决定不告诉他。

"我找到她了，"我说，"凯瑟琳。我知道她是谁。"

他摇头，轻轻握住我的手指。

“你才是我的凯瑟琳。”他说完就离开了。

直到第二天早上出租车在公寓外面按喇叭，我和妈妈之间的沉默才被打破。

听到喇叭声，她站起来走了出去，把行李留在客厅中央。我提起她的包跟上去。

外面金色的阳光很温暖，但也有着属于这个季节的寒冷，因为秋天到了。我在蜻蜓的炎炎夏日已经结束了。

我把妈妈的包一个接一个地递给司机放到后备厢里，放好后司机就坐进了驾驶室，妈妈很惊讶他没有转过来给她开车门，一脸的鄙视。我的手放在后排座位的门把手上，但没有拉开车门。妈妈马上就要走了，我又有自己的空间了，但是我不想她就这样离开。

我们站在那儿看着对方。

我说：“你不用非得回去。”

她脸色未变，头稍稍往一边侧了一点。

“你可以待在……好吧，这里明显不行，但是你可以去其他地方啊。我听说圣荷西的费尔蒙特还不错，或者旧金山也行。我是说你不一定要回家去的。”

我看到妈妈在克制嘴角的笑意。她靠近我，用食指挑起我的下巴，嘴唇压上我的脸颊。充斥我鼻翼的是丁香花、口红和香奈儿5号的味道。她在我耳边低语道：

“你才是我最爱的人。”

说完，她就伸出手，自己拉开车门坐上后座。街上还弥漫着丁香花的味道，几片金黄色枫香树的叶子落在我周围，我看着她远去。

“卡车什么时候来？”杰森问道。

“我们弄好的时候。”

找到合适的买家比我预期的更难，所以至少在找到之前，我们要把这些书存放到仓库。杰森和我都不愿意把书卖给网上卖家，因为他们会以 1 美分的价格在 eBay、亚马逊网站上卖出我们的书，以此赚邮费钱。况且他们不爱惜书，也不会管买家是谁。

坐在 Kik-Step 椅子上，我弯下腰，搜寻着地毯上的灰暗的长方形轮廓，那是以前放书架的地方。20 年里，来蜻蜓看书的人连书店的过道都踩烂了，痕迹看着就像雷蒙德 · 钱德勒小说中用粉笔画出的尸体轮廓。即使爸妈告知我儿时的家被龙卷风永远地吹走了，我也不会比现在更难过了。

“我出去透透气。”我跟杰森说，但是他没听见我说什么，因为他在书堆里发现了一本书，现在正全神贯注地读着。

我把剩下的一半啤酒倒进了雨果的一个茶杯里，走到外面的人行道上。我背靠着蜻蜓旧书店的玻璃窗，仔细地看着阿波罗。自从我拒绝艾薇的邀请后，我就没和她通过话了。迪奇在追悼会之前就搬到了波特兰，我们谁都没有努力隐藏自己对他人的失望。

阿波罗——我放弃的王国——依然在继续前行。窗户上的指示牌告知店面要搬去其他地方，现在正在清仓出售。在达埃 · 荣格和迪奇一块儿去波特兰之前，他跟我说阿波罗打算搬去一个小的店铺，跟周围的店面要像邻居一样相处。所以我们在打包，阿波罗也在打包。山景城就快连一家书店也没有了。

当我看着阿波罗这个庞然大物的时候，我注意到他们庭院入口两旁放着的雕花盆栽灌木突然一动。黑色的毛茸茸一团坐在尘土上，背靠着修剪整齐的枝丫。不是，不是坐着，是蹲着，是在排便。那是一只黑猫，它正在阿波罗的盆栽植物里排便。然后它又露出一点耳朵，我看清了它耳朵的轮廓，是格伦德尔。

眼睛盯着猫，我赶紧敲响身后蜻蜓的玻璃窗。我不敢回头，怕格伦德尔又不见了。我越敲越重，直到杰森走到门边才停下。

“干吗？！”

我没转过头，也没出声，只是伸手指着对面。

我们没说话，慢慢地走到马路对面。我用眼睛一直盯着它，但我们过去的时候它还是不见了。

“它肯定又躲在这里的某个地方了。”杰森说。

我们走进院子，避开顾客，在桌椅下、花盆边和陈列架旁搜寻。随后当我走近种满爱情花的长花盆时，又有了动静。透过弧形的叶片，我看到在远处的叶子下抽动的黑鼻子。

它把头缩回了灌木丛，我听见沙沙声渐渐远去，格伦德尔动了。我轻轻脱下毛衣，跟上它发出的声音。

它肯定是熟悉我的声音或气味，知道我不是陌生人，因为它在我的诧异中向我走来。然后我注意到它蹲低身子，喉咙深处发出呜咽声，我才意识到它不是想靠近我，而是想攻击我。我快速离开爱情花，刚好避开它的进攻。它把我撵到铺了瓷砖的地方，那儿有一群女中学生，它很满意自己把我赶跑了，就要转身回窝里。我抓住时机朝它扑过去，用自己的毛衣把它包起来。它挣扎起来，我就紧紧抓着它。它的一只爪子抓到了我的手，但我还是紧抓着它不放。格伦德尔是我们的，不管它愿不愿意。

“你抓到它了！”

杰森伸手要接过去，猫抓着我的手指不放，一时间场面就像是奇怪的中国谜团一样：杰森要把猫抱过去，猫抓着我的手不放，我疼得直喊，杰森开心地欢呼着，猫叫得像是世界末日一般。终于，猫放开了我的手，我让杰森抱着它。

该死的猫，自在地待在阿波罗，却让杰森担心坏了。我们的生活一团乱麻，这个叛徒却在马路对面安家落户了。

后来我看见它了。正如我之前在蜻蜓旧书店看到的一样，阿波罗的屋顶拔高了整座大楼，自己就站在上面往下看，这是谁都没有过的体验。我能看到店里的书架上摆满了书，不是那么整齐有序，倒像是被鱼雷炸过一样。我能看到自己和杰森在前台给顾客打电话，指引他们走向相应的区域。我能看见格洛丽亚和她丈夫，还有她的NPR手提袋。我能看到中央情报局浴室的成员们坐在宽松舒适的椅子上，争论、回忆，让我坐立难安。这些都如杰森怀中的格伦德尔一样清晰可见，我知道我会一直喜爱这只猫的。

有很多时候，这些都难以承受。

——凯瑟琳

第十五章

寻回所失

在打包整理进入尾声的时候，我和杰森停下来休息了一会儿，玩起了莎士比亚拼字游戏，就在这个时候艾薇走进来了。事后杰森抱怨道："突然空气都变得有公司的味道。"如果不是为了顾及杰森，我会很成熟、礼貌地和艾薇打招呼。实际上却是在我站起来说"你好"的时候，杰森从椅子上跳起来，摆出了格伦德尔式的防卫姿势。这一次，格伦德尔在一小堆盒子上面找了个阳光直射的地方躺着，人们的滑稽姿态逗乐了它。

"来这儿想干什么？"杰森问艾薇。

艾薇不理会杰森，挂着她的招牌式微笑。她穿着夏末的奶油色套装，烤橙色衬衫给我们带来秋日的气息。这一次，虽然我穿着破洞牛仔裤，蜻蜓的T恤衫在腰间打了个结，就这样站在她的面前，也没觉得自己像是老土的乡下妹。我觉得这一次反而是她格格不入。

"保持风度，孩子，"我说，"是我请她过来的。"

艾薇和我沿着街区走进星巴克，奥弗利文身社那群人也已经搬过来了。我要了超大杯加生奶油的摩卡，她的是柑橘姜红茶。艾薇找了张桌子坐下，我拿起小票，就看到杰森在窗外拼命地往奥弗利文身社那边看，说的什么我倒是听不见，但是也能猜得出来。

手指在星巴克和蜻蜓间画着看不见的线，意思是：她刚刚来过我们的店里。胳膊朝我们的桌子挥动，意思是：玛吉就像僵尸一样地跟她走了。手指从胸口指向蜻蜓，意思是：我要回去看店了。指着奥弗利文身社，然后掌心朝下颠着，意思是：你们在这儿，照看玛吉。

我把茶放在她面前，然后我坐下来，深深地啜了口咖啡，想要表现得随意些，想着要从哪里开始。

她一直看着我，把茶杯放在碟子上，嘴角弯出弧度。

“玛吉，你现在加入新的阿波罗书店还不算太晚。”

我注视着剩下的咖啡，握住吸管和塑料杯的边缘。我很好奇，是不是会有吉普赛的老女人能把黏黏的咖啡沫当成茶叶。现在，得看我自己的了。

“谢谢你这么说。”我说。

“我想过了，想要找个好的解决办法。依我看，你不愿加入我们是因为我们的邀请里少了什么，我们没有给到你想要的。”

周围的嗡嗡声渐渐增强，然后在真空中消失，潮水将细浪召回，只留下片刻的静默。没来得及细想，我脱口问出：“在山景城的这座楼你想卖多少钱？”

她毫不掩饰自己的惊讶。

“你为什么想知道呢？”

“杰森和我想买下它来经营蜻蜓。”

她说的数字远远超出了我对金钱的认知。对我和杰森来说，钱就是你收进抽屉，又从抽屉拿出递给别人的东西而已。它闲荡——像一辆由备用零件组装成的老爷车——慢慢地从一个人手上辗转到另一个人手上，当你把它扔进储钱罐里，它会发出叮当声。我们讨论的数字在耳边一闪而过，快到听不见，我们之间相隔的是搭乘火箭的光年。

我定下心神，跟她说现在地产零售市场正在走下坡路，如果阿波罗能跟蜻蜓做个买卖，会是很好的宣传手段。艾薇说她得和她的合伙人商量商量，还得做个资产评估。我现在脑子一片混乱，她说什么和噪声没有区别。这个世界上没有什么完美的工作，至少对我来说是没有的。世界上也没有什么完美的爱情，甚至是连一本完美的书也没有。但是我喜欢在蜻蜓的生活，我想要这样生活下去。我想要跟它同甘共苦。

“你就要让这个社区连一家书店都没有了。”我说，就像之前练习的那样，我做着最后的劝说。

“你能给我们什么呢？”她问。

雨果公寓卖了的钱加上罗伯特帮着申请的小额商业贷款是我们能凑到的总额，我告诉她一个数字，这个数字要比总额少15%。但是她却提出了另外一个数字，我们最终达成一致，商定的金额要比我们的底线少5%。

“我确定我可以卖给我的合作伙伴。”她说。

我们走到人行道上，握了握手。

“你本来就是很好的人。”她说。

“你也是！”我说。

有一部分悲伤是难以预料的。觉得自己再也无法下床，在散步后感觉自己面如白纸、躯似枯柴，经历了这些之后，你就会开始回忆。你记起的不是死亡，看见的不是你爱的人浑身插满管子躺在病床上。你记得的是他在这之前的样子，那时候他还好好的，仿佛你从来没有经历过那些伤痛。你记起的就是那样的过往，然后你就会知道你根本就没有失去他，他已经成为你的一部分，你就会变得更好了！

“他那个时候不是因为找不到有机猪油都快疯了吗？”杰森问。

我们都笑了，围着地毯坐着，新书架散发的清新木香气，混合着室内野餐的三角饼、咖喱鸡、薄饼以及五颜六色的咖喱食物香味。杰森、游戏之夜、中情局浴室的每个人，还有我，大家还能闻到汗水和锯屑的味道。

“对你来说，这是些南方的故事了吧？”杰森问我。

“油炸玉米饼，”我说，“他给《南方生活》打电话问食谱，因为他不会去网上查资料。但是他问了之后自己却不会去做这种饼，因为他不确定猪宰了用来炸饼之前是不是养在有机的文化环境里。”

因为我们存货多，需要些新书架，他们就都来蜻蜓新店帮我们制作。杰森和我一直都在找房产销售、废弃的存储单元或者任何有老店五倍大的地方来放置我们的存货。这里太大了。我会想起自己和艾薇关于书店不需要 3 万平方英尺的谈话。所以，我们没有把存货都放到这里，而是在这里竖起墙隔出多个可以出租的自习室和会议室，当然了还要有咖啡馆，咖啡馆我们要转租给奥弗利文身社。我们雇用的员工，包括萨莎和她那留着精灵一样发型的女朋友。希望她们晚上可以带着朋友来我们店里。蜻蜓新店要有新的未来。

罗伯特送我们的礼物是两幅裱了框的画。一幅是站在蜻蜓老店门口的雨果，这肯定是 20 世纪 80 年代他刚买下店面的时候。因为他看起来很年轻，发际线刚开始脱落，而且胡子都是黑的。另一幅是我们三个人的，杰森和雨果坐在阅读的椅子上，我靠着雨果的双腿坐在地上，我们都在埋头看书。看见蜻蜓新店，雨果会有多高兴。我敢确定，知道把阿波罗书籍音像店赶出去他会有种得胜感，我们也不会想要去纠正他的观念。他会喜欢这些新的书架和新的办公室，也会喜欢这个大家的聚会。一切他都会喜欢的。

在生活中我总是害怕面对爱是什么，我觉得是因为我害怕被它控制，害怕自己会因为爱而失去什么。但事实却是，如果是大爱，那么牺牲就不是牺牲，而是必需品。真正的过错是为了不正当的理由而造成损失。

其他人在打扫我们室内野餐的场地，我去办公室给罗伯特拿文件。我收到了新店的第一封信件，与账单和目录一块儿寄给我的还有一个书籍大小的包裹。打开包裹，里面是亨利和凯瑟琳的《查泰莱夫人的情人》，其中还夹了张读书卡：

时间继续前进。——米可·卡拉翰

那天晚上，我坐在小公寓窗边的碗状椅子上，这个公寓就在蜻蜓新店的楼上，卖掉雨果的公寓后我就搬到这里了。天太冷本来不用开窗，但我喜欢卡斯特罗街道夜间最后的访客归家的声音，以及对面泰国餐厅的味道。住在雨果隔壁这么多年，悄无声息、没有香味会让我感到寂寞。

翻开《查泰莱夫人的情人》，就像我第一次发现这些笔记的那晚一样，我又读了一遍里面的笔记。之后我起身，拿着一张纸、一支笔走向餐桌。我按住纸，墨水在上面挥洒，字母、单词跃然纸上，我的心思也蕴含其中。

我不知道拉杰在阿姆斯特丹的生活怎么样。我不知道他是否已经找到了另一份爱情，或者还在怀念着我和我们的伪情事。他在那个角落里，而我却没有转过身去。但是尽管如此，我还是要给他未知的心寄去一封信。因为最终他是对的，我终究是他的凯瑟琳。

写好后，我把信折好，写上他说的阿姆斯特丹的店的地址。在夜晚的灯光下，我走到蜻蜓对面的邮政信箱，打开邮箱的门，在自己改变主意之前把信投了进去。在从事软件工作 10 年之后，我了解电邮、Facebook 的帖子、微博和文本的比特与字节，但是把一张纸扔进盒子里，它过几天就会出现在世界的另一端？那真是魔法。

最终，我必须面对自己所有的问题。

——玛吉

第十六章

唯可能至永久

一醒来就看到玛雅站在床边盯着我。她最近养成了这样的习惯，把放在蜻蜓楼下办公室的钥匙拿上来。幼儿园几周后就开学了，她很兴奋。但是她最近却变得更加缠人，怕自己去上学了我们可能就不见了。她的妈妈艾斯蕾笑着说都是因为杰森给她读了关于孤儿的儿童书籍："她去读书，我们就都原地不动。"

起床的时候，我的手机响了，玛雅把手机递给我之后，我就坐在床上和迪奇聊起来了，他说他今天要来市里，带我去吃午饭。我们就约好在新印度餐厅碰头，那里曾是乔伊斯的小说里描述过的地方。他想让我给他新成立的公司帮忙，但他的新公司做的是跟手机有关的业务，我是真不懂。他在阿波罗没待到一年，发觉他之前在做的重建远没有新公司那样激动人心。不管新公司是做什么的，迪奇都是 FFS，也就是未来功能战略家，这是我听过的最扯的头衔了，但是迪奇却特别自豪，所以我也摆出一副很为他骄傲的样子。有时候在生活中，见到别人开心就足够了。

我挂了电话，玛雅就拉着我下楼。我告诉她要穿好衣服才行，过几天是个重要的日子。给早班的员工开门，处理一些细枝末节的事情之后，我和玛雅就需要去为开学第一天准备新衣服和新鞋子。她妈妈和杰森都觉得短裤和多洞运动鞋就已经够好了。

我们来到楼下书店，杰森正坐在桌子边，核对上个月的销售量。夏末的时光真是太棒了，我们希望圣诞节的时候会更好。艾斯蕾也在那儿。她起得更早，带来了热乎乎的烤饼和新鲜的橙汁。她在一家有机面包店工作，有点讨厌米粉，但是我很喜欢她。她和杰森在去年感恩节前后相遇，就是我们新店开业的几个月之后，那时候她来我们店里给玛雅找书，他们俩几个月前就搬进新公寓了。艾斯蕾26岁，比杰森大几岁，但是在某种程度上，杰森看起来要大一点。他们打算这个圣诞节在蜻蜓举行婚礼。我想跟他们说其实他们还很年轻，彼此了解得也还不够。他们这些人，我都有点担心。但是呢，我们又有谁是做好一切准备的呢？

玛雅跪在杰森旁边的椅子上，跟他说昨晚她梦里的海龟，杰森却跟她讲一只小熊的故事，这只小熊住在新月上倒挂的雨伞里。艾斯蕾再次拜托他把脑海里的故事写下来，他就在座机旁的螺旋记事本上随意勾勒了几笔线条。给烤饼涂上黄油，茶也泡好了，坐下来，这将是美好的一天。

我和玛雅走进主店，萨莎已经给早班的员工开过门了，咖啡馆也已经营业了，整个店里就像是咖啡的天堂。蜻蜓的咖啡馆不会有烤焦的咖啡豆，我甚至都能喝黑咖啡。我们到那儿的时候，萨莎已经给我准备了锤头摩卡放在那儿了，给玛雅准备的是盒装果汁。玛雅握住萨莎的手“帮助”她摆放新鲜的甜点。

“别给她甜甜圈，”我说，“她已经吃过早饭了。”

她俩都噘嘴，以为我看不见，萨莎夸张地扭过头去，玛雅从嘴里喷出个甜甜圈的圆圈。

“玛雅。”我说。

“不是甜甜圈，就是个圆圈。”她说，我摆出“我没看到那个”的表情，希望这件事就这么算了，因为我要在会议室跟早班员工开个会，讨论迪奇给我们写的编外项目——新书贸易跟踪系统。我们是他的 β 测试者。如果一切顺利，他会把程序卖给应用程序商店。这对他来说是件好事，我也会很高兴新电脑里会有他的一份功劳。

我仍然坚信 3 万平方英尺的面积对这里的一个书店来说太大了。我们把会议室、办公室和楼上的小卧室租给硅谷的创业者们，希望他们的电脑硬盘上会诞生下一个 Facebook。他们热爱书籍，更喜欢咖啡和甜点。向他们收取一定的费用，这样的话，卖书就只需要承担一半的抵押贷款了。虽然卖书的收入不稳定，但是却从不缺少梦想，我们相信这些创业者会大有作为的。

我在收银台整理邮件的时候，玛雅也跑了过来，这些邮件大部分都是账单。快整理好的时候，玛雅拽拽我的衬衫，递给我一张明信片。

她说：“我喜欢这辆自行车。”

我拿过卡片，上面有一辆自行车停在黄色郁金香的花田里。不翻过来我都知道这是谁寄来的。

我给他写了第一封信后，苦苦地等待了两个月才收到他的回信。但是当我看到信封上自己的名字写在荷兰邮票的下面时，我紧紧握着信，手指在钢笔留下的字迹上徘徊，这是他触摸过的信纸啊。从那封信开始，后来的10个月里我们一直有书信往来。没有承诺，没有示爱，只是问候的信件，只是彼此的信件。

我把明信片翻过来，期待能看到更多五颜六色的荷兰邮票，但是右边的角落里什么都没有，只是一个小小的长方形告诉寄信的人在哪里贴邮票。下面写着“玛吉”。这张卡片不是邮寄过来的。左边仅仅写着：“明天中午，先锋公园，你最喜欢的树下相见。”拉杰回来了。最终，我必须面对自己所有的问题。

“是什么？”玛雅问，从我手中拿过卡片。

“一个朋友来了。”

“迪奇？”

“不是，是另一个。”

我把卡片塞进包里的笔记本和影印本之间。见他之前我还有一天零两个小时的时间。蜻蜓开门营业后，我看向窗外。这段时间我还有很多事要做。

书店是个浪漫的生物，它用书诱惑着读者，读者会因为书中的苦难而心碎。伟大的读者都幻想拥有一家书店，在书海里待一天将会令他们心潮澎湃。他们还不知道怎么将新书分类，怎么对卖出去的书进行登记追踪，也不知道搬书、排书会累得腰酸背痛，而且每本书还挣不了几个钱。这些读者就想着婚礼了，却没有思考婚姻本身。书籍是个沉重的负担，而且无法回避。

正如别人所说的和设想的那样，我现在正担忧着我的未来：退休、医疗和保险。杰森和我合伙经营蜻蜓，在努力奋斗着。销售业绩好，我们像贼一样享受着偷来的盛宴。不好的时候，我们就得节衣缩食，以花生酱和果冻为生才能支付起员工的工资。每天我总有那么一刻会想：如果当初我接受艾薇的邀请，现在是不是就会躺在按摩椅上，喝着果汁朗姆酒，决定将什么书放在阿波罗过道的前面和中间位置。但我一想到那些新书，我就知道我的决定是对的。阿波罗的书就像是没有过去的人，它们身上没有故事。蜻蜓的书则转过很多人的手，还会继续转到别人的手上。它们有被触摸过的气味，还拥有无限的可能。

时光飞逝，岁月荏苒，蜻蜓里有很多流连的脚步，他们想要寻找些什么，尽管他们现在还不知道自己需要的是什么。这些来蜻蜓的人不仅仅是读书的人，他们需要书籍，渴望书籍，没有书籍就难以呼吸。他们来这儿是因为他们喜欢书店本身，这里有众多的书籍和未知的故事。他们来这儿是因为他们想知道这些书之前的主人是怎么样的。他们来这儿是因为他们遇到的人，就像是他们看到的那些边缘有些磨损的书一样，等待着那个对的人来翻开，把它们带回家。

（正文完）

致　谢

感谢我的代理人斯蒂芬妮·阿布和大中出版社编辑艾米丽·格里芬，是她们在我的作品中看到了希望，让我有勇气按照自己的心意写出这部作品。感谢艾伦·苏斯曼和汤姆·帕克，在他们的写作班，我不仅学会了讲故事的技巧还结识了很多其他作家，是他们的支持和鼓励支撑着我一路走来。其中两位作家是特雷西·古茨曼和克里斯汀·蔡，她们很友好地阅读了文稿，帮助我改进，也会在适当的时候，握住我的手，让我别太纠结。感谢我写作团队的所有成员——戈登·杰克、艾琳·布罗迪、里奇·雷吉斯特、夏恩·理查兹、玛丽·桃、贝思·西尔斯、凯蒂·莫提、约翰·弗利、洛莉·温斯顿和朱莉·奈特——你们是最棒的，有你们相伴，我才能承受一次次的批评，在质疑声中，完成中国菜的课程。衷心感谢罗伯特·温汀在我写作期间一直给我寄来搞笑的邮件，直到我完成作品。感谢威尔·舒尔告诉我他自己 20 多岁时在硅谷的生活，还有准备那些美味的晚餐。感谢马修·威廉姆斯和丽贝卡·兰茨深夜的华夫饼和那些旧书店里的故事。感谢我亲爱的父母——弗吉尼亚和哈罗德·吉尔伯特森——他们和小说中的父母是截然不同的。感谢我的兄弟约翰和他的妻子埃塞尔，感谢他们的爱与支持，还有那美丽的带池塘的房子——那是世上最好的写作地点。最后，还要感谢我的丈夫约翰，是他帮我找到内心的平和与宁静，实现自己的梦想，成为一名作家。